华东师范大学出版社六点分社　策划

2019 年教育部人文社会科学研究规划项目
"克莱夫·斯特普尔斯·路易斯古典诗学理论研究" [19YJA751005] 阶段成果

目 录

1　论故事[①]

On Stories

令人吃惊的是，就故事本身思考故事（Story considered in itself），批评家所给予的注意，实在少得可怜。给定某故事，其讲故事的风格，其写作次第，（尤其是）其人物刻画，都得到了充分讨论。然而故事本身，这一系列想象事件（imagined events），几乎常常是闭口不谈，即便谈起，也只是为谈论人物刻画提供方便而已。诚然，有三个著名例外。

---

　　① 首刊于《查尔斯·威廉斯纪念文集》（*Essays Presented to Charles Williams*，1947）。本文底稿于 1940 年 11 月 14 日首次在牛津大学默顿学院（Merton College）的一家大学生文学社中宣读，文章当时题为《浪漫传奇中的隐藏元素》（The Kappa Elements in Romance）。

亚里士多德的《诗学》建构了一个关于古希腊悲剧的理论，它置故事于中心，而让人物处于严格的从属地位。① 在中世纪和文艺复兴早期，薄伽丘等人发展了关于故事的讽寓理论（allegorical theory of Story），来解释古代神话。在我们这个时代，荣格及其追随者则提出他们的原型学说。除这三个尝试而外，这一论题几乎无人触摸。这就产生了一种奇怪后果。在一些文体（forms of literature）里，故事只是作为它事之手段而存在——如风俗小说（the novel of manners），故事存在其中，只是为了人物或只是为了批评社会状况。这些文体都得到公正对待。而另一些文体，其中其他任何事物的存在都是为了故事本身，则很少得到认真对待。它们不仅遭歧视，仿佛它们仅仅适合于儿童似的；即便是它们所能给予的那份快乐（pleasure），依我看，也遭到误解。最令我心意难平的，是第二个不公。故事所带来的快乐，或许还真像现代批评家所说的那样低级。虽然我并不如此认为，但在这一点上，我们蛮可以各执己见。可是，我们总该弄清，它是何种快乐：或者更确切地说，它有可能是

---

① 关于情节与人物孰轻孰重，理论家有着长久的争论。认为情节最重要的，以亚里士多德为代表；认为人物最重要的，以黑格尔为代表。

何种不同的快乐。因为我怀疑,就此论题,人们已经做出过于匆忙的预设。我想,那些仅仅"为了故事"(for the story)而被阅读的书籍,可能以两种不同的方式得到乐享(enjoyed)。这既关乎图书分类(一些故事只能在此心情下阅读,另一些故事则只能在彼心情下阅读),又关乎读者分类(同一故事可以不同方式阅读)。①

几年前跟一位聪明的美国学生的一场谈话,使我确信有此区分。我俩在讨论那些给童年带来欢乐的书籍。他的心爱是菲尼莫·库柏②,(碰巧)我从未读过。朋友描述了一个场景:英雄(hero)迷迷糊糊睡在林中篝火旁,这时,一个红肤人③带着斧头,悄悄从后面爬了过来。他记得读这段时那种令人窒息的兴奋(breathless excitement),也记得担心英雄会不会及时醒来的那丝痛楚的悬念。然而我,就记忆中早期阅

---

① 关于图书分类的问题,详见路易斯的《高雅与通俗》一文,文见拙译《古今之争:C. S. 路易斯伦理学文集》;至于读者分类,拙译路易斯《文艺评论的实验》一书做了尽情发挥。

② 詹姆斯·菲尼莫·库珀(James Fenimore Cooper, 1789—1851),小说家,被誉为"美国小说之父"。他对美国小说的最大贡献是边疆小说五部曲"皮袜子故事集",故事主人公是个绰号为"皮袜子"的猎人。本文提及的场景,出自该小说之二《最后的莫西干人》。

③ 红肤人(Redskin),指北美印第安人。

读的那些美妙时刻(great moments)而言,觉得朋友对其经验表述有误,而且确实不得要领。确确实实,我想,一味兴奋(sheer excitement)、悬念(suspense),并非他留恋菲尼莫·库柏之所在。假如这就是他所要的,那么任何别的"男儿之血"(boy's blood)也能做到。我试着将自己的想法付诸言辞。我问他是否确定,自己就没有过度强调或片面突出危险之为危险(danger simply as danger)的重要性。因为,尽管我没读过菲尼莫·库柏,但我也曾乐享另一些写"红色印第安人"的书。而且我知道,我向它们所要的不仅仅是"兴奋"(excitement)。当然,那里必须有危险:否则,你如何能够保持故事延续? 不过,它们必须是(引人入胜的)红皮人的危险。关键是"红皮肤"。在朋友所描述的场景中,去掉羽饰,去掉高颧骨,去掉胡须般的下衣,用手枪代替斧头,会留下什么? 由于我所要的不是瞬间悬念,而是悬念所属的整个世界(whole world)——雪和雪地靴,海狸和独木舟,征途和棚屋,还有海华沙①之类人名。我说到这儿,冲突就来了。学生头脑特别

---

① 海华沙(Hiawatha),美国诗人朗费罗(Henry Wordsworth Longfellow,1807—1882)的长诗《海华沙之歌》(*The Song of Hiawatha*,1855)中的印第安英雄。

清楚,马上理解了我的意思,而且看到他想象中的童年生活跟我截然不同。他答复说,他十分确定,我所说的"这一切"跟他的快乐没任何关系。他一丁点都没在意这些。这使得我确实觉得,我仿佛正在跟一个天外来客交谈——即便他模模糊糊意识到"这一切",他也憎恨它,因为它令他从主要事务上分心。甚至可以说,相对于红肤人,他可能更喜欢带着左轮手枪的坏蛋这类更为普通的危险。

对于文学经验与我自己根本相同的那些人来说,我试图做出的两类快乐之分,这个例子大概足以使之了然。但是,为了使之加倍了然,我就再举一个例子。《所罗门王的宝藏》①有个电影版本,有人带我去看过一次。其诸多罪状——尤其是引入一个穿短裤的女人,全不相干,就是个跟屁虫,三位冒险者走哪儿就跟哪儿——只有一条跟我们这里的关切有关。在哈葛德原著结尾,每个人都记得,英雄们面临死亡,被关进石砌地宫,四周是那块土地上历代国王的木乃伊。然而,片人显然以为这没劲。他代之以火山爆发,还意犹未尽,接着添了个地震。或许我们不应责难他。

---

① 《所罗门王的宝藏》(*King Solomon's Mines*,1885),英国小说家哈葛德爵士(Sir Henry Rider Haggard,1856—1925)的成名作。

或许原本那个场景没有"镜头感"(cinematic)，这人依照自己那门艺术的准则(canons)，作此更动是对的。可是，要是从一开始就不选这种只有通过糟践才能使之适应荧幕的故事，岂不更好？至少对我而言，这是糟践。毫无疑问，假如一味兴奋(sheer excitement)就是你向故事所要的一切，假如增加危险就能增强兴奋，那么，快速切换两个系列的危险(先活活烧死再压成碎片)就胜过在墓穴中生生饿毙这一持久威胁。不过，问题就在这儿。此类故事中，必然有一种快乐(pleasure)，与一味兴奋不同。否则，当哈葛德的原场景被替换为地震场景时，我就不会有受骗的感觉。我所失去的是整个的死亡气息(跟简单的死亡威胁很不相同)——冰冷，死寂，四周是早已作古的古代君王的一幅幅面孔。假如你乐意，你可以说哈葛德给人的印象相当"粗鄙"(crude)或相当"俗气"(vulgar)或相当"煽情"(sensational)，因而电影将其换掉。我现在不想讨论这个。关键在于，它极不相同。一个令想象着迷，另一个则令神经紧张。读那章时，英雄逃脱死亡陷阱的那种好奇或悬念，在你我的体验中占有极少分量。那个陷阱我永远记得，至于他们如何逃脱，却早已忘记。

在我看来，谈论那些"纯故事"(mere stories)书的时候，也就是主要致力于想象的事件(imagined event)而非人物或社会的那些图书,几乎所有人都认定,"兴奋"就是它们永远提供或意在提供的唯一快乐。"兴奋",在此意义上,可界定为想象之焦虑(imagined anxiety)的一张一弛。我恰好认为这不对。对某些读者而言,这类图书当中有一些,是另一因素在发挥作用。

退一万步讲,我至少认识一位读者,对他而言,别的东西在发挥作用——这读者就是我自己。为了作证,在此必须做点自传了。此人读浪漫传奇(romances)所用时间之长,已懒得去算;从中所获快乐,或许已经超出他所应得。相对于地球(Tellus)①地理,我对托曼斯②的地理更熟。相比于哈克卢特③的那些记载,我更好奇的是,从高地到尤特堡④、从 Morna Moruna 到 Koshtra Belorn⑤ 的实地旅行。

---

①　Tellus 作为专有名词,指罗马神话中的大地女神忒耳斯,与希腊神话中的 Gaea(盖娅)为同一神灵。在诗歌语言中,也作普通名词用,常指(拟人化的)地球。

②　托曼斯(Tormance),大卫·林赛(David Lindsay)的科幻小说《大角星之旅》(*A Voyage to Arcturus*,1920)中环绕大角星运行的行星。

③　哈克卢特(Richard Hakluyt,1552—1616),英国地理学及历史学家。

④　高地(Uplands)、尤特堡(Utterbol),威廉·莫里斯的奇幻小说《世界尽头的泉井》(*The Well at the World's End*,1892)中的地名。

⑤　Morna Moruna 和 Koshtra Belorn,埃里克·艾迪生(Eric Eddison,1882—1945)奇幻小说《奥伯伦巨龙》(*The Worm Ouroboros*,1922)中的山。据说,这部小说激励了托尔金(Tolkien)撰写《魔戒》。

尽管我亲眼见过阿拉斯护城河,但要我讲它们,不像讲希腊城墙、斯卡曼德罗斯河和望楼那样头头是道。① 身为社会历史学者,相比于伦敦、牛津和贝尔法斯特,我对蟾蜍楼花园(Toad Hall)及野林(Wild Wood)②,对穴居的月球居民③,或对鹿厅或沃蒂根的宫廷④,却所知更多。要是爱好故事就是爱好刺激(excitement),那么我应该是尚在人世的最大的刺激爱好者。可事实是,《三个火枪手》被誉为世界上最"刺激"的小说,对我却毫无吸引力。意境(atmosphere)全无,将我拒之门外。此书中没有乡间——除了作为客栈及伏击地的仓库。没有天气。当他们穿过伦敦,没让人感到伦敦和巴黎有啥区别。"冒险"没有一刻停歇,他们埋头苦干。所有这一切,对我而言一点意思都没有。假如这就是人们所说的传奇(Romance),那我就反感传奇,更

---

① 斯卡曼德罗斯河(Scamander)和望楼(Scaean Gate),均是《荷马史诗·伊利亚特》中的地名。

② 蟾蜍楼花园(Toad Hall)及野林(Wild Wood),童话《柳林风声》(*The Wind in the Willows*)中的地名。

③ 月球居民(Selenites),出自安徒生童话《幸运的套鞋》第三章"守夜人的故事"。

④ 鹿厅(Hrothgar's court),古英语史诗《贝奥武甫》中丹麦国王罗瑟迦(Hrothgar,亦译赫罗斯加)的宫殿;沃蒂根(Vortigern),亚瑟王之前的不列颠王。

喜欢乔治·艾略特或特罗洛普(Trollope)①。我这样说，并不是想去批评《三个火枪手》。我相信别人的检验，那是一部一流的故事。我深知，自己无法喜欢它，是个缺陷和不幸。不过，这不幸是个证据。假如有人对传奇很是感觉敏锐(sensitive to)甚或敏锐过度，却很不喜欢这部被一致认为最"令人兴奋"的传奇，那也就说明，"兴奋"并不是人们得自传奇的唯一快乐。假如有人好饮酒，却恨一种高度酒，那么是否可以确知，酒中之乐的唯一源头就不可能是酒精了？

要是此体验仅限于我，那么说实话，本文也就只是自画小像了。可是我深信，并非仅我一人。我写此文就抱有期望，一些旁人与我有同感，也希望我能帮他们梳理其自身感受(sensations)。

上文所举的《所罗门王的宝藏》中，电影制片人在故事高潮处，将原著中的那种危险给换掉了，从而在我看来糟蹋了这部故事。不过，在兴奋是唯一要务的地方，危险种类(kinds of danger)并不相干。要紧的只是危险程度(degrees

---

① 乔治·艾略特(George Eliot，1819—1880)，英国女作家，《米德尔马契》(*Middlemarch*)之作者；特罗洛普(Anthony Trollope，1815—1882)，英国小说家，《巴塞特寺院》(*Barchester Towers*，1857)之作者。

of danger)。危险越大,英雄越难逃脱,故事也就越令人兴奋。可是,当我们关注"别的东西",就不是这样了。危险种类不同,奏响的想象琴弦便不同。即便在真实生活中,危险种类不同,引发的恐惧也就不同。虽然或许会有那么一个当儿,危险是如此巨大,以至于此类分际消失不见,但这已经是另一码事了。有一种恐惧跟敬畏(awe)是孪生姊妹,譬如人在战场,刚刚踏入枪林弹雨;还有一种恐惧跟厌恶(disgust)孪生,譬如有人在卧房,发现一条蛇或一只蝎子。① 骑烈马或走险滩,人感受到的那种恐惧,是紧绷心弦,战战兢兢(转瞬又跟"玩的就是心跳"难以区分);当我们自以为身染绝症或瘟疫,那种恐惧则令人心如死灰,一下子垮掉。还有些恐惧,根本无关"危险",比如怕鬼或怕某些尽管无害却又大又丑的昆虫。这些差异,在现实生活中都被抹平。而在想象中,因恐惧并不升级为凄惨的恐怖(abject terror),也不产生实效,故而量的差异(the qualitative difference)差不多也就是天壤之别了。

　　一段时光,要是没出现在我的意识中(哪怕是模糊出

---

① 这种恐惧,路易斯感同身受。详参本书第四章第18段。

现），我就永不可能记得。《巨人捕手杰克》（*Jack the Giant-Killer*），究其本质，并不仅仅是一位聪明的英雄战胜威胁的故事。该故事的本质在于，这样一位英雄，战胜来自巨人的威胁（*dangers from giants*）。编个故事，其中尽管敌人是普通体格，但与杰克同样实力悬殊，那也是轻而易举。可是，那就成了另一个故事了。想象反应（imaginative response）的全部品质，取决于敌人是巨人这一事实。那个沉重，那个怪诞，那个粗笨，弥漫了一切。将它付诸音乐，你会立即感到其间差异。假如反面人物（villain）是巨人，你会用一种配乐宣告他登场；假如他是另一种反面人物，另一种配乐。我曾看到大地景观（尤其是在莫恩山脉）①，在特定光线下，令我感到，山那边时刻可能会有一个巨人探出头来。自然有一种特质，迫使我们构想巨人，也只有巨人才解颐。（注意，高文爵士在英格兰西北角，"另有巨人从天而降，摩拳擦掌滋扰不断"②。无怪乎华兹华斯在同样的地方，听见"孤寂的山间响起低沉的呼吸声，在我身后，跟随而来"③？）

---

　　①　莫恩山脉（Mourne Mountains），北爱尔兰海拔最高的山脉。

　　②　《高文爵士与绿衣骑士》第720行，见余友辉、罗斯年编选《崔斯坦和伊索尔德：中世纪传奇文学亚瑟王系列精选》（浙江大学出版社，2016）。

　　③　华兹华斯《序曲》（丁宏为译，北京大学出版社，2017）第322—323行。

至于巨人之威胁，尽管重要，也在其次。在一些民间传说里，我们遇到一些并不可怖的巨人。可是他们仍以同种方式感染我们。一个良善巨人虽也无可非议，但是他将是一个 20 吨重的活生生的震撼大地的悖谬（twenty tons of living，earth-shaking oxymoron）。那令人难以承受的威压，那种总有些什么东西比人类更古老更粗野更有泥土气的感觉，将仍附着于他。

再举一个更低端的例子。且不说巨人，难道海盗出没只是为了给主人公形成威胁？那艘快速追上我们的海盗船，或许是个普通敌人：一个西班牙佬或法国佬。将普通敌人塑造得跟海盗一样致命，轻而易举。就在那船挂起海盗旗的当儿，会激发何种想象？那意味着，我向你保证，假如我们遭打，那里不会有求情的余地。但离开了海盗，照样也会如此。这里的诀窍，不是危险之提高，而是无法无天的敌人画面。这号人脱离一切人类社会，四海为家，因而仿佛自成一类——穿着诡异，面孔黧黑，穿耳佩环；他们有自己的历史，我们却不懂；在岛上藏着无数珍宝，谁也发现不了。对年轻读者而言，他们事实上几乎跟巨人一样神秘莫测（mythological）。说一个人——跟我们其余人一样的平常人——在人生的某时某刻就会成为一个海盗,说海盗船和私掠船之间边界模糊,这类想头不会掠过他的脑际。海盗就是海盗,恰如巨人就是巨人。

再想想被关在门外(shut out)与关进门内(shut in)的巨大差别:要是你乐意,想想广场恐惧症(agoraphobia)和幽闭恐惧症(claustrophobia)。《所罗门王的宝藏》中,英雄(hero)被关进门内:因而更可怕的是,叙事者想象自己就在爱伦·坡的《提前埋葬》(*Premature Burial*)之中。读到此处,你为之屏息。还记得 H. G. 威尔斯的《月球上最早的人类》(*First Men in the Moon*)名为"柏德福先生孤苦伶仃"那章吧。其中,柏德福发觉自己就在白日将尽的时分,被关在门外,孑然一身在月球上——随白昼而去的,还有空气和全部热度。从这一可怕时刻读起——头一粒小雪花令他大吃一惊,他意识到自己处于何等境地,往下读,读到他抵达"球体"并进而得救的那儿。然后自问,你的感受是否仅仅是悬念。"在我的头顶之上,在我的四周,向我围上来的,从未这样挨近地拥抱我的,只有万世不灭的上帝……无边无际的、最后的太空黑夜。"①正是这一观念,令你手不释卷。可是,倘若只关心柏德福会活下来还是冻僵,那我们就离题万里了。身处俄罗斯占领的波兰和新波兰之间,跟送往月球一样,你也会被冻毙,而且痛苦程度一样。就杀死柏德福先生而论,"无边无际的、最后的太空黑夜",几乎全属多此一举:以宇宙为尺度(by cosmic standards),无穷小的温度变化,便足以置人于死地,用不着绝对零度(absolute zero)。空气稀薄的黑夜之所以重要,不是因为它会给柏德福带来什么,而是因为它给我们带来什么:令我们困扰于帕斯卡尔式的对永恒静默的古老恐惧②,这永恒静默曾残酷折磨宗教信仰,不

---

① 更长一点的引文是:

这样一来我确实是孑然一身了。

在我的头顶之上,在我的四周,向我围上来的,从未这样挨近地拥抱我的,只有万世不灭的上帝;他在宇宙诞生以前就存在,而且永远不会完结;在那无边无际的太空中,所有的光亮、生命和生物,只是一颗坠落的星星所发出的微弱而正在消失的光辉,只是寒冷,寂静,万籁无声——无边无际的、最后的太空黑夜。

孤独和荒凉的感觉变成了压倒一切的感觉,向我袭来,几乎要抓住我了。(威尔斯《月球上最早的人类》,刘以治、何高济译,中国青年出版社,1983,页160)

② 帕斯卡尔《思想录》第206则:"这些无限空间的永恒沉默使我恐惧。"(何兆武译,商务印书馆,1985,页103)

知动摇了多少人文希冀(humanistic hopes);随之唤起并由此而来的,还有我们关于驱逐在外又无助凄凉的种族记忆和童年记忆;作为一种直觉,事实上呈现了人类经验恒常的一面(one permanent aspect of human experience)。

我想这时,我们已经涉及生活与艺术的一大区别了。一个人真处于柏德福的境地,大概不会痛楚感受到那种天地寂寥(sidereal loneliness)。生死一线之间,会从他的脑海里打消这一静观对象(contemplative object):当气温使他不可能存活之时,至于到底低到多少度,他不再感兴趣。艺术的一大功能就在于:将现实生活之促狭且极端实际的视角所排除的东西,予以呈现(present)。

我时常纳闷,"兴奋"元素实际上不会与深层想象(the deeper imagination)对立。在低级的浪漫传奇中,譬如美国《科学小说》杂志所刊载的,我们往往会无意间得到一些启发。不过,作者要让故事进展下去,除了将主人公置于急剧危险之中,别无长策。仓皇逃窜之中,诗意全无。我想在威尔斯的《星球大战》(War of the Worlds)中,这一点就轻微得多。在这部故事中,要紧的是这一构思(idea):受到某种全然"外来"(outside)事物之侵袭。恰如在《农夫皮尔斯》①中，我们遭受的灭顶之灾"来自诸行星"。假如火星入侵者只是危险——假如我们关心的事实只是他们会杀死我们——这时又何必如此费劲，窃贼和细菌也能奏效。这部传奇的真正扣人心弦之处，在主人公第一次去霍塞尔公用地去看新降落的飞行器时，就显露无遗了。"在那圆筒和盖子之间闪亮发光的黄白金属的确有种不同寻常的光泽。对大多数围观者而言，'外太空'这个词并没有太大的意义。"②"外太空"才是整部故事的关键词。而后面的恐怖，尽管写得精彩，我们却失去了那种感觉。同样，在桂冠诗人③的《沙德·哈克》(Sard Harker)中，真正关键的则是穿越崇山峻岭(Sierras)之旅。那人在峡谷听到声响——"他不明白那是什么。那声音，不伤悲，不欢乐，也不可怕。声

---

①　《农夫皮尔斯》(*Piers Plowman*)，中世纪英格兰诗人威廉·兰格伦(William Langland，亦译"朗格兰"，1332？—1400？)的头韵体长诗。该诗有 ABC 三个文本。B 文本最著名，至少有两个中译本：一为沈弘译本(中国对外翻译出版公司，1999)；一为张晗译本(浙江大学出版社，2016)。

②　H. G. 威尔斯《星球大战》(*The War of the Worlds*)，杨渝南、张贯之译，重庆出版社，2008，页 13。

③　指英国诗人梅斯菲尔德(John Masefield，1878—1963)，1930 年被授予"桂冠诗人"称号。

音很大，很奇怪。就像是岩石在说话。"——至于说此人接下来会有性命之虞，差不多就是败笔。①

正是在这里，荷马才显其高明。登上基尔克（Circe）②的岛屿，丛莽中炊烟袅袅升起，神灵（"弑阿尔戈斯的引路神"）碰见我们——如果所有这一切都成为某种普普通通的性命危险之序曲，那就太煞风景！而这里潜藏的凶险，无声无息，不知不觉、不可逆转地走向暴行，这才是背景的价值所在。③ 德拉·梅尔先生也克服了这一困难。在他写得最好的小说中，开篇几段布下的那个威胁，很少在哪桩清晰可辨的事件中实现；更不会消散。我们的恐惧，在某种意义上，从未落到实处，但我们放下小说，感到恐惧不但是其来有自，而且更是名副其实。不过，这方面的最高成就，或许

---

①　杨绛曾说"文学史上小家的书往往甚可读"，她提到约翰·梅斯菲尔德（John Masefield）的"《沙德·哈克》《奥德塔》两部小说，写得特好，至今难忘其中气氛"（见张治《钱锺书留学时代的阅读兴趣》一文）。杨先生此语，与路易斯此文题旨相通。

②　基尔克（Circe，亦译喀耳刻），荷马史诗《奥德赛》中的美丽女巫，曾将奥德修斯的同伴变成猪。

③　《奥德赛》卷十第148—152行："我登上一处崎岖的高地站定遥望，看见有烟气从地面不断袅袅升起，来自基尔克的宫殿，透过丛莽和橡林。这时我的心里和智慧正这样思虑，是否该前去察看，既然有闪光的炊烟。"（王焕生译）

是当数大卫·林赛先生的《大角星之旅》①。有经验的读者，注意到开篇一章的死亡威胁和生存希冀（threats and promises），即便在津津有味地乐享（gratefully enjoys）它们时，也保准它们难以为继。他反过来想，在这种小说里，头一章差不多总是最精彩的；即便后面令人失望，他也甘心。我们若真到了托曼斯（Tormance），他也预感到，跟从地上看托曼斯相比，会变得无趣。不过，他这是犯了天大的错误。无需什么特别技巧（special skill），甚至也无需什么语言造诣（sound taste in language），作者就一步步领我们寻幽访胜。在每一章，我们都自以为已经找到他的最终立足点，每一次，我们都大错特错。他构筑了意象和激情的全息世界（whole worlds of imagery and passion），其中任何一个世界，足供其他作家来写一本书了，只是他们会将它弄得支离破碎，对它嗤之以鼻。性命之虞，随处可见，然而在此却无足轻重；我们自己跟作者本人一道穿过一个布满属灵危险

---

① 大卫·林赛（David Lindsay，1876—1945），苏格兰小说家，以科幻小说《大角星之旅》（*Voyage to Arcturus*，1920）闻名于世。该书颇受争议，"令读者爱憎反应两极分化"（罗伯茨《科幻小说史》，马小悟译，北京大学出版社，2010，页177），路易斯和托尔金则处于其青睐者之列。

的世界（a world of spiritual dangers），使得性命之虞变得不足挂齿。这类写作，并无诀窍（recipe）。不过其部分秘密在于，作者（像卡夫卡那样）是记述一个活生生的辩证法（a lived dialectic）。他的托曼斯是个灵境（a region of the spirit）。作家当中，他头一个发现在小说中，"外星"（other planets）的真正长处是什么。单靠物理奇观或空间距离，无法实现我们在太空旅行小说里孜孜以求的那种他性（that idea of otherness）；你必须进入另一维度。要构建一个说得过去的动人的"另样世界"（other worlds），你必须依靠你我所共知的唯一真实的"另一世界"，也即灵性世界（that of the spirit）。①

注意这里的推论。即便应用科学领域的某项重大进展，还真能将我们送上月球，我们借着写作这类故事而寻求满足的这个冲动，那场真正的旅行一点也满足不了。真实

---

①　"译言古登堡计划"网页这样介绍《大角星之旅》："《航向大角星》是一部难以定义的作品，它将奇幻、哲学、科幻熔为一炉，借此来探索善恶的本质以及它们之间的关系。书中记叙了一次前往大角星的星际旅行，人们历经的风景象征着某种哲学体系或意识状态。它被评论家、哲学家Colin Wilson认为是'二十世纪最伟大的小说'，深深地影响了 C. S. Lewis 的空间三部曲。"网页上还引用了 J. R. R. 托尔金的一句话："我怀着迫切的心情读了 Voyage to Arcturus……没有人能把它仅当作一部惊险小说，并且在对宗教哲学和道德不感兴趣的情况下阅读它。"

的月球,要是你能到那里还能活下来,终其究竟(in a deep and deadly sense),跟别的地方恰好没什么两样。你会发觉饥寒、艰辛和危险;最初的这几个小时过后,还是饥寒、艰辛和危险,就跟你在地球上或曾遭逢的一样。死在这些白晃晃的环形山间,跟死在谢菲尔德的一家疗养院,没什么两样。除非人是能在自家后花园找到一种持久的新奇感(strangeness),否则,在月球上也找不到。"要想把印度的财富搬回家,先得让那财富为你所有。"①

好故事经常会引入神奇或超自然(the marvellous or supernatural)。关于故事,没什么东西比这更经常地遭到曲解。举例来说吧,假如我没记错的话,约翰逊博士就认为,孩子们喜欢神奇故事(stories of the marvellous),那是因为他们过于无知,不知道那些事的不可能。然而,孩子们可不是总喜欢这些故事,喜欢它们的那些人也并不总是孩子;读到仙女,更不用说读到巨人和巨龙,乐在其中,但并不必然相信它们。信念(Belief),充其量也无关紧要;它或许还

---

① 原文是:He who would bring home the wealth of the Indies must carry the wealth of the Indies with him. 王国维《人间词话》删稿第 14 则与此意相通:"西风吹渭水,落日满长安。"美成以之入词,白仁甫以之入曲,此借古人之境界为我之境界者也。然非自有境界,古人亦不为我用。

是个不折不扣的劣势(positive disadvantage)。好故事里的那些神奇(Marvels),也从来不是个贴上去的随意虚构(arbitrary fictions),只为故事更加可感。一次晚宴上,我正在读德文版的格林童话。书里的生词,我懒得去查。有人正好坐我旁边。"这很有意思,"我补充说,"猜猜老妇给了王子而王子后来在森林里丢失的,到底是什么东西。""在一部童话故事里,"他说话了,"尤其难猜。童话里面,一切都是随意的(arbitrary),因而那东西是什么都可以。"他大错特错。童话故事之逻辑谨严,丝毫不亚于写实小说,尽管是不同的逻辑。

是否有人相信,当肯尼斯·格雷厄姆让主角以一个蟾蜍面目出现,就是做了一个随意选择?[①] 或者说,换成牡鹿、鸽子或狮子,也差不多少? 他的选择基于这一事实,真实蟾蜍的面相,跟人的某种面相有着某种怪异的相似——很像中风者在咧嘴傻笑。毫无疑问,这是个偶然。因为暗示出相似的那些线条,其实有着截然不同的生理原因。蟾

---

① 指英国著名儿童文学作家格雷厄姆(Kenneth Grahame,1859—1932)的儿童文学作品《柳林风声》(*The Wind in the Willows*),安徽人民出版社 2013 年出版该书中译本,译者杨静远。

蛤那人模人样的滑稽表情，因而是不变的；它无法不咧嘴，因为它咧嘴，其实根本不是咧嘴。看着这个生灵，我们于是就看到，孤立地去看，人之虚荣的最为可笑又最可原谅的面孔；顺着这一踪迹，格雷厄姆创造了蟾蜍先生———一种极致的琼森式幽默（an ultra-Jonsonian 'humour'）。我们带回了印度的财富；对于现实生活中的某些虚荣，我们因而更是付之一笑，更具善意。

可是，角色究竟为什么要伪装成动物？此伪装如此之薄，以至于格雷厄姆也让蟾蜍先生在一个场景中"梳理掉头发里的枯树叶"。① 但这伪装却不可或缺。要是你试图重写该书，将所有角色都变成人，你从一开始就陷入困局。他们是成人还是儿童？你会发现，两者都不对劲。他们像儿童，只因他们没有责任，不用拼力生存，不用操心家务。饭菜上来了，甚至没人问是谁做的。在獾先生的厨房里，"食橱上的盘碟，冲着碗架上的锅盆咧嘴大笑"。② 锅碗瓢盆，谁洗的？在哪儿买的？又怎样运送到野林（the Wild Wood）？鼹鼠在他的洞穴里安乐自在，可是他靠什么维持

---

① 见《柳林风声》第十章第 3 段。
② 见《柳林风声》第四章第 9 段段末。

生计？要是他是个食利者，他的银行在哪儿，他投了什么资？他家前庭里的桌子上，"印着一些圆圈，是摆啤酒杯的标志"。[①] 可是，他在哪儿弄的啤酒？这么说来，所有角色的生活都是儿童生活，一切都是现成的，用起来也是理所当然。但从另一角度讲，这又是成人生活。他们想去哪儿就去哪儿，想干什么就干什么，自己的生活自己安排。

就此而言，该书是最可耻的逃避主义（escapism）的一个范本。它所涂抹的幸福，仰赖于互不相容的条件：我们只有在童年才能拥有的自由和只能在成年拥有的自由；进而又用伪装掩盖这一矛盾——这些角色根本就不是人。两处荒唐，互相遮掩。可以想见，这样一本书让我们不适应现实之严酷，令我们重返日常生活时既不安然又不满足。我却发现，并非如此。它为我们呈现的幸福，事实上，满是最简单、最易得的事物——饮食，睡眠，活动（exercise），友爱，自然景致（the face of nature），甚至（某种意义上）还有宗教。河鼠给朋友的那顿"简单但实惠"的午餐，"咸肉，大扁豆，外加通心粉"，我敢肯定，令现实生活中许许多多的儿童餐相

---

① 见杨静远译《柳林风声》页 55。

形见绌。同样，整部故事，吊诡得不能再吊诡，反而增强了我们对现实生活的兴味。这次远足，虽步入乖谬，却为现实生活带回了更新了的快乐（renewed pleasure）。

关于自己老大不小却乐享所谓"儿童图书"，人们一说起来，通常带着玩笑的自我解嘲的口吻。我想，这习惯着实愚蠢。十岁时确实值得一读的书，没有一本，不是五十岁时同样值得（而且往往更值得）一读。当然，知识类书籍除外。我们长大成人唯一应该丢弃的想象之作，就是当初本该一字不读的那些书。虽说成熟口味大概不会太惦念薄荷奶油，但是，它也应仍旧乐享面包、奶油和蜂蜜。

故事的另一大类，主线就是预言成真（fulfilled prophecies）——俄狄浦斯的故事，《国王迷》①，或者《霍比特人》。这类故事当中的绝大多数，正是防止预言成真的那些举措，实际上促成了预言。预言说，俄狄浦斯将杀父娶母。为了防止此事，他被丢弃山间。因这一丢弃，引出他的得救，以及生长于陌生人中间，而不知自己的生身父母。故而，丢弃使得这两样灾难成为可能。这类故事令人心生敬畏（至少我是如

———————————

① 《国王迷》（*The Man who would be King*），吉卜林的长篇小说。

此),还伴随着某种迷惑,就像你盯着线条错综复杂的图案时所感到的那样。你看到了规律,又不是看得很清。难道就没有既敬畏又迷惑的良机(good occasion both for awe and bewilderment)？我们方才为自己的想象奉上某种总是捉弄理智的东西:我们已经看到命运与自由意志如何结合,甚至看到自由意志如何成为命运的一贯手法(modus operandi)。理论不大能做到的,故事做到了。表面上,故事或许并不"像真实生活",可是,它为我们奉上一幅图像(an image),表明在某些更核心的地域,现实(reality)会是什么样子。

诸君会看到,本文从头至尾,所引例证均不加拣择,取自批评家会(相当正确地)划归迥异门类的那些书——取自美国"科学小说"(scientifiction)及荷马,取自索福克勒斯及童话(Märchen),取自儿童故事及德拉·梅尔先生精雕细刻的艺术。这并不意味着,我认为它们具有同等的文学价值(real literary merit)。不过,要是我认为故事之乐除了兴奋尚有别的,要是这一点没错,那么,档次再低再低的通俗传奇,也会比我们所预想的重要得多。当你看到一个未成年人或非文化人,正在嗜读你心目中的耸听故事(merely sensational stories),你能拿准,他正在享受何种快乐么？当然,问他本人没用。要是他就像这一问题所要求的那样,有能力分析自己的经验,他就既不是没文化,又不是未成年了。然而,正因他说不出来,我们切莫对他做出不利裁判。他寻求的或许只是,一次又一次地绷紧想象中的焦虑之弦(the recurring tension of imagined anxiety)。但是我相信,他也可能正在领受某种深刻体验,该体验就他而言,以其他任何形式均无由获致。

罗杰·兰斯林·格林先生①,不久前在《英语》杂志撰文说,阅读莱特·哈葛德,对很多人而言已经成为一种宗教体验。在一些人听来,这简直就是奇谈怪论。我自己也会很不同意,假如"宗教"是用来指"基督教"的话。即便我们在一种亚基督教(sub-Christian)的意义上理解宗教一词,更保险的说法也是:这类人在哈葛德的传奇里首先会碰到的那些元素,在宗教体验中也会一再碰到,假如他们终究会有宗教体验的话。不过我想,相对于认定除了那些被命悬一线弄得心惊肉跳的人之外就没人会去读浪漫传奇,格林先生的说法更沾边。假如他说的只是,文化人从诗歌中接

---

① 罗杰·兰斯林·格林(Roger Lancelyn Green,1918—1987),英国传记作家,儿童文学作家,路易斯之挚友。路易斯提到的这篇文章,题为《莱特·哈葛德的浪漫传奇》(The Romances of Rider Haggard),见英语协会会刊《英语》(English: Journal of the English Association)第五卷第29期(1945年夏)。

受的某些东西,通过历险故事也能抵达大众,而且几乎别无他途,那么我想,他就说对了。要是这样,再危险不过的就是这种看法:电影能够取代也应当取代通俗小说。该看法所排除的那些元素(elements),恰巧为未经训练的心灵,提供了进入想象世界的唯一通道。在电影里,则是死胡同。

如前所说,在任何情况下,要说出一个故事到底是打动了非文学读者(unliterary reader)的深层想象(deep imagination),还是只兴奋了他的情感(exciting his emotions),都极为困难。即便亲身阅读该故事,你也无法说出。故事之粗劣,也证明不了什么。读者越是富于想象,身为一个缺乏训练的读者,他为自己所做的也就越多。仅仅得到作者的一点暗示,他就让那拙劣材料充满暗示(flood wretched material with suggestion),而且从来想都不想,他所乐享的正是自己制造的。我们所能找到的最便捷的检验就是,问他是否经常重读同一部故事。

当然,对于任何书籍的任何读者,这都是一项好的检验(a good test)。文学盲(unliterary man)①,或许可被定义为

① 拙译路易斯《文艺评论的实验》,曾依钱锺书先生的《释文盲》一文,将 unliterary reader 译为"盲于文学之读者",将 unliterary man 译为"盲于文学之人"。钱先生说,不识字者固然为文盲,但还有另外一种文盲,即文学盲,艺术盲。路易斯所说的 the unliterary,即钱先生所说的文学盲。

这样的人，他只读一次。要是有人从未读过马罗礼①，包斯威尔②，《项狄传》或莎士比亚的十四行诗，这人倒还有希望。可是，要是有人说他"已经读过"，意思是读过一次，而且自以为这就一了百了，你拿他怎么办？而且我想，就本文而言，此检验还有一个特别用场。因为兴奋，在上文所界定的意义上，正好就是一经重读就必定消失的东西。除了首次阅读的时候，你不会真的好奇于接下来发生了什么。假如你发现，通俗浪漫传奇之读者，无论他如何没文化，也无论那些浪漫传奇如何粗劣，总是一而再再而三地重返他的钟爱，那么，你就有很好的证据，表明那些书于他而言就是一种诗。

重读的读者（re-reader）寻求的不是实际的惊异（actual surprises，这只来一次），而是寻求某种惊异之感（a certain surprisingness）。这一点常遭人曲解。自鸣得意之徒，自以为在造园术中已不再将"惊异"当作一个元素；他问你，重游

---

① 马罗礼（Sir Thomas Maroly），《亚瑟王之死》（*Le Morte Darthur*，1485）之编撰者。

② 包斯威尔（James Boswell，1740—1795），英国著名文人约翰逊博士的苏格兰朋友，最伟大的英文传记《约翰逊传》之作者。

此园会如何。自作聪明！唯一要紧的是，第一次惊异跟第二十次，一样受用。令我们欣悦的，是出乎意料之"质"（the *quality* of unexpectedness），而不是出乎意料之"实"（the *fact*）。重游，甚至更是胜境。知道"惊奇"要来，我们才能全心玩赏这一事实：穿过灌木丛的这条小径，并不像看上去的那样，仿佛要将你突然带至悬崖边缘。文学亦然。初读一个故事，我们并未完全乐享。直至那好奇心，那纯然的叙事饥渴（the sheer narrative lust），得了甜头并安稳下来，我们才有余闲去品味真正的美。在此之前，就好比口渴难忍只求一口凉水，却浪费了美酒。孩子们深懂这一点，他们要你用同样的语言，将同一个故事讲上一遍又一遍。他们想再次拥有那发现之"惊异"（'surprise' of discovering），发现那看似是小红帽的祖母，其实是狼。你知道接下来发生什么，那更好。不再震惊于实际的惊异，你才能更专注于"突转"的内在惊异感（the intrinsic surprisingness of the *peripeteia*）。①

----

①　"突转"（*peripeteia*）与发现（*anagnorisis*），亚里士多德《诗学》论悲剧情节的一对概念："突转……指行动的发展从一个方向转至相反的方向……发现，如该词本身所示，指从不知到知的转变，即使置身于顺达之境或败逆之境中的人物认识到对方原来是自己的亲人或仇敌。最佳的发现与突转同时发生，如《俄狄浦斯》中的发现。"（《诗学》第11章，陈中梅译本）

但愿自己能够相信（I should like to be able to believe），我这里在小打小闹地为英格兰一个更好的散文故事流派导夫先路（因为批评，并不一定总是在实践之后），这类故事，能让想象生活（imaginative life）跟大众结缘，又不鄙薄少数人。不过，这或许不太可能。必须承认，我眼中的故事艺术，是特难的那种。其核心困难，当我抱怨《星际战争》随着故事展开，其中真正要紧的观念（the idea that really matters）却消失不见或隐而不彰（blunted），那时就已经做过暗示了。眼下我必须补充说，在所有故事中，永远有发生此事的危险。要成为故事，就必须是一序列事件。然而必须懂得，这一序列——也即我们所谓"情节"，其实是我们借以捕捉别的什么的唯一的网。而真实主题，可以是且或许通常就是，其中并无先后次序的某种东西，不像一个进程而更像是一种状态（state）或品质（quality）的某种东西。巨人气息（Giantship），他性（otherness），宇宙洪荒，都是我们所邂逅的例子。一些故事的标题，很好地展现了这一点。《世界尽头的泉井》①，有人能就此标题写个故事么？他能否找到一

————

① "BBS水木清华站"之长文《廿世纪欧美奇幻发展史大纲》："《世界尽头的泉井》（*The Well at the World's End*，1896）则是他最 （转下页注）

连串事件，让这些有先后顺序的事件真的捕捉、固定并使我们深切体认到，我们单单听闻"世界尽头的泉井"这几个字所把握到的一切？是否有人能就亚特兰蒂斯①写部故事——还是最好就让这几个字自行其是（work on its own）？而且我必须承认，那张网很少成功捕到那只鸟。莫里斯在《世界尽头的泉井》里差点成功——就差一点点，使得此书值得数次阅读。然而别忘了，成功的最佳时机出现在该书的前半部分。

不过，确实有时也成功。在 E. R. 艾迪生（E. R. Eddison）的晚期著作中，它完全成功了。对于他新造的世界，你或喜欢或不喜欢（至于我本人，喜欢《奥伯伦巨龙》里的世界，极不喜欢《女中豪杰》[*Mistress of Mistresses*]里的），但其主题跟故事讲述，没有龃龉之处。每个插曲，每场对话，都有助

（接上页注）重要的长篇钜构，全书长达千余页。故事中的世界已具备独立而完整的地理风貌，并非传统上利用海洋或梦境加以与现实世界区隔的做法，我们已经可以从中瞥见后来第二世界的影子。本书的主角劳夫（Ralph），一个小王国的年轻王子，耐不住留在国内陪伴老爸，决定逃离皇宫，前往神秘的世界尽头，寻找青春之泉。"

①　亚特兰蒂斯（Atlantis），又译"大西岛"，传说中拥有高度文明的古老海岛，最早的描述见于柏拉图《蒂迈欧篇》和《克里底亚篇》两篇对话录中，最后沉没在大西洋海底。亚特兰蒂斯后来成为文学创作中史前失落文明的灵感来源。

于体现（incarnate）作者所想象的。你无法略过其中任何一个。整个故事都用来铸就，复兴之丰缛与北方之严酷的混合。这里的秘笈大致就在风格（style），尤其在对话风格。那些自负（proud）、粗心、热情的人，主要靠言语来创造他们自己以及他们之世界的整体氛围。德拉·梅尔先生也成功了，部分是靠着风格，部分是靠着从不摊牌。而大卫·林赛先生，则靠一种时而（直话直说吧）令人生厌的风格。他之所以成功，因为他的主题跟情节一样有序，是时间中或准时间中的一样东西，是一种热情的灵性之旅。查尔斯·威廉斯①也有着同样的优势，但是，由于他所写的故事在我们目下所考虑的意义上，基本上算不得纯故事（pure story），这里也就不提了。它们尽管自由运用超自然，但还是更贴近小说（novel）；某种笃信的宗教（a believed religion），细致的人物刻画，甚至社会讽刺，都进入其中。《霍比特人》借助一种特别奇异的语调变换（a very curious shift of tone），避免了蜕化为单纯

---

① 查尔斯·威廉斯（Charles W. S. Williams，1886—1945），英国诗人，小说家，剧作家，神学家，文学批评家，路易斯挚友，淡墨会（Inklings）成员。关于威廉斯与路易斯之友谊，可参艾伦·雅各布斯《纳尼亚人：C. S. 路易斯的生活与想象》（郑须弥译，华东师范大学出版社，2014）页 220—221。

情节及兴奋(mere plot and excitement)的危险。随着前头章节之幽默及朴实(homeliness),也即纯"霍比特性"的渐渐消隐,我们也就不知不觉地步入史诗世界。这就好比,蟾宫大战变成一次"造访"(a serious *heimsókn*),而獾开始像尼雅尔(Njal)①那样说话。于是,我们失之东隅收之桑榆,我们也猎到了狐狸——不过并非同一只。

或许有人会问,为什么要鼓励人以这种形式写作,其中手段显然常常跟目的相互冲突。不过我可并未提议说,能写伟大诗篇的人应转而去写故事。我只是提议,其作品在任何情况下都是一部浪漫传奇的那些人,理应瞄准什么。我也并不认为这一点就不重要:此类作品之佳篇,甚至未臻完美之作,也能至诗之所未至。

要是我得出结论说,每部故事深处的主题(theme)与情节(plot)的内在张力,说到底,构成了它与生活的大体肖似——要是我这么说,是否会被认为是想入非非?要是故事在这方面失败,生活不也栽同样的跟头?在现实生活中,就跟在故事中一样,一些事必定发生。麻烦就在这儿。我

----

① 尼雅尔(Njal),北欧《尼雅尔萨迦》之主人公。

们捕捉某个境界(grasp at a state)，却只找到一连串事件(a succession of events)。在这些事件里，该境界从未得到体现(embodied)。找到亚特兰蒂斯这一宏愿，在历险故事的头一章让我们心潮澎湃，可是，旅程一旦开始，就往往逐渐消磨在单纯兴奋(mere excitement)中了。现实生活亦然。当日常琐事开始出现，历险的念头就开始消退。这不只是由于实际的艰难与危险将其挤到一边。别的宏愿——归家，跟所爱者重聚——同样也逃脱了我们的掌控(elude our grasp)。就算不会有失望吧；就算如此——好吧，你还是你。① 可是现在，某种事必定发生，此后还有别的事。所发生的一切，或许令人欣悦；可是，有没有那么一串子事，很能体现正是我们所求的那种生命境界(the sheer state of being)？假如作者笔下的情节只是一张网，通常还是一张不大完美的网，由时间和事件织就，用以捕捉那其实根本不是一个进程的东西，那么，生活是否更是如此？回过头来想，我还真拿不准，《世界尽头的泉井》里魔法的逐渐消退，到底算不算一个瑕疵。那倒是真理的一幅图像(an image of the

_____

① 本句原文为：Suppose there is no disappointment；even so——well, you are here.

truth)。生活无法做到的,确实可以指望艺术去做:那本书也做到了。鸟儿已经逃脱。不过有那么几章,它至少陷入网罗。我们近观到了它,而且乐享其羽色。有多少"现实生活"所拥有的网罗,能做到这么多?

在生活与艺术中,依我看,我们都一直试图用我们的连续瞬间之网(our net of successive moments),来捕捉那并无连续性的某种东西。现实生活中是否有哪位博士,能教我们如何去做,从而最终要么使得网眼足够精细,能网住那只鸟;要么我们必须做出改变,从而能够扔掉我们的网,跟着鸟儿去它的国度——这问题已经出了本文范围。不过我想,在故事中,某些事情已经完成了,或者说非常非常接近于完成。我相信,这一努力很值得付出。

2 查尔斯·威廉斯的小说[①]

The Novels of Charles Williams

有史以来最愚蠢的批评,李·亨特[②]做过一个。他嫌《古罗马之歌》[③]缺乏《仙后》[④]那种诗的氛围。需要说明的是,他不仅是在一封信中,而且是在一封写给麦考莱本人的求教信件中

---

① 本文乃 BBC(英国广播公司)之约稿,1949 年 2 月 11 日由 BBC 第三频道播出。

② 李·亨特(Leigh Hunt,1784—1859),英国散文作家、评论家、报刊编辑和诗人,曾任许多有影响之刊物的编辑,诗人雪莱和济慈的友人和赞助者。

③ 《古罗马之歌》(*Lays of Ancient Rome*,1842),作者麦考莱(Thomas Macaulay)。

④ 《仙后》(*Faerie Queene*),埃德蒙·斯宾塞(Edmund Spenser,1552—1599)的长篇史诗。斯宾塞被誉为乔叟时代与莎士比亚时代之间英国最杰出的诗人,"诗人的诗人"。

下这一断语的。恰如麦考莱向内皮尔所承认的那样,这是丈夫之举。[①] 可是作为批评,则有些悲催。我有时纳闷,对查尔斯·威廉斯的小说的某些批评,是否同样也文不对题。

对他的小说的常见抱怨就是,它们混淆了一些人所谓的写实(the realistic)与奇幻(the fantastic)。我则更愿意仰赖更陈旧的批评术语,说它们混淆了"或然"(the Probable)与"神奇"(the Marvellous)。一方面,我们在其中遇见普普通通的现代人,说着当今的粗话,住在郊区;另一方面,我们也碰见超自然(supernatural)——鬼魂、魔法师以及原型野兽(archetypal beasts)。首先要把握的一点就是,这并非两个文类(literary kinds)之混杂。那正是一些读者所怀疑的,也是他们所恨恶的。他们一方面承认"正统"小说('straight' fiction),就是我们从菲尔丁直至高尔斯华绥所了解到的经典小说。[②] 另一方面,他们也承认纯奇幻(pure

---

① 【原编注】Letter to Macvey Napier of 16 November 1842 in *The Letters of Thomas Babington Macaulay*, ed. Thomas Pinney (1977).【译注】内皮尔(Macvey Napier,1776—1847),苏格兰律师、法律学者、大英百科全书编辑。

② 亨利·菲尔丁(Henry Fielding,1707—1754),英国18世纪最杰出的小说家,代表作《约瑟·安德鲁传》(1742)和《汤姆·琼斯》(1749)。高尔斯华绥(Galsworthy,1867—1933),小说家,剧作家,1932 (转下页注)

fantasy），它创造了个自成一体的世界，用某道篱笆从现实中隔离出来，如《柳林风声》《瓦赛克》或《巴比伦公主》等书。① 他们抱怨说，威廉斯要他们在同一部著作中，在两者之间跳来跳去。可是，威廉斯其实在写第三类书，不属于二者之中的任何一个，其价值也不同于二者。在他写的这种书里，我们一开头就说："假定这一日常世界，在某个节骨眼上，神奇力量入侵。事实上就是让我们假定一种穿越（a violation of frontier）。"

这个套路（formula）当然并不新奇。我们这些五十来岁的人，绝大多数甚至在孩提之时就清楚知道格林童话和E. 内斯比特②的童话不一样。一个将你摆渡到一个新世界，有其自身的法律和别具一格的居民。而另一个的全部要义（the whole point）在于，假定托特纳姆法院路（Totten-ham Court Road）飞来一只凤凰或一间破旧公寓飘进一张

（接上页注）年诺贝尔文学奖得主。路易斯所说的从菲尔丁一直到高尔斯华绥的"经典小说"，指的是现实主义小说。

　　① 《瓦赛克》（*Vathek*，1786），作者威廉·贝克福德（William Beckford，1760—1844），"译言古登堡计划"网站有该书之中译本；《巴比伦公主》（*The Princess of Babylon*），伏尔泰的哲理小说。

　　② 内斯比特（E. Nesbit，1858—1924），英国儿童故事作家、小说家、诗人。

护符。寻常的鬼故事，以及这一意义上的经典鬼故事，也是同样的把戏；场景与人物之写实及世俗品格，对其效果举足轻重。因而，德拉·梅尔先生①用一种巧妙得多的方法，在我们都深知的这个世界头上，倾倒他那不竭的疑虑（bottomless misgivings）。《化身博士》②将非同寻常的恐怖，加诸平淡无奇的环境。F. 安斯提则为他的神奇漫画（comic marvels），构筑了一个写实的巢。③ 即便是《爱丽丝》系列和《格列佛》系列，也多亏了那些实打实的事（the matter-of-fact），还有其主要人物之稀松平常。要是爱丽丝是个公主，要是格列佛是个浪漫漫游者或是个哲学家，其效果就会遭破坏。假如这一文类终得容许，那么，抱怨它混淆了写实与奇幻这两个文学层面（literary level），就是无稽之谈。相反，它始终处于自己的层面：其中，我们假定在现实世界里，出现了一次穿越（a violation of frontier）。

　　而今，一些人心存疑虑，是否许可这类小说。他们或许

① 德拉·梅尔（Walter de la Mare，1873—1956），英国诗人，小说家。

② 《化身博士》（*Dr Jekyll and Mr Hyde*），19 世纪英国小说家史蒂文森（Robert Louis Stevenson，1850—1894）之代表作，中译本有十余种。

③ 指英国小说家托马斯·安斯提·格思里（Thomas Anstey Guthrie，1856—1934）的小说《反之亦然》（*Vice Versa*，1882）。

会问,这样的假定,有何价值? 面对这一问,有个回答,我要立刻加以排除。它们不是讽寓(allegories)①。我得赶快补充一句,对于这类小说或任何小说,读者想将其变成寓言却无能为力,这几乎是不可能的事。艺术中的一切事物,自然中的绝大多数事物,都可以被讽寓化(allegorised),假如你决意如此的话:中世纪思想史,就表明了这一点。然而我并不认为,这就是此类故事之写法;更不认为,这就是它们应得之读法。其起点是个假定:"假定我发现一个住着矮人的国度。假定两个人能互换身体。"所要求的,不少于此,亦无过于此。可是,道理何在?

我们一些人,当然,大概不会心生这样的疑问。这类假定,在我们看来,是人类心灵不可让渡的权利,也是其根深蒂固的习惯。我们一天到头都做假定。因而我们就不明白,为何就不应偶尔在一部小说里,更主动更一贯地做一次假定。不过另一些人,则感到它需要正当证明(justifica-

---

① 文论关键词 allegory,通译"寓言",更严格的译名当为"讽寓"或"托寓"。张隆溪先生解释该词说:"讽寓"(allegory)按其希腊文词源意义,意为另一种(allos)说话(agoreuein),所以其基本含义是指在表面意义之外,还有另一层寓意的作品。(赵一凡 等主编《西方文论关键词》allegory辞条)

tion)。我想,正当证明能找到一个。

每个假定,都是一次观念实验(ideal experiment):用观念来做实验,是因为除此而外,你无能为力。实验的作用就在于,教我们更了解所实验的物事。假定日常生活世界遭其他世界某个事物入侵,我们就在将自己对日常生活世界的理解或对其他世界的理解,或者将此二者一起,交付一个新的检验。我们将它们放在一起,看它们如何反应。如果实验成功,无论关于被入侵的世界,入侵的世界,抑或关于二者,我们的思考、感受和想象,就会变得更准确、更丰厚、更专心。当然在这里,我们碰上了这类作家中间的一个巨大分歧。

一些作家,只就日常生活世界做实验;另一些作家,还就入侵者做实验。这部分取决于他们的文学选择,但也部分取决于他们的哲学。一些人,当然并不相信,有个潜在的入侵者(a potential invader)。对他们来说,假定有个入侵(invasion),其唯一作用必定在于,给我们的日常且正常的经验投下一丝光亮。另一些人,则相信有个可能的入侵者(a possible invader)。他们就会期待(尽管他们并不必然一直有此期待),投下的光亮也来自这个假定。于是乎,就有了两类穿越小说（invasion story）。《反之亦然》①是头一种的范例。迦楼罗石②的唯一功能就是，将巴尔蒂图德先生和格里姆斯通（Grimstone）博士及其他人，置于一种否则就绝无可能的关系之中，为的是我们可以观察他们的反应。《化身博士》也是这样。借以让双重自我分身的那个器具，是些乱七八糟的药粉和药水，斯蒂文森几乎不愿勾起我们的兴趣：重要的是药效。喜剧故事，或有强烈伦理色彩的故事，其作者经常采用这一方法。德拉·梅尔先生则是另一极端。他的成就在于，唤醒"我们灵魂所不能及的那些思想"，让我们对常识世界之危险（the precariousness of our common-sense world）感同身受，跟我们分享他自己对常识所蔽之物忧心忡忡的认识。"假定此遮蔽，"他说，"并不高

---

① 《反之亦然》（*Vice Versa*）叙写了商人保罗·巴尔蒂图德（Paul Bultitude）和儿子迪克（Dick）的故事。新学年来临，迪克害怕回到"棍棒"校长开的寄宿学校。父亲对此并不理解，他声称自己的学生时代是最美好的时光，他渴望去上学。这个时候，适逢迪克的叔叔从印度带回一块魔法石，它可以满足持有者一个愿望。父亲的愿望居然成真，他变成了和迪克一样大的男孩。父亲要求拿着魔法石的迪克把他变回去，迪克拒绝了。他决定变成父亲之前的样子，变成一个成年男子。巴尔蒂图德先生无奈，只得去儿子的寄宿学校上学。而迪克则有机会接管父亲城市里的生意。故事最后，父子二人恢复原貌，彼此也更理解对方。

② 迦楼罗石（*Garuda Stone*），《反之亦然》中让父子互换角色的魔法装置。

效,个把小时就全崩溃了。"

而威廉斯跟德拉·梅尔先生处于天平的同一端。我并不是说,他俩在其他任何方面都相像。就想象之性质(quality of imagination)而论,二人则判若霄壤。德拉·梅尔先生的世界,朦胧,静谧,缥缈,像"沐着银光"的黄昏;而威廉斯的世界,灿烂,分明,有如鸣钟。德拉·梅尔那儿令我等欣悦的精致(delicacy),韵味悠长,你要是在威廉斯的世界里去寻找,将一无所得;要是你在德拉·梅尔那里,搜求威廉斯的豪气、排场、富丽及狂欢,你同样会失望。然而两人在这方面是一伙的:他们都假定了一次穿越(a violation of frontier),对边界的两边都感兴趣。

毋庸置疑,进入威廉斯的小说的最直截最简单的路径就是,去留神并乐享小说投在边界这一边也即我们平素经验上面的光亮。他的小说《狮之地盘》(*The Place of the Lion*)①,依我看,就为我自己平素栖身的世界,也即学术界,投下一丝不敢忽视的光亮。女主人公达玛丽斯·泰伊(Damaris Tighe),是洋洋自得的研究员的范例。她研究中

---

① 【原编注】*The Place of the Lion*(1931),*All Hallows' Eve*(1945),*Descent into Hell*(1937).

世纪哲学。她从未想过,中世纪思想的对象,还会有真实性(reality)。威廉斯告诉我们,她将阿伯拉尔①和圣伯纳德(St Bernard)视为某学派的顶巅,但对此学派(school)②,她与其说是其校长(headmistress),不如说是其督察(inspector)。这时,来了这个假定:要是这些对象,毕竟真实呢?要是它们开始展示自身呢?要是这个书蠹不得不去经历自己轻易加以编目的东西呢?读完此书,即便并未感到对柏拉图之理式(Forms)的了解有何增益,我们也会感到,我们更了解作为研究者的自己——我们好像冷眼旁观到关于自身优越的昏庸预设(the fatuous assumption of superiority),这预设若不设法订正,就必定会主宰着我们对过去的思考。

同样,在《万圣节前夜》(*All Hallows' Eve*)里,贝蒂(Betty)所遭受的奇怪折磨,为我们分离出她那颇有可能但我们却难以想象的性格——全不设防却又无法败坏的天真。换句话说,我发觉,当我读到她的身世,"受害者"(*vic-*

---

① 阿伯拉尔(Abelard,1079—1142),法兰西经院哲学家、逻辑学家和神学家,所著《神学》被指为异端而遭焚毁。

② 路易斯在这里,调用了 school 一词的语义双关:学派/学校。

tim)一词，经过这么多年司空见惯的运用，又在我心中恢复了其古老、圣洁、献祭的尊严；与此相应，我对日常生活世界的洞察，也变得敏锐。

　　说实话，这只是威廉斯诸假定通常会有的奇特收效之一例。它们使得创造良善角色成为可能。在小说里，良善角色恰好是祸根。① 不只因为绝大多数作者，几乎没有素材来

---

　　① 原文是 Good character in fiction are the very devil，意在说明善良角色塑造之难。与此相通的还有坊间流传的莫泊桑的名言："清白的女人成不了故事。"拙译路易斯《论〈失乐园〉》第13章，曾详论良善角色为何难以塑造：

　　当然话说回来，撒旦仍是弥尔顿刻画得最好的人物。个中原因，不难寻找。在弥尔顿试图刻画的主要人物中，他最容易刻画。让百位诗人来讲述同一故事，就有九十篇诗歌，其中撒旦都是刻画得最好的人物。除少数作家而外，在所有作家笔下，"良善"人物都是最不成功的。谁试着讲过哪怕再平常不过的故事，谁就知道是为什么了。塑造一个比自己还坏的人，只需在想象中，放纵一下某些坏的激情（bad passions）。在现实生活中，这些坏激情往往要用皮带紧牵。我们每人心中都有撒旦，伊阿古，蓓基·夏泼。它们一直在那里，蠢蠢欲动，就在皮带脱手的当儿，出现在我们的书中，要耍闹闹。而在生活中，我们竭力抑制它们。然而，假如你试图刻画一个比你自己更良善的人，你所能做的一切就是，找出你曾经有过的良善时刻，想象中拓展它们，并且更持之以恒地付诸行动。至于我们并不拥有的那种上德（the real high virtues），除了纯外在描画，我们无从下笔。我们确实并不知道，做一个比我们自己好出很多的人，会有何感受。他的整个内心境界，我们从未领略；当我们推测，我们就误打误撞。正是在他们所塑造的"良善"人物身上，小说家不知不觉地暴露了自己，令人吃惊不迭。天堂理解地狱，地狱则不理解天堂。我们所有人，都不同程度地分有撒旦式的愚昧（blindness），或者说至少分有拿破仑式的愚昧。将自己投射在一个邪恶人物身上，我们只需停止去做一些事情，也就（转下页注）

塑造他们;更是因为我们读者有个强烈的潜意识,指望着发现他们并不可信。注意司各特何其聪明,他就在我们的眼皮子底下,让珍妮·迪恩斯(Jeanie Deans)在方方面面都逊于我们,但德性除外。这就贿赂了我们,让我们放松警惕。在威廉斯那里,我们也放松警惕。我们在奇奇怪怪的环境中见到他笔下的好人,都不太想着称其为好人。只有在后来的反省中,我们才发现自己莫名其妙地正在接受的东西。

过一小会,我们再回过头来看这一点。现在,我必须重申或坦承(无论你怎么叫),照亮日常世界(ordinary world)只是威廉斯的故事的一半。另一半则是,他为我们讲述另一个世界。在那些坚信并无此等事体的严格唯物论者眼中,我猜,这只不过是一种好奇心或心理分析之素材。说白了吧,威廉斯不是向这号读者发话。当然啦,他也不是只向自己的教友(co-religionists)发话。诚然,明白无二的基督教观念,很少放在我们面前。那么,我们得到什么呢? 最起码,是某人对未知事物之猜测。而那些一开始并未排除这

(接上页注)是那些我们已经感到厌倦的事;将自己投射在一个良善人物身上,我们就不得不去做我们没能力做的事情,成为我们所不是的那种人。(华东师范大学出版社,2023,页 208—209)

些事体之可能的人，或许会承认，某人的猜测强过另一个人。一旦我们想，某人的猜测极佳，我们确实就开始犯嘀咕，怀疑"猜测"是否用词不当。

我不会仓促断言，说威廉斯是个神秘主义者（mystic）①。假如神秘主义者的意思是，一个人借弃绝形象而走上否定道路（follow the negative way by rejecting images），那么，他处心积虑地处于反面。两条道路之抉择，二者之正当（legitimacy）、尊严（dignity）及危险（danger），是他钟爱的主题之一。不过我深信，他的经验，无论是内容还是品质，都跟我不同；而且那些不同迫使我说，他看得更远，他知我之所不知。可以说，他的写作将我带到了我自己的舟楫从未抵达之地；那个奇怪地方又如此贴近众所周知的地域，以至于我无法相信它只是梦乡（dreamland）。

---

①　将 mysticism 译为"神秘主义者"，两岸三地颇有疑议。个中缘由，沙湄先生说得很是明白：究其在世界诸宗教中的本意，mysticism 首先是指超越自我（不管通过什么途径）、与神或非人格的宇宙本源"合而为一"的宗教实践，无论婆罗门教、印度教、佛教，还是伊斯兰教、基督教，概莫能外。其中根源性的"合一"之意，"神秘"一词完全无法涵盖；不仅如此，"神秘"所突显的"不可知"、"不可说"、"反理性"很有误导之虞，"神秘主义"在汉语环境中更时常沦为贬义词，似指"神神鬼鬼的玄怪"。（沙湄译齐奥朗《眼泪与圣徒》之"中译序"）故而，较为中肯的译名，应为"密契"或"冥契"。拙译仍遵从通用译名，只因它沿袭已久，早已是约定俗成。

这事,不可能借简短引文加以说明。但我却能够指出,我特别强烈地感受到它的那些篇章。一段出自《万圣夜》末章,其中莱斯特(Lester),在生理意义上已经死去多日,却仰观并发现(不讲述整个故事我无法解释),还有一场更终极的离别(a more final separation)近在手边。于是就有了这段话:"一切的一切,都在终结;这,在无数序曲之后,定是死亡。这是死亡的至为高雅至为纯粹的喜乐……在她头顶,天空每过一刻,就变得更高更空;雨,从云层之外的一处泉源飘下。"

另一段出自《堕入地狱》(*Descent into Hell*)第四章,其中年老的玛格丽特(Margaret),躺在临终卧榻上,感到自己既是一座大山,又是攀爬此山的行者。书中写道:"现在她知道自己气息奄奄,摇摇欲坠。生命就悬于高空,那是她和他人以及她那个世系的世界所属的高空,因为她本人就是所有这些顶峰的一部分。"①当然,你或许会问我,威廉斯怎会知道?我不会说,他在这一意义上知道——说他给了我

① 原文为:Now she knew that only the smallest fragility of her being clung somewhere to the great height that was she and others and all the world under her separate kind, as she herself was part of all the other peaks. 这段话描写身处死亡边缘的体验,很是难解。曾请教过多位英文高手,都敬谢不敏,故而只能硬着头皮妄译。译文肯定离谱,烦请拨冗指教。

关于死后世界或死亡边缘的真实细节。我可以确保，他所描写的某些事物，除非经他描写否则我无由得知；而这些事物，事关紧要。

不过我特别担心，我前面就他笔下善良角色所说的话，给人留下他就是个道学家（moralist）的印象。公众对道德图书（moral books）的不信任，也不是空穴来风。道德糟践文学，屡见不鲜：我们都记得，发生在 19 世纪一些小说上面的那些事。真相在于，除非你准备再上一个台阶，否则，踏上念念不忘义务（duty）的台阶，就特别糟糕。律法（the Law），恰如圣保罗明白解释的那样，只能将你带到校门口。道德之存在，是要被超越。① 我们履行义务，是盼望着终有一日，我们做同样事情时自由而又欣悦。威廉斯的书的解放性质（liberating qualities）之一就是，我们很少站在单纯的道德层面。

有个小小的事实，也即他为礼仪观念所作的出人意料的拓展，颇堪玩味。他人会看作殷勤（service）或无私的东西，他看作风度（good manner）。这事，要是就事论事（taken

---

① 《罗马书》三章 19—20 节："我们晓得律法上的话，都是对律法以下之人说的，好塞住各人的口，叫普世的人都伏在神审判之下。所以凡有血气的，没有一个因行律法能在神面前称义，因为律法本是教人知罪。"

by itself)，或许只是文字游戏。我这里提它，只是作为整体态度的一个方便标识。因为礼仪（courtesy），可以是轻灵的（frolic），也可以是郑重其事（ceremonial），抑或兼而有之；而无私则既沉重（lumpish）又煞有介事（portentous）。对单纯伦理态度的这一升华，贯穿他写作之始终。他笔下的世界，或许酷烈（fierce）且险象环生（perilous），却永不失其庄严（the sense of grandeur），丰茂（exuberance），以至欢畅（carnival），既不失"诚实无欺"（honestade），又不失"骑士风度"（cavalleria）。要是斯宾诺莎当初能够走出他的几何学方法，进而跳起哲学舞蹈（to dance his philosophy），这就有点像斯宾诺莎的欢谑（hilaritas）了。即便是早期著作的主要缺点——对话流于轻率——也是一位学徒试图表达自己在属灵生命中的欢乐历险。无疑，一些虔敬读者（pious readers）会尴尬地发现，威廉斯在锡安安逸无虑①；若真如此，难道他们忘记了，大卫曾在约柜前跳舞②。

---

① 《阿摩斯书》六章 1 节："在锡安和撒玛利亚山安逸无虑的人有祸了！"

② 大卫在约柜前跳舞，典出《撒母耳记下》六章 12—22 节。米甲认为大卫赤身露体在神的约柜前是当众出丑，而大卫认为这是神赐的荣耀。

3 悼 E. R. 艾迪生[①]

A Tribute to E. R. Eddison

　　人到中年,还能找到一位作者,给他十几岁二十几岁时所熟知的那种打开一扇门的感觉,实属难得。人们以为这些光景已成过去。艾迪生的英雄传奇(heroic romances)是个反证。它是一种新文类,新修辞,是想象力的新气象。其影响不会消散。因为在其背后,是一位特立独行而又始终如一之人的毕生心血。更何况,即便它只是自我表现(self-expression),即便它只吸引那些与作者性情(subjectivity)

---

① 首刊于艾迪生小说 *The Mezentian Gate*(1958)之护封。

相类之人,艾迪生的仰慕者,仍有着不同年龄与性别,还包括这样一些人(像我自己):他的世界令他们感到格格不入(alien)甚至避之唯恐不及(sinister)。一言以蔽之,这些书首先是艺术作品。它们不可替代。在别处,我们不会遇到这一融合:冷峻而又繁缛,飘逸而又细密,孤愤而又放达。没有作家堪与艾迪生比肩。

4　儿童文学写作之三途^①

On Three Ways of Writing for Children

我想，为儿童写作的那些人着手工作，有三条路径。其中两条好，另外一条一般说来不好。

这条不好的路径，我新近才知道。有两个人无意间做了证人。一个是位太太，她将自己写的故事手稿送给我看，其中有位仙女交给一个孩子一件奇妙的小装置(gadget)。我说"小装置"，因为它不是一个魔戒或帽子或斗篷或别的

---

　　① 曾在英国图书馆协会(Library Association)宣读，刊于《伯恩茅斯年会纪要：1952 年 4 月 29 日—5 月 2 日》(*Proceedings*, *Papers and Summaries of Discussions at the Bournemouth Conference 29th April to 2nd May 1952*)。

任何传统物件。它是一部机器，有龙头和把手，还有可以按的按钮。按这个按钮，你会得到一块冰激凌，按另一个则会得到一只活蹦乱跳的小狗，不一而足。我不得不给这位作者说实话，我不太看好这东西。她回答说："我也不大看好，它让我心烦意乱。可是，现代儿童就想要这个。"另一点证据是这样的。在我自己所写的第一部故事里，我用了大量篇幅来描写一份自以为丰盛的茶点，是位好客的农牧神给我的女主人公——一个小女孩的。[①] 有个当了爸爸的人说："哦，我明白你怎么想到这个了。要是你想取悦成人读者，你会给他们性。因而你暗自思忖：'这对孩子不管用，我相应给他们什么呢？我知道了。小家伙们喜欢大量好吃的东西。'"实际上，我自己就喜欢吃喝。可是，我添加进去的东西，我孩提时代喜欢读，如今五十岁了仍喜欢读。

　　头一个例子中的那位太太，以及第二个例子里那位已结婚生子的男子，都把为儿童写作想作是"投公众所好"的一个特别部门。儿童当然是一批特别公众，你找出他们想要什么，并提供给他们，不管你自己多么地不喜欢。

---

①　《狮子、女巫与魔衣橱》第 2 章，农牧神潘恩款待露西。

　　第二条路，乍一看，跟头一条十分相似。不过我想，只是表面相似。这是刘易斯·卡罗尔①、肯尼斯·格雷厄姆②及托尔金（Tolkien）③所走的路。付梓印刷的故事，出自为孩子亲口讲述的故事，或许还是即兴讲述。它与头一条路相似，因为你当然努力给孩子他们想要的。可是，这时你面对的是个具体的人（a concrete person）：这个孩子，当然不同于别的孩子，在这里，不可能将"儿童"（children）构想为一个奇怪物种，任你像人类学家或推销商那样为其"编造"习惯。这样面对面，我猜啊，你就不可能用一些算来会取悦他而你却对之无动于衷或满心鄙夷的东西来款待他。这孩子，我敢保，会看穿这一伎俩。你会变得略有不同，因为你在跟这孩子说话；这孩子也会变得略有不同，

_____

　　①　刘易斯·卡罗尔（Lewis Carroll，1832—1898），英国数学家、逻辑学家、童话作家、牧师、摄影师，《爱丽丝漫游奇境》之作者。

　　②　格雷厄姆（Kenneth Grahame，1859—1932），英国著名儿童文学作家，《柳林风声》（*The Wind in the Willows*）之作者。

　　③　关于托尔金的《霍比特人》，朱学恒《至尊魔戒》一文叙其成书历程："这一切的起源其实是来自于托尔金身为一个父亲对子女的爱：身为一个研究文学的创作者，他最不缺的就是想象力。所以他会在圣诞节的时候写一封又一封圣诞老人的信给孩子们，加上颜色鲜艳的插图，用圣诞老人的口吻给他们描述极地的新闻事件和故事；《哈比人》的风格就这么从一封又一封的信件中慢慢建立起来。"（文见朱学恒译《魔戒》第一部《魔戒现身》，译林出版社，2011）

因为有个大人在跟他说话。这就创建了一个共同体(a community)，一个复合人格(a composite personality)。故事即由此而出。

第三条路，也就是我自己老是在走的一条路。这条路在于，你之所以写儿童故事，是因为对你不得不说的某些东西而言，儿童故事是其最佳艺术形式。恰如一个作曲家谱一首哀乐，不是因为目下有一场公众葬礼，而是因为头脑里出现的某些音乐念头最好用那个形式。这一方法，还能用于故事之外的别种儿童文学。我听说，阿瑟·米①从不跟孩子谋面也从不想谋面；依他看，孩子们喜欢读他所写的东西，就真有些幸运了。这一逸事，或许不是事实，不过倒也显明了我的意思。

在诸类"儿童故事"中，碰巧适合我的子类是奇幻(fantasy)或(宽泛意义上的)童话(the fairy tale)②。当然，还有别的子类。伊迪丝·内斯比特所写的巴斯塔布尔三部曲，就是另一种类的一个极好样本。那是一部"儿童故

① 阿瑟·米(Arthur Mee, 1875—1943)，英国记者，少儿图书编辑，儿童文学作家。

② 将 fairy tale 译为童话，也是从俗。更严格的译名，应为"仙境奇谭"。

事",不只因为儿童能读懂也的确在读,而且因为那是内斯比特能为我们提供那么多童年情味(humours of child-hood)的唯一形式。虽然巴斯塔布尔家的孩子们在她的一部成人小说中出现过,从成人视角也处理得很成功,但是他们只是昙花一现。我并不认为,她本该继续下去。要是我们大段去写孩子们在长辈眼中的样子,感伤(sentimentality)往往就悄悄溜了进来,而童年之现实,也就是我们都经历过的童年,则会悄悄溜走。因为我们都记得,我们的童年,活生生的童年,与长辈看到的童年,差之千里。正因如此,当我问迈克尔·萨德勒爵士①,问他对某所新建实验学校有何看法,他回答说:"我从不对此类实验发表意见,除非孩子们长大,能告诉我们那里究竟发生了什么。"同理,巴斯塔布尔三部曲(Bastable trilogy)里写的很多事,无论如何地未必然(improbable),关于儿童,它某种意义上还是为成人提供了更为真实的读物,那是他们在绝大多数写给成人的书籍里找不到的。反过来讲,它也使得那些读了它的孩子,做起一些事来,成熟得连他们自己都意识

———————

① 迈克尔·萨德勒爵士(Sir Michael Sadler, 1861—1943),英国历史学家,教育家。

不到。因为整部书就是对奥斯瓦德的性格研究（a character study of Oswald），就是一种不自觉的自我漫画（satiric self-portrait）。每个聪慧的孩子，都能充分欣赏：但是没有哪个孩子会坐下来，读其他任何形式的性格研究。儿童故事传达（mediate）这种心理学兴味，另外还有个途径，我放在后面来说。

对巴斯塔布尔三部曲的简单一瞥，我想，我们已经撞见一个道理。只要儿童故事只是作者不吐不快的东西的合适体裁（the right form），那么，那些想听这些东西的读者，当然就会在任何年纪，阅读或重读此故事。我快三十岁时，才遇见《柳林风声》和巴斯塔布尔三部曲。可我并不认为，我对它们的乐享，就会因之减损。我几乎想树立这么个准则：只有儿童才会乐享的儿童故事，是一部糟糕的儿童故事。好的儿童故事，隽永悠长。一部华尔兹曲，你只有跳华尔兹时才喜欢，那就是糟糕的华尔兹曲。

依我看，对于最切合我的趣味（taste）的那类儿童故事，即奇幻或童话，这准则就再也明显不过了。如今，现代批评界将"成熟"（adult）当作一个褒义词来用。他们敌视所谓"怀旧"（nostalgia），更瞧不起所谓"彼得潘主义"（Peter Pantheism)①。因而,要是有人五十三岁了,还胆敢承认小矮人、巨人、巫师和会说话的野兽仍让自己倍感亲切,那他不会受童心未泯之赞扬,而是会被讥笑或怜悯,说他长不大。面对此等指责,要是我会费点唇舌为自己辩护,那倒不是因为这关乎我是否被讥笑或怜悯,而是因为此辩护与我的童话观以至文学观血肉相连。我的辩护,包含三个命题。

1. 我会反唇相讥。不把“成熟”当作纯粹的形容词,而用它表示一种称许,这样的批评家本身就不够成熟。一心惦记着长大,只因那人长大成人就羡慕那人,每想到有幼稚之嫌就脸红——凡斯种种,正是童年和青春期的标志。而在童年和青春期,这些表现尚属适度,倒还是健康征兆。幼小事物,理应想着长大。可是,人到中年甚或刚步入成年,还一心惦记着成熟,那就是真正长不大的一个标志了。十来岁时,我读神话故事总是藏藏躲躲,生恐让人发现了不好意思。而今我年过五十,却大大方方地读。当我长大成人,

① 彼得·潘(Peter Pan),因苏格兰小说家詹姆斯·巴里(James Barrie,1860—1937)的出色描画,在英语世界就成了“不愿长大也永远长不大”的小孩的代名词。

我就把一切孩子气的事情抛开了——包括担怕自己幼稚，包括渴望自己非常成熟。

2. 这个现代观点，依我看，牵涉到对成长的一个误解。他们指控我们长不大，只因我们还没丢掉童年时的某个趣味。可是，真正的长不大，难道不就在于拒绝新事物，而非拒绝丢弃旧事物么？我现在喜欢白葡萄酒，我敢肯定，孩提时我并不喜欢。不过，我仍喜欢柠檬汁。我称此为成长或发展，是因为我得到丰富（enriched）：先前我只有一桩乐趣，而今我有两桩。可是，假如我在获得对白葡萄酒的趣味之先，不得不丢弃对柠檬汁的趣味，那就不叫成长（growth），而只是变化（change）了。我现今既乐享托尔斯泰、简·奥斯汀和特罗洛普①，又乐享童话故事，我称此为成长：假如我为了得到小说家，不得不丢弃童话，那我不会说我长大了，而只会说我变了。一棵树成长，因为它添枝加叶；一列火车则不成长，因为它将这一站抛到身后，一头奔向下一站。在现实中，情况比这更严峻（stronger）也更复杂。我想，现在读童话故事，跟那时读这些小说家相比，我的成长

① 特罗洛普（Anthony Trollope, 1815—1882），英国小说家，《巴塞特寺院》（Barchester Towers）之作者。

是一样的明显。因为，比起童年时代乐享（enjoy）童话，我现在更是乐在其中：现在有能力放入更多东西，当然也能读出更多东西。不过在此，我不强调这一点。哪怕只是将成人文学趣味加在并未改变的儿童文学趣味上面，这一增加仍当得起"成长"之名；而只是丢弃这件捡起那件的过程，则当不起。诚然，成长过程当然牵涉到更多的失去。那是偶然，也是不幸，而不是成长的本质，更不是使得成长可羡或可欲之所在。倘若它就是的话，倘若丢弃一些东西以及将某站抛在身后就是成长的本质及美德（virtue），那我们为何到成年就止步了呢？何不拿老年一词同样来表示称许呢？掉牙，脱发，何不庆贺一下？一些批评家仿佛不只混淆了成长与成长之代价，而且还希望让此代价比实际所需付出的多上好多。

3. 将童话故事和奇幻，跟童年联系在一起，本是一隅之见（local），也是个偶然（accidental）。我期望，大家都读一下托尔金的《论童话故事》一文。就此题而论，此文或许比任何人的贡献都大。假如你读过，你就已经知道，在绝大多数地域和时代，童话故事并非专为儿童而写，也不是仅为儿童所乐享。它沦落到儿童室时，正值它在文学圈变得不合时宜；恰如在维多利亚时代的住宅里，不时尚的家具降级到儿童室。① 事实上，许多孩子并不喜欢这类书，恰如许多孩子并不喜欢马鬃沙发；而许多成年人却喜欢，恰如许多成年人喜欢摇椅。至于那些喜欢童话故事的人，无论长幼，喜欢的理由大概也都一样。至于这个理由是什么，我们没有哪个人能言之凿凿。最经常闪现在我脑海的则有两个理论，一个是托尔金的，一个是荣格的。

依托尔金，童话故事之魅力在于这一事实，人在童话中最充分地发挥了作为一个"亚造物者"（sub-creator）的作用②；不是像人们现在爱说的那样，去作"人生批评"（mak-

---

① 1938 年，托尔金应苏格兰圣安德鲁斯大学的邀请，做了一个"安德鲁·朗"专题学术讲座，题目是《论童话故事》，详细阐述了自己的童话观。这篇长文于 1947 年发表在《查尔斯·威廉斯纪念文集》中，后来又收入文集《树与叶》。三联书店《新知》杂志 2014 年第 6 期，刊出此文之节译，其中说：

在我们的历史中，童话总是与儿童联系在一起。尤其在现代文学中，童话故事已经降级到"幼儿文学"一类，就像破旧过时的家居被扔到游戏室里一样。这主要是因为成年人不再想要它了，而不管这样做是否得当。近年来许多童话故事的确为儿童所写，或者为儿童所改编，但就像音乐、诗歌、小说、历史或科学读物也有为儿童改编的版本一样，童话故事并不独属于儿童。艺术和科学在整体上层次并没有被降低，童话也一样，一旦与成人文学和艺术失去了关联，它也失去了价值和潜力。

② 【原编注】《论童话故事》（On Fairy-Stories），见《查尔斯·威廉斯纪念文集》（*Essays Presented to Charles Williams*，1947）。

ing a 'comment upon life')①，而是尽其可能，去制造一个属
于他自己的世界。因为在托尔金看来，这就是人的职责
（proper functions）之一，要是得到成功发挥，自然而然就心
生欣悦。② 对荣格来说，童话故事解放出沉伏于集体无意
识中的原型。读一部好的童话故事，我们是在遵从古老的
规诫："认识你自己。"我再斗胆加上自己的理论。我的理论
不是就此体裁总体而论，而是说它的一个特征。我指的这
个特征就是，童话所呈现的巨人们，矮人们，还有会说话的
禽兽，虽不是人，但在许多层面，却与人举止无异。我相信，
这些至少（因为童话故事的力和美，还有许多别的源头）就
是一种可叹的象喻（admirable hieroglyphic），就传递人物心
理及人物典型（psychology, types of character）而论，比小说
之呈现（novelistic presentation）更简洁，也能抵达小说呈现

---

① 暗指马修·阿诺德（Matthew Arnold，1822—1888）的"诗歌即人
生批评"的著名观点，详参吕佩爱《诗歌即人生批评：马修·阿诺德的诗学
研究》（同济大学出版社，2017）一书。

② 托尔金《论童话故事》：童话故事不是对现实世界中美丽与恐怖
的简单复制、再现或者象征性的解读，而是利用其中的元素进行再创造。
在幻想之中，奇境诞生，而人则成为"亚造物者"（sub-creator）。上帝创造
"第一世界"，童话奇境就是人类创造的"第二世界"。为抵抗发生在这个
"堕落的"第一世界的罪过，需要在"第二世界"里复原人类已然丧尽的天
良。（见三联《新知》杂志 2014 年第 6 期）

鞭长莫及的读者群。试想《柳林风声》中的獾先生——一个奇特混合:地位高,粗腔横调,举止粗鲁,腼腆,良善。曾经碰到过獾先生的那个孩子,日后骨子里就有了关于人性和英国社会历史的知识,这是他通过别的任何途径都了解不到的。

当然,恰如一切儿童文学并不都是奇幻,一切奇幻书籍也不必都是儿童读物。即便在我们自己这个激烈反浪漫的年代,为成人写奇幻故事,仍有其可能:尽管在有人愿意出版之前,你常常需要给它们弄个名头,更时尚的那种文学名头。不过,或许会有作者,在特定时刻总会发现,对于他想说的东西,其正好合适的体裁,不只是奇幻文学(fantasy),而且就是儿童奇幻(fantasy-for-children)。二者之别,很是细微。他的儿童奇幻与成人奇幻,彼此的共同点,远远多于二者任一跟普通小说或所谓"儿童生活小说"(the novel of child life)的共同点。同一读者,确实会读他为少年而写的奇幻故事,也会读他为成人写的。对于这样一位读者,我无需提醒说将图书按年龄段严格分类,出版商虽念兹在兹,却跟任何真正读者的阅读习惯只有极为粗略的关系。我们中间那些因年纪大了还读儿童读物而受责备的人,年少之时,也曾因读那些太过老气的书籍而受责。名副其实的读者，没有哪个是照着时间表来行路的。因而，二者之别甚是细微。而且我拿不准，到底是什么东西使得我在生命的某个特定年份觉得，不只童话故事，还有写给孩子的童话故事，恰好就是我必须写的——或者说不得不发（burst）。部分原因在于，我想，此体裁容许或迫使你将想要略去的事情略去。它迫使你将书的力量悉数归结于行动与对话。它扼制了我身上的"解释魔"（the expository demon），这是一位好心又独具慧眼的批评家所给的名号。它必然要求，书得有一定的长度。①

假如我已经让奇幻类儿童故事从当前讨论中溜之大吉，那是因为它是我最了解最钟爱的体裁，而不是因为我想去非难别的体裁。可是，其他体裁的那些主顾，却时常想去非难它。大约每一百年，总会有些自作聪明者（wiseacre）站

---

① 托尔金在《魔戒》的"第二版前言"中曾说，在他自己这个"最挑剔的读者"看来，《魔戒》的最大缺陷就是"这书太短了"：也许，一个长篇故事不可能处处都取悦所有读者，但同样也没有哪处会令人人都不满；因为我从来信中发现，同样的段落或章节，有些人认为是瑕疵败笔，其他人却大加赞赏。**最挑剔的读者**，也就是我自己，现在发现了许多大大小小的缺陷；好在我既没有责任评论本书，也没有义务推翻重写，于是就对这些问题置之不理并且保持沉默了，想说的只有旁人亦已指出的一点：**这书太短了**。（邓嘉宛译本）

起身来,试图禁绝童话。或许在这篇辩护文章里,我最好替作为儿童读物的童话,作几句辩护。

有人指控说,关于孩子身居其中的世界,它给了一个虚假印象。可是我想,孩子们能读懂的文学,还没有哪一个,给他们的虚假印象更少一些。我想,写给孩子的以写实故事自命的东西,更趋于欺骗他们。我从未指望过,现实世界就像童话故事。可我想,我确曾指望过,校园就像校园小说写的那样。奇幻并不欺骗我们,校园小说才欺骗。相比于那些引起虚假期待(false expectations)的童话故事,更危险的则是这些故事:其中儿童的那些历险和成功,虽在不违背自然法则的意义上是可能的(possible),但却近乎无限地不合情理(improbable)。①

---

① improbable 与 impossible,一般都汉译为"不可能",但其意思却大有差别。简言之,前者言情理,后者言有无。故而,probability 作为一个哲学概念,一般汉译为"或然"、"可然"或"概然";improbability,则略相当于汉语之"未必然"。

作为文学理论术语,improbable 与 impossible 之别,亚里士多德《诗学》第24章里的这一观点足以昭示。他说,组织情节,probable impossibilities 比 improbable possibilities 更可取。陈中梅译前者为"不可能发生但却可信的事",后者为"可能发生但却不可信的事"(陈中梅译注《诗学》,商务印书馆,1996);朱光潜《西方美学史》则译前者为"一种合情理的不可能",译后者为"不合情理的可能"。朱先生解释说:

这里"不可能的事"(译按:即 impossibilities)是指像神话 (转下页注)

同样的答复，差不多也适用于流行的逃避主义指控，尽管这里的问题没那么简单。童话故事是否就教孩子们退回到一个愿望达成的世界（a world of wish-fulfilment）①——"幻想"（fantasy）作为心理分析技术用语就这意思——而不是教孩子去直面现实世界的重重问题？正是在这里，问题变得扑朔迷离。我们且再次将童话故事摆在这边，那边摆上校园故事，或冠以"男生读物"或"女生读物"之名以示与"儿童读物"相区别的其他任何故事。无疑，二者都激发愿望（wish），并想象地满足愿望。我们憧憬着穿过窥镜（the

---

（接上页注）所叙述的在事实上不可能发生的事。

……他区别出"合情合理的（即于情可信的）不可能"和"不合情理的可能"，而认为前者更符合诗的要求。所谓"不合情理的可能"是指偶然事故，虽可能发生，甚至已经发生了，但不符合规律，显不出事物的内在联系。所谓"合情合理的不可能"是指假定某种情况是真实的，在那种情况下某种人物做某事和说某种话就是合情合理的，可以令人置信的。例如荷马根据神话所写的史诗在历史事实上虽是不真实的，而在他假定的那种情况下，他的描写却是真实的，"合情合理的"，"符合可然律或必然律"，见出事物的普遍性和必然性的。（《朱光潜美学文集》卷四，上海文艺出版社，1984 第78—79页）

拙译依朱先生的解释，译 probable 为"合乎情理"，improbable 为"不合情理"；译 possible 为"可能"，译 impossible 为"不可能"。至于 probability，作为一个抽象概念，依哲学界之通例，译为"或然性"；improbability 则译为"未必然"。

① wish-fulfilment 一词，因弗洛伊德《梦的解析》中"梦是愿望的达成"（The Dream as a Wish-Fulfilment）一语，成为一个学术关键词。

looking glass），抵达仙境。① 我们也憧憬着成为获得巨大
人气的成功男生或女生，或者憧憬着成为男生或女生里的
幸运儿，戳穿阴谋，或骑上胆小鬼们驾驭不了的烈马。可
是，这两个憧憬大不相同。第二个憧憬，尤其当憧憬着与校
园生活息息相关的那些事情时，那就贪婪且病入膏肓了
（ravenous and deadly serious）。其想象层面上的达成，才是
正儿八经的补偿：我们从现实世界的失望和屈辱中逃向它；
它送我们回现实世界时，我们心中的不满足感，俗气十足。
因为它一门心思讨好自我（ego）。其快乐就在于将自己描
画为艳羡对象。另一种憧憬，对仙境的憧憬，则大不相同。
孩子们憧憬仙境，不像某个男生憧憬着名列球队首发。难
道有人以为，他还真就如实地（really and prosaically）憧憬
着仙境里的危险和不便？以为他真的想要当代英国有恶
龙？恐怕不是吧。真相毋宁是，仙境激起了一种莫名的憧
憬。那憧憬之物，依稀可见却又不可企及，令他寤寐思
服。② 它远远不是让现实世界显得乏味或空虚，而是给了

---

　　① 《爱丽丝镜中奇遇记》（*Through the Looking-Glass*, *and What Alice Found There*）所激发的憧憬。

　　② 原文为：It stirs and troubles him (to his life-long enrichment) with the dim sense of something beyond his reach. 借《诗经·蒹葭》之诗意意译。

现实世界一个新的深度。孩子不会因为他从书中读到的奇幻森林(enchanted woods)，便轻视真实的森林；相反地，这倒使真实的森林蒙上了些许奇幻色彩。这是一种特别的憧憬。阅读我心中所想的那类校园小说的孩子，则渴欲成功，而且(书读完后)并不快乐，因为他得不着；阅读童话故事的孩子，则有所渴欲，他的幸福就在于有所渴欲这一事实(the very fact of desiring)。① 因为他的心灵并未集中于自己，而更写实的小说则往往如此。

　　我并不是说，为男生女生所写的校园小说，就不该写。我只是说，相比于奇幻小说，它们才更有可能成为病理意义上的"幻想"。这一区分，也适用于成人读物。危险的幻想，表面上总是很现实。妄想症患者，不受《奥德赛》、《暴风雨》(The Tempest)或《奥伯伦巨龙》(The Worm Ouroboros)滋养；他(或她)偏爱的小说，写的是百万富翁、倾国倾城的美女、豪华酒店、长着棕榈树的海滩，还有卧室场景——这些

----

　　① 在路易斯眼中，心怀"渴欲"(desire)或"憧憬"(longing)，是人所独有的属灵标记。他曾在多处说过，我们任何人，只要是人，心中都有一丝说不清道不明的憧憬(longing)，有一股令你魂牵梦绕寤寐思服的怅惘，有一份尘世难以抚慰的属灵渴欲(desire)。(详参拙译路易斯《惊喜之旅》之译后记)

事,确实会发生,也理应发生,要是读者撞过大运就曾发生在他们身上。如前所说,有两种憧憬。一种是修行(*askesis*),是属灵操练,另一种则是疾病。

对童话故事的更为猛烈的抨击,来自不想让孩子受到惊吓的那些人。因童年时代饱受黑夜恐惧(night-fears)之苦,使得我自己不会小看这一反对。我也不想给任何孩子的那个私人地狱(private hell)火上浇油。可话说回来,我的恐惧,没有一样来自童话。巨虫是我独有的梦魇,鬼则位居其二。① 我想,那些鬼直接或间接来自故事,尽管定然不是来自童话故事,但我并不认为那些个昆虫也来自故事。那些长着许多条腿的怪物,那钳状的螯,那巨大的颚,还有凸出来的眼睛——我不知道,父母做些什么事或不做些什

---

① 路易斯曾这样记述自己童年时的噩梦:

我的噩梦有两种,一些关乎幽灵,一些关乎昆虫。这第二种,无与伦比地糟糕;时至今日,我宁愿遇见幽灵,也不愿碰见狼蛛⋯⋯正如欧文·巴菲尔德有一次给我说的那样,"昆虫之恼人,是因为它们像法国机车——一切机件都露在外面"。"机件"——就是苦恼所在。其棱角分明的肢体,一顿一跳的运动,干巴巴的金属声,这一切都提示我,要么是机器有了生命,要么是生命退化为机械。你也可以补充说,在蜂巢和蚁穴,我们可以发现,这二者都完全实现。这正是我们中间有些人,为我们这一物种最梦寐以求的——女性统治和集体统治。(拙译路易斯《惊喜之旅》,华东师范大学出版社,2018,页12)

么事,才能将我救出。而这,恰如许多人已经指出的那样,
才是难题所在。我们并不知道,以此特定方式,什么会吓着
或不会吓着孩子。之所以说"以此特定方式"(in this parti-
cular way),是因为我们必须在此做个区分。说切莫吓着孩
子的那些人,或许在说两样事情。他们的意思或许是(1)我
们切莫做这类事,它们容易让孩子产生一些阴魂不散的、浑
身瘫软的、病态的恐惧——事实上,就是恐惧症。对此恐
惧,普通的勇气无能为力。孩子的心灵,要是可能,一定要
避免那些他想都不敢想的东西。他们的意思或许又是(2)
我们必须努力让孩子的心灵,不要接触这一知识:即他投胎
到一个有着死亡、暴力、伤痛、冒险、英雄主义与懦夫、善与
恶的世界。要是他们的意思是第一点,我会同意;若是第二
点,就实难苟同了。这第二点,才真个会给孩子们一个虚假
印象,会使他们以负面意义上的逃避主义(escapism in the
bad sense)为食。如此教育生在"格别乌"①和原子弹的世
界的一代人,这想法颇显滑稽。既然他们遭遇残酷敌人,是
十有八九的事,那至少该让他们听说过英勇骑士和英雄气

---

① Ogpu 为俄文缩略词,意为"国家政治保安总局",通译为"格别
乌"或"格伯乌",苏俄秘密警察组织,克格勃的前身,1918 年由列宁创立。

概吧。否则，你就不是让他们的命运更加光明，而是令其更加昏暗。我们绝大多数人也没发现，故事中的暴力和流血就让孩子日夜担惊受怕。就此而论，我会跟人类站在一边，顽抗现代新民家（reformer）。就让书中有邪恶君王和斩首，有战斗和地牢，有巨人和恶龙，就让恶人在书末被彻底剿灭。没有什么能令我相信，这会让一个普通小孩所受的惊吓，其种类或程度超出他想要感到的或需要感到的。因为当然啦，他是需要受一点小小的惊吓。

另一种恐惧——恐惧症——则另当别论。我不相信，借着文学手段，人就能控制得了它们。它们，好像就是与生俱来的。毋庸置疑，那让孩子魂飞魄散的特定形象，有时能追踪到一本书。可是，那到底是恐惧的源头，抑或是其机缘？即便他幸免于这一形象，难道不会有另外某些形象，出你不意，有着同样功效？切斯特顿曾告诉我们，有个孩子怕阿尔伯特纪念碑怕得出奇，觉着比世界上任何事物都可怕。我认识一个人，他童年时代的最大恐惧就是，字典纸版的《不列颠百科全书》——那理由，谅你猜不着。我倒认为，你让孩子局限于那些写童年生活的无可指摘的故事（blameless stories of child life），其中吓人的事一件都不发生，你非但驱除不了恐怖，反而成功驱除了能使得他们高贵或坚韧的一切。因为在童话故事里，我们发现，跟恐怖形象在一起的，是古老的安慰者和守护者，是光芒四射的形象；而那些恐怖形象也不只一味恐怖，而且崇高（sublime）。要是夜里躺在床上的小孩子，听到或以为自己听到有响动，却从来不会担惊受怕，那敢情好。可是，要是他会担惊受怕，我想，比起只想到盗贼，想到巨人及巨龙还是要好一些。我还想，比起想到警察就心里踏实，想到圣乔治①或任意一个全身甲胄的一流勇士（bright champion），会更好一些。

我甚至要走得更远。要是我以从不知道"仙境"（faerie）为代价，能换来免受自己的黑夜恐惧之煎熬，那么在这样的交易中，我是否算得上赢家？我可不是随便说说而已。那些恐惧，是很糟糕；可我认为，此代价未免太高。

我已经偏离正题，有点远了。不过这不可避免，因为三种途径之中，我凭经验只知道第三种。但愿本文标题不至于让一些人以为，我自命不凡，要就如何为孩子们写故事给你提建议。不做这事，有两个极好的理由。一个理由是，有

---

① 圣乔治（St George，？—303?），英格兰主保圣人，基督教殉教者，生平不详，传说曾杀蛟龙救一少女。

那么多的人,已经写出比我所写的不知好出多少的童话故事。我理应学习这门艺术才是,而不是装模作样来教授这门艺术。另一个理由则是,在某种意义上,我恰好从未"构思"故事('made' a story)。就我而言,这一过程与其说像是在讲述(talking)或构筑(building),还不如说更像是观览(bird-watching)。我看到一幅幅画面。这些画面里,有一些是同声相应,同气相投。别做声,看着,它们开始自己连成一片。要是你运气够好(我的运气可从没这样好过),就有一整组的画面天衣无缝,这时你就有了一个完整的故事:你自己不用做任何事。可是更经常的则是(我的经验中则一直这样),其中有若干裂隙。最终,你还是不得不做些杜撰(deliberate inventing),不得不找些由头,解释为何这些形形色色的人在形形色色的地方做着形形色色的事情。我不知道,这是不是写故事的常规路径,更不知道这是不是最佳路径。这是我所知道的唯一路径:形象总是先出现。①

结束本文之前,我愿意返回到文章开头所说的那些话上来。任何路数,打头就问"现代儿童喜欢什么",我都加以

---

① 详参本书第 7 章"构思皆始于画面"。

拒绝。或许会有人问："打头就问'现代儿童需要什么'的那些路数——也就是那些道德的或教育的路数——你也同样拒绝么？"我想，答案还是肯定的。这不是因为我不喜欢故事具有道德寓意；更不是因为我认为儿童不喜欢道德寓意。而是因为我敢保，问"现代儿童需要什么"，不会领你走向好的道德寓意（a good moral）。这样问，我们就太过自恃高明。问"我需要什么样的道德寓意"（What moral do I need?），可能会更好一些。因为我想，我们能保准，我们不太关心的东西，读者们不会有太大兴趣，无论他们多大年纪。不过，最好不要问这号问题。就让那一幅幅画面给你讲述它们自己的道德寓意吧。因为内在于它们的道德寓意，将从你平生以来已使之落地生根的任何属灵根基上面，生发出来。然而，要是它们没给你显示任何道德寓意，就不要生填一个进去。因为你填进去的道德寓意，十有八九就是从你的意识表层刮下来的一个老生常谈（platitude），甚至还是假话。将这东西呈给孩子们，纯属傲慢无礼。因为根据可靠权威，我们早就知道，在道德领域，孩子们大概至少和我们一样聪慧。要是有人能写一部不带道德寓意的儿童故事，最好就让他这么写好了：也就是说，要是他打算就写一部儿童故事的话。唯一有些价值的道德寓意,无可避免地诞生于作者的全副心灵(the whole cast of the author's mind)。

诚然,故事的每样东西都应诞生于作者的全副心灵。为儿童写作,我们必须出于自家想象中与儿童共有的那些元素:我们与自己的儿童读者的不同,不在于我们对自己所写的东西不大感兴趣或没有多少正儿八经的兴趣,而在于我们还有些别的兴趣,儿童则没有。我们的故事素材,应该是我们心灵的日常储备的一部分(a part of the habitual furniture of our minds)。奇怪的是,尽管为儿童写作的所有伟大作家都是这样,但却并未得到广泛理解。不久前,有批评家在对一部很是严肃的童话故事所作赞辞中说,作者讲故事"从不挖苦"。① 可是,究竟为什么就应这样?——除非他曾经在吃一个香饼(seed-cake)。对于这门艺术来说,依我看,最致命的莫过于这一观点:无论什么,只要是我们跟孩子们共有的,都是否定意义上的"孩子气";无论什么,只要是孩子气的,都可笑。我们必须在我们天性中跟他们是平等的那个地域,平等地邂逅他们。我们之优越,部分在于控制着别

---

① 原文为:the author's tongue 'never once got into his cheek.' 其中 with one's tongue in one's cheek 乃习语,意为假心假意地或挖苦地说话。

的地域,部分(这点倒沾些边)在于我们讲故事比他们讲得好这一事实。作为读者的孩子,既无须监护,也无须崇拜:我们像人对人那般给他们讲故事。一切态度里面最糟糕的,莫过于这样一种职业态度,它将孩子总体上看作是我们不得不加以处理的未经雕琢的质料。我们当然必须努力不给他们带来害处;托神赐福,我们有时还可以斗胆期望对他们有好处。不过,只有尊重他们,才会有这样的好处。切莫想当然,以为自己就是天意(Providence)或命运(Destiny)。我不会说,为孩子们所写的好故事,从来不会出自教育当局某人之手,因为凡事皆有可能。不过,我也不应对此抱太大希望。

有一次,在宾馆餐厅,我说"我不喜欢梅脯",声音相当大。"我也一样",出人意料,另一张桌子上传来一个六岁男孩的声音。心有灵犀一点通。我们两人,没人觉着好笑。我们都知道,梅脯太黏糊,所以不觉着好笑。这才是成人与儿童,作为独立人格的合适邂逅。关于孩子与父母或孩子与教师的关系,因为更高端,也更难,我不说什么。一名作者,仅仅身为作者,对此无缘置喙。他甚至连叔叔都算不上。他是个自由人,是跟孩子平等的人,就像邮递员,像肉商,像邻舍的那只犬。

5 童话或为最佳表达[①]

Sometimes Fairy Stories May Say Best What's to Be Said

十六世纪，人人都说诗人（他们的诗人一词指所有的想象性作家［imaginative writers］）应"寓教于乐"（to please and instruct）。塔索（Tasso）[②]做了一个可贵区分。他说，诗人之为诗人，只关心"乐"。可又因任何诗人也是一个人，是一名公民，在此身份（capacity）下，他应当且希望使得他的作品，既给人娱乐，亦给人教益。

---

① 首刊于 1956 年 11 月 18 日的《纽约时报书评》（*The New York Times Book Review*）。

② 塔索（Tasso, 1544—1595），意大利诗人，代表作《耶路撒冷的解放》。

现在，我并不想固着于文艺复兴时"乐"与"教"的观念。在我能够采用任一术语之先，它们或许需要做很多重新界定（redefining），到最后，所剩下的不值得坚持。我要采用的不过是这一区分：作者之为作者（the author as author）与作者之为人或公民或基督徒。这一区分给我的启迪是，写想象之作通常有两个理由，或许可称为作者之理由（Author's reason）及人之理由（Man's reason）。要是只有其一在场，那么就我而论，就不会写书。若无前者，没法写；若无后者，不该写。

作者心中，间或会闪现出故事素材（material）。于我而言，故事素材总是始于心灵画面（mental pictures）。① 这一酵母最终会毫无结果，除非同时躁动着对形式之盼望（the longing for a form）：韵文还是散文，短篇小说、长篇小说、剧本抑或其他。② 素材与形式齐备，你就有了创作冲动，欲宣之于斯文。此时，他内心有个东西又抓又挠，要出来。他渴

---

① 关于这一点，本书第 7 篇《构思皆始于画面》一文，论之颇详。

② 亚里士多德《物理学》第一章第九节："要求形式的是质料，就像阴性要求阳性，丑的要求美的。"（192a21，张竹明译，商务印书馆，1982）拙译路易斯《论〈失乐园〉》第一章末段："诗人内心的素材，简直就好比女子待字闺中，犹疑于不同的求婚者。"

望看到那个翻腾不已的东西倾入那个形式(Form)之中,恰如家庭主妇一心盼着看到,新果酱倒入洗刷一新的果酱瓶。这渴望令他无心工作,寝食难安,如同坠入爱河。[1]

一旦"作者"(the Author)处于这一状态,"人"(the Man)当然不得不从一个颇为不同的视点,评判这部预想中的书。他会问,满足这一冲动与他想要的其他东西如何相符,应如何去做或是个什么样才能相符。或许,整个事情太微不足道(从"人"的视点看,而不是从"作者"的),当不起所耗气力和时间。或许,完成之时,它并无教益。或许("作者"这时欢欣雀跃),它好像是"好的",不仅在文学意义上好,而且全方位地"好"。

这也许听起来很复杂,可是,它与做其他事情的情形特别相似。你为一个女孩着迷;可是跟她结婚,是否明智或正确?你午饭就想吃龙虾;可它适合你么?一顿饭花那么多钱,是否就是作孽?"作者"的冲动是一种欲望(特像痒痒),

---

[1]　路易斯在《最后的访谈》(Cross-Examination, 1963)中,对写作有个经典比方:我不知道如何建议一个人怎么去写。这事关乎天分和兴趣。我相信,要是他想要成为一个作家,他必定是深有感触。写作就像一种"色欲"(lust),或者像"痒了就挠"。写作是某种强劲冲动的结果。冲动的确来了,比如说我,就不吐不快。(见拙译路易斯伦理学文集《古今之争》,华东师范大学出版社,2021,页299)

当然跟其他欲望（desire）一样，需接受全人类的批评。

此理同样适用于我自己的童话创作。一些人好像以为，我一开始就自问，如何对孩子说些基督教的事；随后，瞅准童话作为工具；接着，搜集关于儿童心理的信息，确定我应为哪个年龄群体写作；最后，又拉出一个关于基督教基本真理的清单，并锤炼出"讽寓"（allegories）来体现它们。这全是捕风捉影。这样我根本无法写作。一切都始于形象（images）；打着伞的农牧神，乘雪橇的女王，庄严的狮子。起初，它们甚至没有一点基督教元素；这一元素自己挤了进来。它是冒出来的（bubbling）。①

接下来形式（the Form）登场。这些形象自行组成事件（也即成为一个故事），它们仿佛既无需私意爱怜（love interest），也无需苦心孤诣（close psychology）。而排斥此二者的那个"形式"，正是童话。就是在这个当儿，我想我爱上了这一形式（the Form）本身：它的简洁、它对铺陈的严格限

_____

①　托尔金在《魔戒》的《英国第二版前言》中说过大意相同的话：至于任何内在涵义（inner meaning）或"讯息"（message）之类，笔者无意于此。本书既非寓言（allegorical），亦无关时事（topical）。随着故事的拓展，它向下扎根（深入到过去），并萌发了出人意料的旁枝，但它的主题（main theme）一开始就确定了：必然要选择魔戒来衔接本书与《霍比特人》。（托尔金《魔戒》，邓嘉宛译，上海人民出版社，2014，页 iii）

制，它的灵活的传统主义（flexible traditionalism），它对一切分析、题外话、反思和"空话"的顽固敌意。我醉心其间。它的用词限制，反倒成为魅力所在；恰如石质之坚令雕塑家欣喜，或十四行诗格律之严令十四行诗人乐在其中。

就这一面而言（身为"作者"），我写童话，是因为童话就是我不吐不快的那些东西的理想形式。

接下来，当然就轮到我身上的那个"人"了。我想我明白，这类故事如何能够躲过某种心障（inhibition），令孩提时代我自己的宗教信仰（my own religion）大都瘫痪的那个心障。每当有人告诉你，应感上帝之所感（feel about God）或感受基督之苦难，为什么你会觉得感受不到？我想，主要原因就是有人告诉你应当如此。感受之义务，会麻痹感受。崇敬本身带来妨害。整件事都需压低声音窃窃私语，仿佛它是难言之隐。不过话说回来，倘若将这一切都丢进一个想象世界，剥除它们与彩色玻璃和主日学校的关联，你能否让它们首次亮相时，就现出其真正潜能？这样，你岂不是可以躲过那虎视眈眈的眼睛？我想你是可以的。

这就是人的动机（the Man's motive）。当然了，要是作者没有先不平则鸣（on the boil），"人"将一筹莫展。

你大概留意到，我自始至终都在谈"童话"（Fairy Tales），不谈"儿童故事"（children's stories）。托尔金在《魔戒》①中已经表明，童话与儿童的联系，并不像出版商和教育家所想的那样亲近。很多儿童并不喜欢童话，很多成年人却乐此不疲。真相则是，恰如托尔金所言，童话如今与儿童联在一起，是因为他们在成年人中间业已过时；童话之退居儿童室，恰如老旧家具退居于此，不是因为儿童开始喜欢它们，而是由于长辈们不再喜欢。

因而说我"写给儿童"，意思只是我将那些我认为他们不会喜欢或不能理解的东西排除在外，而不是意在写那些成人不会关注的东西。当然，我或许上当受骗，不过这一原则，至少使我免于堕入高人一等之窠臼。我从不为任何人落笔。无论舆论界反对与否，也无论是否对我自己的作品不利，我都坚持，倘若一本书只适于童年，那么此书就根本不值得一读。曾希望我的故事会在孩子心中加以克服的那些心障，或许也存在于大人心中，或许也会照样克服。

奇幻或神话，对一些读者而言，是一种老少皆宜的体裁

---

① 原编者瓦尔特·胡珀认为，这里，路易斯说的其实是刊于《查尔斯·威廉斯纪念文集》的《论童话故事》。

(Mode)；对于其他读者，则一无是处。如果它得到作者善待，并遇到得体读者（right reader），其力量在一切年龄段都一样：概括又不失于具体；如在目前的不是概念，甚至不是体验，而是林林总总之体验；撇开了所有的不相干。不过，奇幻或神话诣其极，可以做到更多；它可以给我们从未有过的体验，因而，它并非"生活之评注"（commenting on life）①，而是生活之增益。当然，我谈的是奇幻或神话本身，而不是我自己的写作尝试。

"幼稚。"说对了。可是，难道因孩子们睡得香甜，我就要对睡眠摆高姿态么？或者说，因孩子们喜欢蜂蜜，我就对蜂蜜摆高姿态？

---

① 暗指马修·阿诺德的"诗歌即人生批评"，为兼顾上下文，兹译为"生活之评注"。

6　论幼年趣味①

On Juvenile Taste

前不久,我在某家刊物上看到这样一条陈述,"儿童是一独特种群"(Children are a distinct race)。如今,许多写所谓儿童读物或"少年"读物的作家,更不用说此类读物的批评家,仿佛都以此类观点为理所当然。他们认为,儿童无论如何都是独特的文学物种(a distinct *literary* species)。照顾儿童那想必既奇怪又另类的趣味而从事的书籍生产,已经成为一项工业,甚至还是重工业。②

---

① 首刊于 1958 年 11 月 28 日的《教会时报·儿童读物增刊》(*Church Times*, *Children's Book Supplement*)。

② ［加］李利安·H. 史密斯《欢欣岁月》:"出版儿童书籍已成为一项高利润的行业,只要看看儿童书籍近年的出版数量仅次于 (转下页注)

　　这一理论，在我看来并无事实依据。首先因为，所有儿童并无共通的（common）文学趣味。成人当中的所有趣味类型，他们一应俱全。他们之多数，一如我们之多数，能找到别的娱乐时，都不读书。他们一些人会选择不动声色的（quiet）、写实的（realistic）、"切取生活断面"（slice-of-life）的书（如《雏菊花环》），恰如我们一些人会选择特罗洛普①。

　　一些儿童喜欢奇幻故事及奇遇故事，恰如我们一些人喜欢《奥德赛》、博亚尔多②、阿里奥斯托③、斯宾塞④或马尔文·皮克先生⑤。某些儿童只在意知识读物（books of information），某些成人也一样。和我们某些人一样，一些儿童无所不读。愚蠢儿童偏爱校园生活的成功故事，恰如愚

（接上页注）小说就能够明白。"（梅思繁译，湖南少年儿童出版社，2014，页34）

　　① 特罗洛普（Anthony Trollope，1815—1882），英国小说家，《巴塞特寺院》（*Barchester Towers*）之作者。

　　② 博亚尔多（Boiardo，1441—1494），意大利文艺复兴时期诗人，史诗《恋爱中的奥兰多》（*Orlando Innamorato*）之作者。

　　③ 阿里奥斯托（Ariosto，1474—1533），意大利诗人，长篇传奇叙事诗《疯狂的奥兰多》（*Furioso*）之作者。

　　④ 斯宾塞（Edmund Spenser，1552?—1599），英国诗人，六卷本传奇史诗《仙后》之作者。

　　⑤ 马尔文·皮克（Mervyn Peake，1911—1968），英国小说家、诗人、画家、剧作家和插图作者，以其光怪陆离的三部曲小说《泰忒斯的诞生》及其为自己的小说及儿童读物所画插图而闻名。

蠢成人喜欢成人生活的成功故事。

探讨这一问题，我们还可换个法子，给人们常说的小孩一般会喜欢的书籍，列个单子。我想，《伊索寓言》《一千零一夜》《格列佛游记》《鲁滨逊漂流记》《金银岛》《彼得兔》以及《柳林风声》，会位列其中。只有后面三部，当初是为儿童而写；而且这三部书，许多成人如今读来，仍兴味盎然。我小时候不喜欢《一千零一夜》，现在仍不喜欢。

你可能会反驳说，儿童乐享某些为长辈而写的书籍，一点也不能否决，就有一种独特的儿童趣味这一说法。（你可能会说）他们挑选了那些碰巧适合他们的少部分书籍，恰如一位住在英国的老外，或许会挑选那些差不多切合其异域口味的英国菜。一般而言，独特的儿童趣味就是喜欢冒险故事（the adventurous）和奇遇故事（the marvellous）。

可是你或许会留意到，这样说也就意味着，我们以为是独属儿童的趣味，在很多甚至在绝大多数时代和地域，都曾是整个人类的趣味。希腊或北欧神话、荷马、斯宾塞以及民间传说所讲的故事，这些孩子们（但不是所有孩子）都喜欢读的故事，曾几何时，就是每个人的乐事（delight）。

即便是不折不扣的童话故事（fairy tale *proprement*

dit），原本也不是针对儿童；路易十四的宫廷，就是它被讲述和乐享的地方之一。恰如托尔金教授所指出的那样，它沦落到婴儿房，只是因为它在大人中间业已过时；跟过时家具沦落到婴儿房一样。即便所有儿童如今都喜欢奇遇故事，而成人没有一个喜欢——二者都是没有的事——我们也不应说，儿童之独特就在于他们喜欢它。独特之处在于他们仍旧喜欢，即便在20世纪。

说"人类幼年之乐事，依旧是个体幼年之乐事"，在我看来也没用。这牵涉到个体与物种之类比，我们无权去做。人类（Man）多大年纪？这一物种如今在其童年时期，成熟时期，还是耄耋之年？由于根本不知道它何时起源，更茫然不知它何时终结，所以这样去问就是无理取闹。而且，又有谁知道，它是否会成熟？人类也有可能被扼杀于幼年。①

说实在的，这样说会少些傲慢，更合乎证据：儿童读者的奇怪之处（peculiarity）是他们并不奇怪。奇怪的是我们。

---

① 路易斯在《论时代分期》一文中说：对于任何可被称作"历史哲学"的东西，我都极端怀疑。对于未来，我一无所知，甚至都不知道我们是否会有什么未来。我不知道，过去的历史是必然还是偶然。我不知道，人类悲喜剧现在是刚上演第一幕还是已经演到第五幕；不知道我们当前的混乱无序，是婴儿的懵懂还是老年的昏聩。（拙译路易斯伦理学文集《古今之争》，华东师范大学出版社，2021，页10）

文学趣味之风尚在成人中间你方唱罢他登场,以至于每个时期都有其潮流(shibboleths)①。这些潮流,如果好,也不会提高儿童趣味;如果坏,也不会败坏儿童趣味。因为儿童读书只为自得其乐(read only to enjoy)。当然,由于识字有限,懵懂无知,有些书他们懂不了。可是除此之外,幼年趣味(juvenile taste)正是人类趣味(human taste),年复一年,一如既往,其贤愚即人类普遍之贤愚,并不理会风尚(modes)、运动(movements)及文学革命。

这就有了一个蹊跷结果。文学机构(the literary Establishment)——公认的趣味正典(the approved canon of taste)——似今日这般极无趣,极褊狭,可如果打算付梓印刷,大多却首先针对儿童。有故事要讲的那些人,必定吸引仍旧在意讲故事的那些听众。

文坛如今对叙事艺术本身几无兴趣,而是执迷于技巧革新(technical novelties)以及"观念"(ideas)。我不是指文学观念,而是指社会观念或心理学观念。诺顿(Norton)女士的《地板下的小矮人》(*The Borrowers*)以及怀特(White)

---

① shibboleth 一语,典出《士师记》12 章 4—6 节,即"洪水",中译"示播列"。由于以法莲人不能发出 sh 音,所以用此词甄别以法莲逃亡者。

先生的《玛莎小姐之安眠》(*Mistress Masham's Repose*)建基其上的那些文学观念,在绝大多数时代,不必拿"幼年"(juveniles)来表达。

这样说来,就有两种很不相同的"儿童作家"(writers for children)。假儿童作家相信,儿童是一"独特种族"(a distinct race)。他们处心积虑"构想"这一奇怪物种的趣味——就像人类学家观察原始部落的居民那样,甚至构想这一"独特种族"里,特定社会阶层某明确年龄群体的趣味。他们上菜,上的不是自己所喜欢的,而是假想中这一物种会喜欢的。教育动机和道德动机,还有商业动机,或许会掺和进来。

真儿童作家从人类共通之处着手。他们与儿童及无数成人,共有此共通之处。给自己的书贴上"儿童文学"(For Children)的标签,是因为他们想写之书,其唯一市场如今只留下儿童。

7　构思皆始于画面①

It All Began with a Picture...

　　编辑请我跟诸君谈谈,何以动念去写《狮子、女巫与魔衣橱》。我尽力而为吧,不过你千万别全信作者的创作自述。这不是因为他们打算撒谎。而是因为写故事的人,兴高采烈于故事本身,难以抽身回来,留神自己如何做到的。事实上,那样可能会中断工作。恰如你要是开始琢磨你如何系领结,那么接下来你会发现,你不会打领结了。至于后来,故事完稿之时,关于写作情形,他已忘掉大半。②

---

① 首刊于 1950 年 7 月 15 日的《广播时报》(*Radio Times*)。

② 路易斯在《给孩子们的信》(余冲译,华东师范大学出 (转下页注)

有一件事我敢肯定。我的七本《纳尼亚传奇》及三卷科幻小说，都始于脑海中浮现的若干画面。一开始，它们不是一部故事（a story），而是些许画面（pictures）。《狮子、女巫与魔衣橱》始于这幅画面，一位农牧神打着伞，拿着东西，在冰天雪地的树林行走。大约十六岁那年，我脑海里就有了这幅画面。后来有一天，我告诉自己："试着拿它编个故事。"那时，我大约四十岁。

一开始，故事如何进展，我没个主意。可是突然，阿斯兰闯了进来。我想，我那时已经做过好多关乎狮子的梦。除此之外，我并不知道，狮子来自何处，为何会来。可其一经出现，就令故事浑然一体，旋即也引出后续的六个纳尼亚故事。①

―――――――――

（接上页注）版社，2009）中说："如果你以后成为一个文学评论家，记住这点：总是评论作品本身是怎样的。但如果你开始解释为什么这部作品会成为这个样子（也就是说你开始发明作品的写作史），你将几乎总是错的。"（页 106—107）

① 路易斯在《给孩子们的信》中写道："你们认为书里的每一样事物，都'代表'了真实世界里的某些事物，这恐怕是误会了。像《天路历程》这样的书确实如此，而我却不这么写作。我并没有给自己说：'让我们用纳尼亚里的狮子来代表我们这个世界里的耶稣。'我对自己说的是，'让我们假设真的有一个像纳尼亚那样的地方，而上帝的儿子在那里变成一头狮子，就像他在我们的世界里变成了一个人，然后看看会发生什么样的事情。'"如果你们仔细想想，就会发现这二者非常不同。（页 23）

　　你也看到了，在某种意义上，这故事如何诞生，我所知甚少。也就是说，我不知道这些画面从何而来。至于那些确切知道自己如何"构思"（makes things up）的人，我一个都不信。构思是件奥妙事（mysterious thing）。你"有个主意"（have a idea），你能确切给人说出你是如何想到的么？

8　论科幻小说[①]

On Science Fiction

　　偶然有一天,我们毕生熟悉的一座小村庄或小城镇,成了一起凶杀案的现场,写进一部小说,或变成百年纪念的场所。随后,用不了几月,其名字尽人皆知,参观者蜂拥而至。私人消遣领域,也会有这样的事。我散过好多年的步,也读过好多年的特罗洛普,可是有一天,我发觉自己好像身后打来一股大浪,忽然被特罗洛普热以及人们对所谓"远足"的

---

① 本文原系 1955 年 11 月 24 日在剑桥大学英语学会(Cambridge University English Club)的发言,1966 年结集出版于路易斯文集《天外有天》(*Of Other Worlds*)。

短期狂热所压倒。最近,我又有了同样的经历。自打能够识文断字,我就一直在读各类幻想小说(fantastic fiction),当然啦,其中包括威尔斯在《时间机器》《月球上的第一批人》等小说里所实践的那类。接着,差不多是十五或二十年前吧,我觉察到此类故事产量蔚为大潮。在美国,开始有了一些杂志,专刊此类故事。执行通常不尽如人意,但此构想,却往往值得尊重。大约就在这时,其名称很快由"科学小说"(scientifiction)变成"科幻小说"(science fiction)[1],并开始流行。再后来,大约五六年前吧,风潮继续,甚至加速。不过倒是有了一样进步:虽然特滥的故事仍是大多数,但好故事也变得更好而且更多了。[2] 此后,这一体裁才引起了文学周刊的注意(我想,总是"鄙视")。在它的历史上,事实上似乎有个双重悖论:最当不起流行(popularity)一名之

---

① 布莱恩·奥尔迪斯、戴维·温格罗夫合著《亿万年大狂欢:西方科幻小说史》中说:"只是到了 20 世纪 20 年代末,'科幻小说'(science fiction)这个术语才成为一种通用的标志。这被看作是对那个更可笑的术语'科学性小说'(scientifiction)的改进。"(舒伟 等译,安徽文艺出版社,2011,页 7)

② 关于这点,布赖恩·奥尔迪斯在《亿万年大狂欢》中提到:"那些老杂志的封面还保留着神秘怪异的特殊吸引力,但是,在封面内部供人阅读的文字的质量却几乎总是低劣得难以描述,全无例外。这种情形直到 1938 年才有所好转。"(前揭,页 11)

际,它开始流行;整体上不再可鄙之际,却激起了批评界的鄙夷。

关于科幻小说,我读过一些文章(但愿是我错过了好多),发觉对我一点用都没有。一则因为,绝大多数作者对科幻小说所知无多。二则因为,许多作者明显憎恶自己所论的文类。就你所憎恶的文类写文章,非常危险。憎恶会遮蔽所有区别。我不喜欢侦探故事,因而所有的侦探故事在我眼中都大同小异;要让我就它们写文章,胡说八道就是板上钉钉的事。截然不同于作品批评(criticism of works)的文类批评(criticism of kinds),当然也是难以避免:我自己就被迫批评科幻小说的一个子类(sub-species)。但是我想,这是最主观最不可靠的批评。最重要的是,它不应伪装成针对个别作品的批评。许多书评之所以百无一用,就是因为作者声称要责难某书,表露的却只是对该书所属文类的厌恶。就让悲剧爱好者去责备拙劣悲剧,让侦探故事爱好者去批判拙劣的侦探小说吧。这样,我们才会得知其真正瑕疵。否则,我们就会看到人们批评史诗,只因它不是小说;批评闹剧(farces),只因它不是高雅喜剧(high comedies);批评詹姆斯①的小说,只因它没有斯末莱特②小说那样的情节突转。谁想去听狂热的禁酒主义者辱没一样很特别的红酒,顽固的厌女者辱没一位很特别的女子呢?

　　进而言之,这些文章的绝大多数,其主要关切都是,在社会学和心理学层面解释科幻小说出产及消费的风潮。这一尝试,当然完全合法。但道理还是一样:憎恶自己的解释对象的那些人,或许并不是解释它的最佳人选。假如你从未乐享(enjoy)过某样事物,并不知道乐享它是什么滋味,你就很难理解喜欢它的是哪种人,以何心情,寻求何种满足。假如你不清楚他们是哪种人,你就没有资质,发现哪些条件使得他们如此这般。因而对于某一文类,我们不仅(像华兹华斯谈诗人那般)可以说,"在他似乎值得你爱之前,你先得爱上他"③;而且可以说,即便你是要敬告别人去抵制它,你起码也必须爱过它一次。即便读科幻小说是一项恶

────────

①　亨利·詹姆斯(Henry James,1843—1916),英籍美裔小说家,美国著名心理学家及哲学家威廉·詹姆斯的弟弟。

②　斯末莱特(T. G. Smollett,1721—1771),18世纪英国文学史上十分重要的作家之一,流浪汉小说《蓝登传》之作者。

③　原文为:you must love it ere to you it will seem worthy of your love,语出华兹华斯(William Wordsworth)的《一位诗人的墓志铭》(A Poet's Epitaph,1799)第43—44行。

习,不理解此恶习诱惑力何在的那些人,大概不会提出什么有价值的建议。就拿我来说吧,我对打牌没啥爱好,也就找不到什么有用的话,敬告人们谨防打牌成瘾。我要是开口,那就像性冷淡大谈贞洁,守财奴警告浪费,懦夫谴责鲁莽。如前所说,憎恶会让一切憎恶对象同质化,因而就会让你认定:堆在科幻小说名下的所有东西,都是一路货色;至于喜欢科幻小说的那些人,无论读哪部,都出于同一心理。这样,如何解释这一风潮的问题,好像就简单多了。

我自己不打算解释那场风潮。我对此风潮不感兴趣。找出一部作品,看它到底是风潮的一部分,还是风潮出现以前早就写下的,这对我毫无意义。风潮之存在,无法让这一文类本质上更好或更糟;尽管当然啦,劣作在风潮期最为频见。

现在,我要试着将这一叙事门类分为若干子类。首先要谈的这个子类,我认为极其糟糕。由此入手,是为了不让它碍我们的事。

在这一子类,作者跃入某个想象的未来。那时,到行星、恒星甚至星系旅行,已是家常便饭。在此巨大布景之下,他着手展开一个寻常的爱情故事、间谍故事、空难故事或犯罪故事。这在我看来索然无味。一部艺术作品中,任何附赘悬疣都在帮倒忙。这个昏昏然想象出来的、有时根本无法想象的场景及道具（properties），只会模糊真正的主题，并将我们带离该主题或许会有的任何兴味。我想这类故事的作者，就好比流民（Displaced Persons）——他们是商业作家，其实并不想写科幻小说，只是趁科幻小说之流行，将自己通常会写的那类作品改扮为科幻小说。但我们必须分辨清楚。跃入未来，迅速认定所捏造的变革均已发生，是一个合法的"场景设置"（machine），假如它能使作者展开一个有真正价值的故事，该故事通过别的任何途径，都没法讲（或不会讲得如此简洁）。比如约翰·柯利尔在《汤姆冷着呢》（1933）①一书中，想写一个族人的英雄壮举。这一族人虽沦于半野蛮，但仍靠惨遭遗弃的文化里那些残存传统苦苦支撑。他当然能够找到合乎目标的历史情境，比如黑暗时代早期的某个地方。但这样的话，就会涉及各式各样的考古细节。敷衍了事吧，糟蹋了作品；做得无可挑剔呢，又会转移我们的兴趣点。他将故事情境设置在英国，就在我

————————

① 英国作家约翰·柯利尔（John Collier, 1901—1980）的小说《汤姆冷着呢》（Tom's A-Cold），书名用了《李尔王》第三幕第四场的一则典故。其中葛罗斯特之子埃德加假扮疯人，对在狂风暴雨中游荡荒野的疯癫国王（李尔王）说："汤姆冷着呢！"（Tom's a-cold!）"可怜的汤姆冷着呢！"（Poor Tom's a-cold!）

们当前的文明毁灭之后,依我看就恰如其分。这就使得他(和我们),预设了熟悉的气候、植物及动物群落。他不用操心变化的发生过程。大幕拉开之前,一切已经就绪。这一预设,就相当于游戏规则,批评只需指向他玩的水准即可。在我们的时代,跃入未来更经常地用于讽刺和预言:作者批判当前的一些趋势,在想象中将其发挥(欧几里得会说"延长"[①])至其逻辑极致。我们立马就想到了《美丽新世界》和《1984》[②]。对于这等"场景设置"(machine),我找不出理由反对。我也看不出,像有些人那样讨论以此布局的书是否叫作"小说"(novel),会有多大用处。那仅仅是个定义问题。你可以给小说下个定义,把它们排除在外,或将它们包括其中。最好的定义,是证明自己最为合宜的定义。[③] 给小说下个定义,就是为了在这边将《海浪》[④]排除在外,或在那边将《美妙新世界》排除在外,接着又责备它们在小说之

---

① 欧几里得几何学的第二条公设:线段(有限直线)可以无限地延长。这里用来比喻用有限的现状推演无限的未来趋势。

② A. L. 赫胥黎的《美丽新世界》(*Brave New World*)和乔治·奥威尔的《1984》,均为著名的反乌托邦小说。

③ 原文为:The best definition is that which proves itself most convenient.

④ 《海浪》(The Waves),弗吉尼亚·伍尔芙(Virginia Woolf,1882—1941,亦译吴尔夫)最具代表性的意识流作品。

外,当然是愚蠢之举。

因而我看不惯的,不是设定了未来全然不同于当前的所有书籍,而是那些没有什么好的理由却如此设定的书。它们非要跳越千年之远,找寻那些在家门口就能找到的情节和激情。

讨伐过了这个子类,我就欣然转向我相信合法(legitimate)的另一子类,尽管我对它一点都谈不上喜欢。如果说前一子类是"流民"的虚构之作(fiction of Displaced Persons),那么这一子类则可被称作"工程师"的虚构之作(fiction of Engineers)。写这一子类的那些人,其兴趣主要在于太空旅行,或在于其他尚未发现的技术,并将其视为实际宇宙中的真实可能。他们将自己对此事可以如何做到的猜想,以一种想象的形式提供给我们。凡尔纳的《海底两万里》以及威尔斯《陆战铁甲》①,一度就是这类小说的样本。

---

① 1903年,赫伯特·乔治·威尔斯(H. G. Wells)发表科幻小说《陆战铁甲》(*The Land Ironclads*),没想到竟然成了武器专家的研究蓝本,坦克便因此而来。

1870年,凡尔纳(Jules Verne)发表科幻小说《海底两万里》(*Twenty Thousand Leagues Under the Sea*),讲述了主人公应邀乘坐"鹦鹉螺号"潜艇到海底旅行的故事。1898年,现代潜艇之父西蒙·雷克受到小说的启发,建造了世界上第一艘潜艇"淘金者号"。

尽管真潜水艇与真坦克的到来，改变了他们最初的兴趣。阿瑟·克拉克①的《太空序曲》②，则是另一样本。我受的科学教育太少，不足以从机械方面批评此类小说；我对它们所预想的项目，毫无同情，因而它们作为故事，我也无法批评。我看不出其魅力何在，就像和平主义者之于《马尔顿之战》③及《勒班陀之战》④，或者就像贵族恐惧症患者（[aristocratophobe]容我生造一词）之于《阿卡狄亚》⑤。然而上天晓谕我，我不应将自己同情心之匮乏，当作警告我一点都不能对之评头论足的红

---

① 阿瑟·查尔斯·克拉克（Arthur Charles Clarke, 1917—2008），英国科幻小说家。与艾萨克·阿西莫夫、罗伯特·海因莱因齐名，并称为20世纪三大科幻小说家，代表作《2001太空漫游》。

② 《太空序曲》（*Prelude to Space*, 1947）绘声绘色并准确无误地科学幻想了人类宇宙飞船首次太空飞行的发射方式、时间、地点，飞船的外形、结构、建造，火箭推进器、燃料、升空，宇航员的选拔、训练、心境，太空时代给人类带来的各种可能空间，在太空探索中可能出现的灾难等等。（参朱荣杰 等译《太空序曲》，重庆出版社，2008）

③ 《马尔顿之战》（*The Battle of Maldon*），10世纪的古英语诗歌，描写991年奥拉夫（Anlaf）统率诺曼人在埃塞克斯郡莫尔登的大洗劫。

④ 《勒班陀之战》（*Lepanto*, 1911）的作者是切斯特顿（G. K. Chesterton）。1571年10月7日的勒班陀战役（Battle of Lepanto,），是欧洲基督教国家联军与奥斯曼帝国在希腊勒班陀近海展开的一场海战，奥斯曼帝国战败。这次战役实际价值不大，对欧洲人的信心却有着巨大影响。

⑤ 《阿卡狄亚》（*Arcadia*, 1590），菲力普·锡德尼爵士（Sir Philip Sidney, 1554—1586）的散文传奇，作品讲述了皮洛克利斯（Pyrocles）和缪西多勒斯（Musidorus）两位王子的冒险经历，以及二人与阿卡狄亚国王的两个女儿菲洛克利娅（Philoclea）和帕梅拉（Pamela）之间的浪漫爱情。

灯。因为我深知，在它们自己所属的门类里，这些可能都是非常好的故事。

我想，将第三子类跟工程师小说区分开来，会有些用处。在第三子类，兴趣在某种意义上是科学的（scientific），但更是沉思的（speculative）。当我们从科学中得知人类尚未经历过的那些地方或境遇的大概性质（the probable nature），这时在正常人身上都会有一种冲动，尝试着去想象它们。谁会是这样的一个死木头，他透过一架精制望远镜看月球，却从不自问在低暗天宇下徜徉于那些山间会怎样？科学家本人，就在他们越过纯数学语句（purely mathematical statements）的当儿，也难免根据事实给观测者留下的大致感官印象（probable effect on the senses）来描述事实。延长这一过程，呈现出观察者的感觉经验以及他大概会有的情感和思绪，你就立刻有了一个科幻小说雏形。当然人们这样做，已有好几百年了。冥府会是什么样子，要是你能活着去一趟的话？荷马送奥德修斯去了那里，给出了他的回答。又比如说，对跖点①那边是何种风貌？（这与前一个是

————————

① 对跖点（Antipodes），地球同一直径的两个端点，可简单理解为"地球的另一端"，例如，北京市的对跖点位于南美洲阿根廷。

同类问题,只要人们相信热带使得此地永远无法到达。)但丁带你去了那儿:他带着后来科幻小说家的全部热忱(gus-to),描写了在这样一个位置看太阳,会如何地惊心动魄。更进一步想,要是你能抵达地球中心,那里会是怎样的?但丁在《地狱篇》结尾告诉你,当他和维吉尔从路西法肩部下行到其腰部时,发现他们不得不从其腰部上行至其脚部,因为他们经过了引力中心。这完全就是一种科幻效果。① 还有基歇尔,他在《狂喜的旅程》(1656)中带你游历了所有的行星和大多数星辰,②尽可能绘声绘色地描述了,假如这有可能,你就会看到什么感受到什么。跟但丁一样,他使用的是超自然的交通工具。在威尔斯的《月球上的第一批人》

① 《神曲》中相应的描写:"依照引导人的意思,我抱紧了他的颈根;他看准了时刻和地点,等那翅膀张得顶开的时候,从那多毛的一边降下去;在那毛和冰之间,有容得下我们的空隙。他攀住毛一步一步下降,直到恶魔的臀部,在那里他很费力气地调转了头和脚,沿着毛向上爬,我以为又回到地狱去了……我抬起我的眼睛,我想我仍旧可以看见方才的卢奇菲罗,但是景象大变了,我看见他两脚向上!"(王维克译,人民文学出版社,1997,页152)

② 基歇尔(Athanasius Kircher,1602—1608),17世纪著名学者,耶稣会士。亚当·罗伯茨《科幻小说史》:基歇尔讲述了一个在太阳系的奇幻游记,来戏剧化地表现他自己的一套宗教宇宙理论。在音乐的伴奏下,书中的两位主角——Theodidactus(这个名字的意思是"上帝所教导的")和天使Cosmiel,从一颗行星旅行到另一颗行星,与他们遇到的智慧生物对话。(马小悟译,北京大学出版社,2010,页62)

中,我们拥有的交通工具,则乔装成自然的(feigned to be natural)。使他的故事属于这一子类、区别于工程师小说的,是他选择了匪夷所思的合成物,名曰"卡沃尔素"。① 这一匪夷所思,当然是个优点,而非缺点。有他这等天分,想出某种更貌似可行(plausible)的办法,那是轻而易举。然而越是貌似可行,就越糟。那样只能引起人们对登月可行性的兴趣,这一兴趣跟他的故事漠不相干(foreign to)。不要操心他们如何到了那儿;我们要去想象,到了那儿会是个什么境况。首先瞥见的是,那空荡荡的天宇,月球地貌,身体变得轻飘飘,无与伦比的孤独;接着则是不断增加的恐怖;最后则月球寒夜的来临,压倒一切(overwhelming)——该故事(特别是其最初的简短版本),就是为这些东西而存在的。

我百思不得其解的是,竟然有人认为这个模式不合法或可鄙。不把这号故事称作小说(novel),或许挺方便。如果你愿意,称它们小说的某种特殊形式(a very special form of novels)也可以。无论选哪条途径,结论都是一样:它们

————

① 在《月球上的第一批人》中,主人公柏德福与科学家卡沃尔乘坐飞行器离开地球抵达月球。飞行器的运作机制是:利用卡沃尔素能够隔绝重力的特性,摆脱地球引力,从而飞向太空。

是依照自家规则所作的尝试。责备它们通常并未展现深刻的或细致入微的性格刻画，只能陷于荒谬。它们本不该如此。若如此，则是一个错误。威尔斯笔下的卡沃尔和柏德福，是太有性格，而不是太没性格。每一位好作家都知道，场景及故事里的事件越是不同寻常，笔下人物就应该越是轻描淡写，越平常，越类型化。因而格列佛是一个平常男子，爱丽丝是一个普通小姑娘。古舟子本人，是一个非常普通的人。讲古怪人如何摊上古怪事，就太过古怪；目睹怪象者，必非怪人。他应当尽可能趋近每一个人或任何一个人。当然啦，我们切莫将轻描淡写或类型化的性格刻画，跟匪夷所思或难以置信的性格刻画混为一谈。性格歪曲（Falsification of character），总会糟蹋一部故事。但性格显然几乎可以无限地扁平化，几乎可以无限地简化，却又全然不失其满意结果。伟大歌谣，就是一例。

当然总有读者，除了复杂人格的细节研究（detailed studies of complex human personalities），对世间的一切都不感兴趣（好些读者好像都是这样）。如果这样，他就有充分理由不读这类作品，其中既不要求也不承认对复杂人性的细节研究。他也没有理由去责难它们，更无资质对它们说三道四。切莫让风俗小说(the novel of manners),为一切文学立法;就让它统治自己的属地好了。关于人适合探究的对象(the proper study of mankind),切莫听信蒲伯的格言。人适合探究的对象,就是一切。① 作为艺术家,人适合探究的对象,就是给想象和激情以立足点的一切。②

这类科幻小说虽然合法且拥有巨大优点,但我想,它经受不住批量生产。首次造访月球或火星,就此目标而论,怎么都好说。当月球或火星被一两部故事(每部的描述都不一样)探索过以后,我们就很难搁置怀疑,③以利于后面的故事。无论他们写得多好,都会因数量繁多而自相残杀。

下一个子类,我会称作末日科幻(the Eschatological)。它写的是未来,但不同于《美丽新世界》或《当睡者醒来时》④所写的政治或社会的未来。而这一子类,则提供了一

① 原文为:The proper study of man is everything. 针对的是英国诗人蒲柏(Alexander Pope)《论人》第二札第 1—2 行:"须当认清自己,究诘上帝则属逾分,/人适合探究的对象,只能是人本身(the proper study of mankind is man)。"(李家真译注,商务印书馆,2021)

② 原文为:The proper study of man as artist is everything which gives a foothold to the imagination and the passions.

③ 关于"搁置怀疑",详见下一章第 4 段脚注。

④ 《当睡者醒来时》(The Sleeper Awakes),作者 H. G. 威尔斯。

个想象的载体(an imaginative vehicle),以供沉思我们人类这一物种的终极命运。威尔斯的《时间机器》①,奥拉夫·斯特普利顿的《最后和最早的人》,阿瑟·克拉克的《童年的终结》②,就是其范例。正是在这里,为科幻小说下个定义从而使之跟小说(novel)完全区别开来,就变得势在必行。《最后和最早的人》的形式,完全不是小说体。它确实是一种新形式——准历史(the pseudo history)。③ 其步调,其心

① 罗伯茨《科幻小说史》:在《时间机器》(*Time Machine*)里,"时间旅行者"(我们不知其名)发明了一台能使人穿梭于时间之中的机器。他坐着时间机器来到了公元 802701 年,发现人类演化(我们不妨说"退化"……)为两个截然不同的种族:容貌佳好却有智力缺陷的埃洛伊人,他们在地上过着享乐主义的生活,而野蛮丑陋的莫洛克人生活在地下,他们趁月黑风高的夜晚出来,把埃洛伊人当作美餐吃掉。旅行者后来再向未来行进,见识了更进一步的"退化":人类变得像兔子模样……而惨淡的最后一幕,是身如螃蟹一般的怪物们在濒亡的太阳下,在走投无路的海边左突右冲。(马小悟译,北京大学出版社,2010,页 156)

② 《童年的终结》(*Childhood's End*,亦译《最后一个地球人》),阿瑟·C.克拉克的代表作。罗伯茨《科幻小说史》这样介绍其故事梗概:他的早期小说《童年的终结》(1953)中,人类终结于他们的下一代。在小说的开头,能力超强的外星人来到地球,中止一切战争和苦难,在地球上建立起仁慈的独裁。在外星人的秘密统治下……一个新的黄金时代诞生了。不过,在小说结尾,我们发现外星人实际上是扮演着看护者的角色,看护着人类下一代子孙超越物理实在,聚合成"超级心灵"。而这一超越,虽然如同奇迹,但同时也是一种灾难:它导致了人类的终结和地球的毁灭。(前揭,页 229)

③ 《最后和最早的人》(*Last and First Men*,亦译《人之始末》),作者欧拉夫·斯特普尔顿(Olaf Stapledon,1886—1950)。罗伯茨 (转下页注)

系浩劫(the concern with broad, general movements),其语调,都是史学家的,而非小说家。就其主题而言,这正是得体形式。既然我们至此已经严重偏离小说(novel),那我也就乐于将一部作品纳入这一子类,这就是乔弗里·丹尼斯(Geoffrey Dennis)的《世界末日》(*The End of the World*,1930),它甚至连叙事之作都谈不上。当然,J. B. S. 霍尔丹的《可能世界》(*Possible Worlds*,1927)中那篇名曰《最后审判》的华丽文章,尽管我认为那是邪说,我也会纳入其中。①

这类作品所表达的那些思想和感情,窃以为我们应该偶尔消受消受(entertain),这对我们有好处。时不时记起我们这个群体的渺小,记起我们显而易见的孤立,记起自然显而易见的冷漠,记起那个缓慢的生物、地质及天文进程最终会令我们的许多希冀(可能还有许多恐惧)显得可笑,会既让我们清醒,又有净化功效。假如对个体而言,死亡警告(*me-*

(接上页注)《科幻小说史》:"《最后和最早的人》以威尔斯的方式开篇……但旋即将读者带入遥远未来。那时人类已经进化为一种新物种,小说中描述了这一新物种的生活习性。在《最后和最早的人》中,这种进化发生过多次。人类的进化……产生了18种不同人类,其中最后一种人类成为心灵感应者,然而却难逃宇宙寂灭的宿命。"(前揭,页182)

① 关于印籍英裔科学家 J. B. S. 霍尔丹(John Burdon Sanderson Haldane,1892—1964),详见下章。

mento mori)就是调味品,我就不知道,我们这个物种为何就不应品尝。在一篇论科幻小说的文章里,我想,我发现了一种难以掩饰的政治仇恨。这类故事,倒可以解释这一敌意。那篇文章含沙射影,说阅读或写作科幻小说的人,很有可能都是法西斯主义者。潜藏在此暗示背后的,我想,大概是这样一档子事。假设我们在船上,船员之间起了冲突,我大概能够想见,要是我们有谁躲避这场激烈争吵,偷偷溜出沙龙或餐厅,去甲板上透透气,争吵双方的主将都会看他不顺眼。因为上了甲板,他会尝到海风咸咸的味道,会领略海水的广袤无垠,会记起这船来自哪里驶向何方。他会记起海雾、风暴及冰雪之类事物。甲板下燥热而又光亮的那些房间里简直就是一场政治危机的那一幕,倾刻间更像是一枚小小蛋壳,沉入茫茫黑暗,漂荡于人在其中无法生存的一个元素的表面。[①] 关于下面的争吵谁对谁错,他的判决不一定发生改变,但这或许能够让他以新的眼光审视其间对错。这不可能不让他想起,船员们理所当然地怀有比涨薪水更为重大的

---

① 古希腊哲学家认为,世界由土水火风四大元素组成,与佛家所谓"地水火风,四大皆空"遥相呼应。路易斯在此用"元素"(element)一词指代海水,是为了传递一种宇宙感。

希冀（hopes）；而乘客们则忘记了，比不得不亲手下厨做饭更严峻的危险。我这里所描述的这类故事，就像这趟甲板之行。它们令我们平静。其神清气爽之功，就像 E. M. 福斯特小说里的一个片断。其中的那个人，看猴子的时候，意识到绝大多数印度人，并不在乎印度被怎样统治。① 一些人不知何故，总想将我们整个儿禁锢在直接冲突（immediate conflict）之中。这个印度人，令他们不安。这或许就解释了，人们为什么急于扣"逃避"（escape）大帽。对此，我一直没想通，直到友人托尔金教授问了一个极为简单的问题："试想一下，哪类人对'逃脱'（escape）最念念不忘又最具敌意？"他给出的答案，显而易见：狱吏。法西斯主义的大帽，说白了，就是泼脏水。法西斯主义者，跟某某主义者一样，都是狱吏；两者都要确保我们相信，囚徒适合探究的对象，就是囚牢。②不过这话背后，或许有着这样一条真理：那些总是沉思遥远过去或未来的人，抑或那些总盯着夜空的人，跟别人相比，成

---

① 福斯特《印度之行》第十章："万千生灵中自称为人类的极少数，其欲望和决心对于大多数生灵而言真是无足轻重。大多数印度的居住者对于印度是如何统治的也都漠不关心。"（冯涛译，上海译文出版社，2016，页 139）

② 原文为：the proper study of prisoners is prison.

为热忱或正统的爱国者的可能性，要小一些。

最后的这个子类，我自己情有独钟。要探讨它，我们最好提醒自己一个事实。这个事实，我所读过的专论这一子类的那些作家，统统对之全然无视。以《奇幻》（*Fantasy*）及《科幻小说》（*Science Fiction*）名世的那些美国顶尖刊物，则远非如此。其中（其他许多同类出版物亦然），你不仅会找到写时空旅行的故事，而且会找到写诸神、魑魅魍魉、仙女和魔鬼的故事。这就给我们提供了线索。科幻小说的最后一个子类，只不过代表了跟人类一样古老的一种想象冲动（an imaginative impulse），在我们自己时代的特殊条件下仍在运作。不难明白，想造访异域从而找寻现实世界无法提供的美、敬畏或恐怖的那些人，为什么渐行渐远，被迫去了别的行星或星辰。这是地理知识加增的结果。对现实世界所知愈少，将你的奇遇记安插在近处，就越能说得过去（plausibly）。随着知识领域的扩张，你就得远行到更远方；就好比一个人一次又一次搬家，随着新建住宅小区的步步紧逼，一直搬至乡下。因而在《格林童话》里，故事都是林区的农民讲的，要寻找你的巫婆或食人魔，只需要走上一个小时，去另一片森林。《贝奥武甫》的作者，可以将葛婪代

(Grendel)的巢穴,安排在他本人所说的"向前不远再走几英里路,便是那口深潭"①。荷马既然是为海洋民族写作,就不得不让奥德修斯在遇见基尔克(Circe)、卡吕普索(Calypso)、库克罗普斯(Cyclops)或塞壬之前,航行好多天。古爱尔兰有一种名曰"航海传奇"(*immram*)②的文体,是众多岛屿中间的旅行记。亚瑟王的传奇故事,初看怪异,却仿佛通常满足于古老童话的场景设置(machine),即邻近的一片森林。特鲁瓦(Chrétien)③及其后继者,掌握了大量的地理知识。这或许就解释了,那些传奇故事为何大都是法国人写不列颠,以及过去的不列颠。《波尔多的霍恩》将奥伯龙(Oberon)放在了东方。斯宾塞发明了一个村庄,根本就不在我们所处的宇宙;锡德尼则步入希腊的想象的过去。18世纪之前,我们只需挪到偏远乡下就可以了。帕尔托克(Paltock)④和斯威夫特将我们带至远海,伏尔泰将我们带

①　原文为:*Nis paet feor heonon Mil-gemearces.* 语出古英语史诗《贝奥武甫》第1362行。

②　Immram,7—8世纪的爱尔兰航海传奇小说。

③　特鲁瓦(Chrétien,1160? —1180),法国诗人,生平不详,创造一种描写典雅爱情的叙事诗形式,作品多取材于中世纪历史人物及事件,以5首亚瑟王传奇故事诗闻名。

④　罗伯特·帕尔托克(Robert Paltock,1697—1767),英国小说家,律师。代表作为《彼得·威尔金斯历险记》(*The Life and Adventures of Peter Wilkins*, a Cornish Man,1751)。

至美洲。莱特·哈葛德（Rider Haggard）不得不去未经探索的非洲或西藏；布尔沃-利顿（Bulwer-Lytton）则不得不去大地深处。当时或许已经预见，这类故事不得不彻底离开大地女神。如今既然知道哈葛德将《不可违抗的她》（*She*）和"一线天"（*Kôr*）安插在什么地方，我们若真个寻访，也只能找到"花生方案"（groundnut schemes）①或"茂茂党"（Mau Mau）②了。

这类故事当中的准科学装置（the pseudo-scientific apparatus），索性可以看作一种"场景设置"（machine），就是该词在新古典主义批评家笔下的那个意思。最为肤浅的可行之貌（most superficial appearance of plausibility）——对我们的挑剔来一点点贿赂，就管用。我倾向于认为，坦坦荡荡地用超自然手段，最好了。我曾让自己的男主人公，乘飞船去火星；后来变聪明了，就让天使带他去水星。③ 陌生世界（the strange worlds），当我们到了那里，根本不需要捆在科

---

① 1946 年 12 月，英国政府批准了一项方案，旨在推进英属东非的花生生产的机械化。

② 茂茂（Mau Mau），肯尼亚的吉库尤人的一个秘密组织，活跃于 20 世纪 50 年代，发誓以暴力驱逐白人。

③ 分别指路易斯《太空三部曲》的第一部和第二部。

学概率(scientific probabilities)上面。关键是,它们的奇观(wonder),它们的美(beauty),它们的意味深长(suggestiveness)。我在火星上安置运河的时候,我相信自己已经知道,精制望远镜已经驱散了那个古老的光学迷雾。可要点在于,运河是火星神话的一部分,因为它已经深入人心。

与此相应,分析这类科幻小说以及为其申辩,就不会不同于一般意义上的奇幻文学或神话文学。但是这里还有子类以及子类之子类脱颖而出,令人眼花缭乱。在文学中,不可能之事(the impossible)——或事情如此不合情理,以至于在想象层面就等同于不可能之事——可被派上多种用场。除了提示几个主要门类,我不能期待自己做得更多;这一论题,仍在等待它的亚里士多德。①

它代表了理智的自由游戏,几乎完全摆脱了情感。最纯的样本,当数艾勃特的《平面国》②,尽管在这里还是扰动了我们的某种情感,那是由于感受到(书中则是谆谆教导)

---

①　详参页66脚注。

②　英国牧师艾勃特(Edwin A. Abbott,1838—1926)的幻想小说《平面国》(*Flatland*),1884年问世,一直湮没无闻,直至爱因斯坦发表相对论,才于1920年被"重新发现",成为众多科幻小说的灵感来源。路易斯《返璞归真》卷四第2章解说"三位一体"教义,即受此书启发。

我们自己的有限性——意识到我们人类对世界的认识，既随意（arbitrary）又无常（contingent）。有时候，这样的游戏给我们的快乐，类似于自负之乐。很不幸，我忘记了最佳例证的书名及作者。故事里的那个人，能够穿越到未来，因为他本人在那个未来发现了时间旅行的办法，返回来找当前的这个他（当然就是穿越到过去），将他带走。① 更少喜剧色彩、更多激烈紧张的游戏，就是从查尔斯·威廉斯《多维》②中的时间旅行，丝丝入扣地推演出其逻辑结论。但在那部书里，游戏元素跟许多别的元素结合在一起。

第二，不可能之事也可以只是一个假定（postulate），用以释放滑稽效果（farcical consequences），就像 F. 安提斯③的《黄铜瓶》（*Brass Bottle*）。他的小说《反之亦然》中的迦楼罗石，勉强也能算作一个范例；一种严肃的道德，还有某

---

① 原编者瓦尔特·胡珀（Walter Hooper）认为，路易斯所说的这个故事，就是罗伯特·A. 海因莱因（Robert A. Heinlein）的《孤胆英雄》（*By His Bootstraps*）。

② 《多维》（*Many Dimensions*）写于 1931 年，叙写了一位邪恶的古董商从巴格达的伊斯兰守卫者那里非法购买了传说中的苏莱曼石（Stone of suleiman），尔后返回英格兰。他发现这块石头不仅能在不衰减原石的前提下进行无限复制，而且能让它的持有者穿越时空壁垒。

③ F. 安提斯（F. Anstey），英国小说家 T. A. 葛思里（Thomas Anstey Guthrie，1856—1934）的笔名。

种跟悲悯相距不远的东西，加入进来——或许违背了作者意愿。

有些时候，一个假定所释放出来的，远非喜剧效果。这时，假如该故事写得好，那它就通常会有一个道德指向：是故事本身的，用不着作者有意识地从事说教。史蒂文森的《化身博士》，可成一例。另一个则是马克·布兰德尔（Marc Brandel）的《无影男孩》(Cast the First Shadow)。故事讲一个人，深陷孤独，受轻视，被压迫，只因他没有影子。终于碰见一位女子，跟他一样，有着同样无辜的缺陷。后来却离开了她，带着厌恶和义愤。因为他发现，她除了没有影子，还有一样令人作呕的反常特性，没有映像（reflection）。那些没写过故事的读者，通常会把这类故事描述成讽寓（allegories），我倒是怀疑，它们是否就是作为讽寓而涌现于作者脑海之中。

在所有这些不可能之事当中，就像我说的那样，都有一个在故事展开之前就应被承认的假定。在此框架内，我们栖居于那个已知世界，现实感跟其他任何人不相上下。但在下一种类型里（我最后将要谈到），奇观（the marvellous）在整部作品的纹理之中（in the grain of the whole work）。我们始终都在另一世界。该世界的价值，当然并非只是在于奇观频现,无论是为了产生喜剧效果(比如《敏豪森男爵》[*Baron Munchausen*]①,偶尔还有阿里奥斯托②及博亚尔多③的作品),还是为了产生惊奇效果(比如《一千零一夜》里最糟糕的故事,或某些儿童故事),而是该世界的品质(quality),该世界的滋味(flavor)。如果说好的小说,就是"生活之评注"(comments on life)④,那么,这一类型的好故事(特别稀缺),就是生活之增益(actual additions to life);它们有如某些罕见的梦境,奉上我们从未有过的感觉,拓宽我们对可能经验的范围的理解。因而,跟那些拒绝被带离他们所谓"现实生活"的人,来讨论这类故事,差不多就是对牛弹琴。他们所谓的现实生活,或许就是穿过可能经验之广阔原野的一道凹槽,我们的感官和我们生物的、社会的、经济的兴趣,通常将我们囚禁其中。或者即便被带离,除了极度的厌倦(arching boredom)和恶心的怪物(sickening mon-

---

① 《吹牛大王历险记》曾是18世纪德国男爵敏豪森讲的幻想故事,后由德国作家埃·拉斯佩和戈·奥·毕尔格再创作而成。

② 阿里奥斯托(Ariosto, 1474—1533),《疯狂的奥兰多》(*Furioso*)之作者。

③ 博亚尔多(Bioardo, 1441—1494),《恋爱中的奥兰多》(*Orlando Innamorato*)之作者。

④ 暗指马修·阿诺德"诗歌即人生批评"的著名观点,为照顾上下文,兹译为"生活之评注"。

strosity），他们什么也看不到。他们会发抖，请求回家。这类故事的样本，诣其极致，永远不会寻常（common）。我会纳入其中的有，《奥德赛》的些许部分，《阿弗洛狄忒颂》①，《卡勒瓦拉》②和《仙后》的大部分，马罗礼的一些作品（但不是马罗礼最好的作品）③，《波尔多的胡昂》（Huon）的更多部分④，诺瓦利斯《亨利希·冯·奥夫特丁根》的些许部分⑤，《古舟子咏》和《克里斯特贝尔》，贝克福德的《瓦泰克》⑥，莫里斯的《杰森》和《地上乐园》的序言（其他部分没有）⑦，麦克唐纳的《幻境》《莉莉丝》和《金钥匙》，艾迪生的《蠕动咬尾蛇》，托尔金的《魔戒》，还有那部令人震惊、不堪承受却又难以抗拒的作品，大卫·林赛的《大角星之旅》。⑧

---

① 《荷马颂歌》（Homeric Hymns）中的一篇。

② 又名《英雄国》，中古欧洲著名史诗之一。

③ 马罗礼（Sir Thomas Malory, 1395—1471?），传奇史诗《亚瑟王之死》（Le Morte Darthur, 1485）之作者。

④ 路易斯所引书名 Huon，疑指法国民间故事《波尔多的胡昂》（Huon of Bordeaux）。

⑤ 诺瓦利斯（Novalis, 1772—1801），德国诗人，因长篇小说《亨利希·冯·奥夫特丁根》被誉为"蓝花诗人"。

⑥ 威廉·贝克福德（William Beckford, 1760—1844），英国小说家，代表作即哥特式小说《瓦泰克》。

⑦ 威廉·莫里斯（William Morris, 1834—1896），英国作家、设计师、诗人。

⑧ 详见本书页18—19脚注。

还有马文·皮克的《泰忒斯诞生》。① 雷·布莱伯利②的一些故事，或许也有这个水准。W. H. 霍奇森③的《黑暗大陆》(*The Night Land*)，要是没有因一种感伤而又不相干的色情兴致以及一种愚蠢而又单调的拟古体而大为减色 (disfigured)，将是一部巨著，就因它呈现了令人难忘的阴沉忧郁与光彩壮丽。（我可不是说所有的拟古体都愚蠢，也从没看到对它的现代恨恶有什么理由。如果拟古体成功给予我们步入遥远世界的那种感觉，它就能自证清白。至于它是不是合乎语文标准，倒无关紧要。）

对于这类故事所能提供的那种切肤、持久而庄严的愉悦(the keen, lasting, and solemn pleasure)，我拿不准，有谁给出了满意解释。荣格走得最远。但在我看来，他的解释就像是另一个神话，这神话跟其余神话影响我们的方式一模一样。对水的分析，难道本身也应是湿漉漉的？荣格没

---

① 马文·皮克(Mervyn Peake, 1911—1968)，英国小说家，代表作为"歌门鬼城"四部曲。《泰忒斯诞生》为四部曲的第一部。

② 雷·道格拉斯·布莱伯利(Ray Douglas Bradbury, 1920—2012)，美国科幻、奇幻、恐怖小说家。

③ 威廉·霍普·霍奇森(William Hope Hodgson, 1877—1918)，英国作家。

有做到的,我也不企图去做。不过,我倒愿意提请注意一样被忽略的事实:一些读者对神话制作(mythopoeic)的憎恶,其强度令人震惊。我起先发现这一点,出于偶然。一位女士(更蹊跷的是,她就是一个职业的荣格派精神分析学者),曾跟我谈起那仿佛逐渐侵蚀了她的生活的厌倦,她感受快乐的能力正被抽干,她精神世界的干旱贫瘠。我不顾后果地问:"你对奇幻或童话故事感兴趣么?"我永远无法忘记她肌肉紧绷的模样,她情不自禁紧握双手,眼神似乎也开始带有一抹惊骇,语调也变了。她声嘶力竭:"我讨厌那些玩意。"显然在这里,我们不得不对付的不是一种批评意见(a critical opinion),而是类似恐惧症的某种东西。在别处,我也见过它的踪迹,尽管从来没有如此激烈。另一方面,我从自己的经验了解到,那些喜爱神话制作的人,其喜欢也差不多是同样强烈。这两个现象放在一起,至少应足以驳斥认为神话制作微不足道的论调。从引发的反应来看,神话制作无论好赖,均是一种触动我们心灵深处的想象模式(mode of imagination)。如果说一些人从事神话制作,几乎是出于强迫性需要,那么另一些人则好像是出于恐惧,怕在那里遇见什么。当然啦,这只是猜疑。至于我感到远为笃定的,则是我在上文所作的批评警告。没有戒慎恐惧（without great caution），就不要批评你不感兴趣的东西。尤其是,永远不要批评你只是受不了的东西（what you simply can't stand）。我就把牌都摊桌面上吧。老早以前,我就发现了自己专属的恐惧症:文学中让我受不了的东西,弄得我深感不适的东西,就是对小孩之间那种懵懂爱情的再现（the representation of anything like a quasi love affair between two children）。这既让我尴尬,又令我恶心。但是当然啦,我没有将此恐惧症视为一种特许,让我对出现这一可恶主题的书籍大加鞭挞;而是视为一个警告,让我不要对它们妄加断语。因为我的反应,不可理喻:现实生活中当然会出现这种懵懂爱情,而且我也给不出什么理由说它们就不应该再现于艺术。即便它们触碰到了我早年的一些伤疤,那也只是我的不幸。冒昧建议所有试图成为批评家的人,采纳同样的原则。

对某类书籍或某种情境,反应既激烈又充满敌意,那就是一个危险信号。因为我确信,好的反面批评（good adverse criticism），最难,可我们不得不做。建议诸君在最优良的条件下（under the most favorable conditions），再着手从事此类批评。条件就是,你彻底了解并满心喜欢作者力图去做的事,而且已经乐享将此事做得很好的许多书籍。然后,你才有一些机会,真正揭示他的败笔,甚至揭示为何有败笔。反过来,假如我们对一本书的真实反应就是"唔!我真受不了这种东西",那么我想,无论它的真正缺陷是什么,我们都没有能力诊断。或许我们会竭力掩藏自己的情感,但最终还是一堆情绪化的、未加检省的时髦词汇:"原始"(arch)、"肤浅"(facetious)、"虚假"(bogus)、"幼稚"(adolescent)、"不成熟"(immature),云云。当我们真个知道瑕疵所在,这些词则一个都用不着。

9　答霍尔丹教授[①]

A Reply to Professor Haldane

　　就霍尔丹教授刊于《现代季刊》的《皇家学会院士奥尔德·霍尼》(Auld Hornie F. R. S.)一文尝试作答之前,我最好表明一下我俩的一点相同意见。霍尔丹教授指责我说,我笔下的人物,"就像实验笼里的鼻涕虫,要是向右转就得到卷心菜,要是向左转则遭电击"。从他的指责里,我想,他怀疑我在重申恶有恶报善有善报。他的疑虑,错了。我跟

---

　　① 霍尔丹教授,即英国著名遗传学家、科普作家 J. B. S. Haldane (1895—1964)。霍尔丹教授曾于《现代季刊》(*Modern Quarterly*)1946年"秋季号"上发表《皇家学会院士奥尔德·霍尼》(Auld Hornie F. R. S.)一文,点名批评路易斯的"空间三部曲"。

他一样,厌恶任何此类观点;跟他一道,偏爱斯多葛伦理或儒教伦理。尽管我信一位全能的上帝,但我并不认为他的全能本身就能生出顺从他的义务,哪怕是一点点。在我的浪漫传奇中,"好"人确实得到好报。这是因为我想,大团圆结局适合我尝试在写的这种轻松愉快的小说。教授把浪漫传奇的这一"诗性正义"(poetic justice),误认作伦理准则(ethical theorem)。我还想多说几句。我跟绝大多数某某主义者产生分歧的主因之一就是,我厌恶任何崇拜成功的伦理学。就我经验所及,理屈词穷之时,他们往往就告诉我,我应该向往革命,因为"革命注定要来"。有位某某主义者曾游说我放弃自己的立场,其根据之不着边际,令人惊愕。他说,要是我顽固不化,就会被迅速"铲除"。他的论证,跟癌症要是会说话就会从事的论证一样,说他之所以正确,乃是因为他能杀掉我。我欣然承认,霍尔丹教授跟这些某某主义者不是一路人。反过来,我也敦请他承认,我的基督教伦理与佩利①之辈的伦理学不同。在他那方和我这

---

① 威廉·佩利(William Paley, 1743—1805),英国牧师,以《自然神学》(Natural Theology)一书对上帝存在所作之目的论证明而闻名。在伦理学领域,被视为现代"功利主义伦理"之先驱。

方,都有一群趋炎附势之徒(Vicky-like vermin),将正确的一方界定为行将胜利的一方。开始讨论之前,且先将他们扫地出门。

我对教授文章的主要批评是,他想批评我的哲学(要是我可以架这么大一个名头的话),却对我试图陈说哲学的那些书籍几乎不理不睬,只关注我的浪漫传奇。《黑暗之劫》序言告诉他,该浪漫传奇背后的那些学说,脱掉其虚构假面之后,在《人之废》里都能找到。[①] 他为何没去那里去寻找它们? 他那路数的结果很是不幸。作为一个哲学批评家,教授本该令人生畏,因而也令人受益。作为一个文学批评家——尽管他不算迟钝(dull)——可总是说不到点子上。因而,我的很大一部分答复,必须操心着去除纯粹误解。

他的非难,大致有三点:(1)我的科学通常有误;(2)我对科学家颇有微词;(3)根据我的看法,科学规划"只能通向地狱"(因而我是"现存社会秩序最有用的后盾",亲近"因社

---

① 路易斯在《黑暗之劫》的序言里说:"这本书是一本关于魔法的'怪谈',却自有深意,我已在我的《人之见弃》(*The Abolition of Man*)中尽力陈说。"(杜冬冬译,译林出版社,2011)拙译路易斯 *The Abolition of Man*,2015 年由华东师范大学出版社出版,中译书名《人之废》。

会变革而没落"的那些人，出于不良动机，不愿对利益［usury］直言不讳）。

（1）我的科学通常有误。好吧，就算如此。教授的历史也一样。他在《论可能世界》（*Possible Worlds*，1927）一书中告诉我们："五百年前……人们还不清楚，相比于地面距离，天体距离如此巨大。"可是，中世纪所用天文学教科书，托勒密的《天文学大成》（*Almagest*）已明确指出（卷一第5章），相对于恒星间距，整个地球可看作数学上的一个点。而且也作了解释，说基于哪些观测得出这一结论。国王阿尔弗烈德（King Alfred）[①]通晓这一学说。《南英传奇人物》（*South English Legendary*）之类"通俗"读物之作者，甚至也通晓。[②] 还有，在《奥尔德·霍尼》一文中，教授仿佛认为，但丁的地球有引力及地球是圆形的看法，是个例外。

——————

[①] 阿尔弗烈德（Alfred，849—899），西撒克斯国王（871—899），通称阿尔弗烈德大王（Alfred the Great）。阿尔弗烈德的武装反抗，使得英格兰西南部免遭北欧海盗侵占；作为伟大的改革家，他被认为奠定了英格兰海军和学术复兴的基础。

[②] 著名人本主义地理学家、美籍华裔学者段义孚在《人本主义地理学之我见》一文中说：一本中世纪的著作（*South English Legendary*）是这样形容宇宙之广袤无垠的："即使一个人能以每日40英里的速度向上行进，8000年后他依然无法到达天空的最高处。"文见 http://wen. org. cn/modules/article/view. article. php？270/c1。

可是，但丁能够查考的最知名又最正统的权威，是他出生前一年左右去世的樊尚。[①] 我们从樊尚的《自然之镜》（卷七第7章）得知，要是正好有个洞穿过地球（terre globus），你向洞里扔块石头，石头将会停在地心。换言之，教授当历史学家，跟我当科学家，是半斤八两。差别在于，他于旨在求真的著作中生产伪历史，而我在浪漫传奇中生产伪科学。我想写的是想象世界（imagined worlds）。既然我们自己的星球，已被整个探索一遍，那么，别的星球就成了你可放置想象世界的唯一地方。就我的目标而论，我恰好需要足够通俗的天文学，以让"普通读者"来"自愿搁置怀疑"（willing suspension of disbelief）。[②] 在这号奇幻之作中，没人承望着餍足科学家，恰如历史演义之作者，不会承望着餍足正儿八

---

① 博韦的樊尚（Vincent of Beauvais，1190—1264），法国学者和百科全书编纂者。所编《大镜》可能是18世纪以前最大的百科全书。《大镜》原来包括三个部分：历史之镜、自然之镜和教义之镜。14世纪由一个佚名作者加上第四部分《道德之镜》。（参《不列颠百科全书》第17卷537页）

② "搁置怀疑"（Suspension of disbelief）或"自愿搁置怀疑"（the willing suspension of disbelief），是柯勒律治（Samuel Taylor Coleridge）1817年提出的术语，以解决诗与真的问题。他提出，假如一个作者能把"人文情怀和些许真理"（human interest and a semblance of truth）融入奇幻故事之中，那么，读者就要搁置此叙事难以置信（implausibility）的判断。杨绛《听话的艺术》一文，意译the willing suspension of disbelief为"姑妄听之"，殊为传神。拙译用直译。

经的考古学家(认认真真做出后一种努力的地方,譬如《罗慕拉》①,该努力通常糟践了那本书)。因而在我的故事里,有着大量的科学错误;一些错误,甚至在写那些书的时候,我自己就知道。火星上有运河,不是因为我信其有,而是因为它们是通俗传统的一部分;行星的天文特征,也是出于同样原因。锡德尼说,诗人是唯一从不撒谎的作家,因为只有他从未宣称自己的陈述为真。② 或者说吧,假如"诗人"之名如此之高,以至于不可用于此等语境,我们也可换个法儿说。我正在雕刻一个玩具象,教授逮个正着,对其评头论足,好像我的目标就是教动物学似的。可是,我所追求的不是科学所知的大象,而是我们的老朋友"庞然大物"(Jumbo)。

(2) 我想,霍尔丹教授本人大概以为自己针对我的

----

① 《罗慕拉》(*Romola*),英国小说家乔治·艾略特(George Eliot,1819—1880)的唯一一部历史小说,讲述了 15 世纪末意大利佛罗伦萨的一个历史故事。

② 菲利普·锡德尼爵士(Sir Philip Sidney,1554 —1586),伊丽莎白时代的诗人和骑士,他在《为诗辩护》中说:"在白日之下的一切作者中,诗人最不是说谎者;即使他想说谎,作为诗人就难做说谎者。天文学家和他的老表几何学家是难以逃避说谎的,当他们担任了测量恒星的高度……至于诗人,他不肯定什么,因此他是永不说谎的。"(钱学熙译,人民文学出版社,1998,页 42)

科学的批评，只是小打小闹；在他的第二项责难（也即我对科学家颇有微词）里，我们才剑拔弩张。这里，至为不幸的是，他将火力放错地方——放在《黑暗之劫》一书上，从而错失了其指控的最大胜算。要是我的哪部浪漫传奇，可借诽谤科学家加以振振有辞的指控，那么它定非《沉寂的星球》莫属。该书，即便不是抨击科学家，也是在抨击我们或可称作"科学主义"的某些东西。所谓科学主义，是某种特定的世界观，跟科学普及有着松散联系，尽管它在真正的科学家中间并不像在他们的读者中间那样常见。一言以蔽之，科学主义是这样一种信念：道德之终极目的就是我们自己这一物种之永存，而且即便在适者生存的进程中，我们这一物种的一切可贵品质，如怜悯、幸福和自由，均已丧尽，还是要追求自个物种永存这一目的。我拿不准，你是否会发现有哪位作家正式断言这一信念：这号事总是作为不言而喻的预设大前提，悄悄溜了进来。不过我想，我能感觉到它的套路（approach）；在萧伯纳的《千岁人》（*Back to Methuselab*）里，[①]在斯塔普尔顿

---

① 萧伯纳的"生命力"（Life-force）概念，是其社会政治思想的一部分。他断言，每一社会阶级都为自身目的服务，上层阶级及中（转下页注）

笔下，①在霍尔丹教授的《最后审判》一文里（文见《论可能世界》）。当然啦，我留意到，教授让自己的理想跟他笔下的金星人②摆脱干系。他说，自己的理想处于他们与"孜孜追求个体幸福"的一个种族"之间的某个地方"。"追求个体

（接上页注）层阶级在斗争中都胜利了，而工人阶级失败了。他谴责他那个时代的民主体系说，工人遭受贪婪的雇主的无情剥削，生活穷困潦倒，因过于无知与冷漠无法明智投票。他相信，一劳永逸地改变这一缺陷，依赖于出现长命超人。超人有足够的经验与智力，故能统治得当。这一发展过程，人称"萧伯纳优生学"（shavian eugenics），他则称为 elective breeding（优选生育）。他认为，这一过程受"生命力"驱动。生命力促使女人无意识地选择那最有可能让她们生下超级儿童的配偶。萧伯纳拟想的这一人类前景，最集中地表现于戏剧《千岁人》（Back to Methuselah，又译《长生》）之中。

①　奥拉夫·斯塔普尔顿（Olaf Stapledon, 1886—1950），英国作家，哲学家，以他所谓的"哲学类奇幻小说"（fantastic fiction of a philosophic kind）闻名于世。由于认定宗教或对不朽的信念毫无用处，他提出一种"演进的上帝"（god-in-development）。其哲学著作包括《现代伦理学理论》（*A Modern Theory of Ethics*, 1929），《哲学与生活》（*Philosophy and Living*, 1939）及《超越"主义"》（*Beyond the "Isms"*, 1942）；其科幻小说包括《人之始末》（*Last and First Men*, 1930），《怪约翰》（*Odd John*, 1935），《造星者》（*Star Maker*, 1937），《天狼星》（*Sirius*, 1944）。值得一提的是，《人之始末》一书开了科幻小说史上人类灭绝外星异族之先河。书中记叙，由于月球即将坠落，地球人不得不向金星迁移。金星土著（一种海洋生物）阻挠，最终被人类灭绝。斯塔普雷顿笔下的金星土著，嗜血、好战却又原始蒙昧，是仅仅掌握基本机械的野蛮生物，而且赖以为生的放射性元素也日益枯竭。因此，人类为生存而对金星土著发动的种族灭绝，似乎显得正当合理。路易斯《沉寂的星球》（*Out of the Silent Planet*, 1938）中邪恶的科学狂人韦斯顿（Weston），喋喋不休的就是斯塔普顿《人之始末》里的观点。

②　金星人（Venerites），霍尔丹所虚构的金星居民。在《最后的审判》（The Last Judgment）一文之结语中，霍尔丹写道："我刻画（转下页注）

幸福"，我相信，要说的意思就是"每位个体以邻人的幸福为代价，追求自身的幸福"。不过这话也可以用来支持这一观点（对我而言毫无意义）：还有另外一种幸福，除了个体，还有某种东西能够幸福或痛苦。我还怀疑（难道我错了），教授所说的"之间的某个地方"，极为接近金星人的那一端。正是针对这一生命观，针对这一伦理，如果你愿意听我说，我才写了我的讽刺幻想故事（satiric fantasy），将我笔下的韦斯顿塑造为"元生物学"邪说的一个丑恶形象（buffoon-villain）。如果有人说，将他弄成个科学家有失公允，因为我所抨击的那种观点，主要不是流布于科学家中间，那么，我可以同意他；尽管我想，这样的批评是敏感过度。奇怪的是，霍尔丹教授认为韦斯顿的"科学家身份清晰可辨"。我这就放心了，因为我对他心存怀疑。假如有人命我抨击我自己的书，我就会指出，尽管出于情节考虑，韦斯顿不得不是一位物理学家，但他的兴趣看上去全然是生物学的。我还会追问，不要说飞船，这样的一个牛皮匠（a gas-bag）是否

（接上页注）了大地上的一个人类物种，孜孜追求个体幸福；而在金星上，则仅为庞大蚁丘的组成部分。我自己的理想，自然是处于二者之间的某个地方；这也差不多是，如今每一个在世之人的理想。"（见 Lewisiana 网站）

能发明出一个老鼠夹子，都在存疑之列。不过那时，我就既要写幻想故事（fantasy），还要写闹剧（farce）了。

《皮尔兰德拉星》，就其并非只是踵武前哲而言，主要是写给我的同道（co-religionists）的。其真正主题，我想，霍尔丹教授无论如何都不会感兴趣。我只指出一点。假如他留意天使们将金星的统治权交付人类时的盛大仪式，[①]他大概就会认识到，我所描画的火星上的"天使统治"，对我而言，是一件陈年往事：道成肉身改变了一切（the Incarnation has made a difference）。[②] 我并未指望，他同样对此观点感兴趣；但此观点，至少可以让我们免于政治上的捕风捉影。

《黑暗之劫》，几乎遭受全面误解。其中的那个"好"科学家恰好表明，"科学家"本身不是抨击对象。为使这一点清楚一些，我让他离开我笔下的国研院（N. I. C. E.），因为他发觉自己起初相信"它和科学有关"（页83）是犯了错误。[③] 为

---

① 见《皮尔兰德拉星》末章。皮尔兰德拉星（金星）此前是天使统治，在小说末尾，天使将统治权托付于人。

② 祝平译路易斯《皮尔兰德拉星》第11章："当马莱蒂在伯利恒作为人被生下来时，地球上所发生的一切即永远改变了这个宇宙。"（译林出版社，2011，页191）

③ 小说中的这个"好"科学家，名曰辛吉斯特。他决定退出国研院："我来这里是以为这和科学有关。现在我发现这更像个政治密谋会，我该回家了。"（杜冬冬译，译林出版社，2011，页65）开车回家路上，他被国研院暗杀。

使其更清楚,小说的主要人物,那个被国研院几乎不可阻挡地吸引过去的那个人,我这样刻画(页 226):

> 不得不说,在马克的思想中,很难找到一丝让他坚信不疑的高贵思想,不管是基督教还是异教的思想。他所受的教育,既不是科学的,也不是古典的——仅仅是"现代教育"。抽象思维和高尚的人类传统所要求的严格教育,他略过了:他既没有农民的精明,也缺乏贵族的尊严来助他一臂之力。他不过是个稻草人,对于那些不需要深思明断的科目,他是个伶俐的考试行家(在随笔和普通论文这种科目上,他总是很出色),但只要对他稍微来点肉体上的真正威胁,他就会一蹶不振。①

为使其加倍且三倍地清楚,威瑟的心灵腐化过程被再现为哲学的,根本不是科学的(页 438)。② 担心这还不够,我就

---

① 见杜译路易斯《黑暗之劫》页 192。路易斯原来的引文,省略了部分字句。为求文意明晓,拙译做了大段引用。

② 威瑟(Wither),《黑暗之劫》中的国研院副总监。关于他的心灵堕落过程,可参这段文字:"多年以前,他仅仅是从审美角度厌恶朴拙和粗俗之事,而随着年月的流逝,这种情感不断加深,也变得更加阴暗,变成彻底厌弃一切不合他意的事物。他从黑格尔的学说,又转到休谟的(转下页注)

让那个英雄人物(顺便说一句,他在某种程度上是我的一个熟人的漫画,但不是我)说,科学"本身是好的,是无辜的"(页248),②尽管邪恶的"科学主义"潜入科学。最后,整部故事中我们起而反对的,显然不是科学家,而是官员。要是有人因此书而感到自己受了污蔑,那也应当是公务员,而不是科学家;公务员之后的下一个,则是某些哲学家。弗洛斯特是威丁顿(Waddington)③教授的伦理学理论的喉舌;我的意思当然并不是,真实生活中的威丁顿教授,就是弗洛斯特④那样的人。

(接上页注)学说,然后又研习过实用主义,接着又信奉过逻辑实证主义,最终陷入彻底的虚无。这种情绪说明他的心中再也不信奉任何思想,他全心全意地相信,世上没有真相,也没有真理。"(杜冬译,页382)

② 《黑暗之劫》第九章第5节:"科学本身有益而无害(good and inno-cent)。但是,就从兰塞姆的时代开始,就已经偏离正道,被巧妙地引入某条歧途。对客观真理的绝望(Despair of objective truth),在科学家中间滋长。其结果就是,对客观真理漠不关心,全神贯注于力量(power)。"

③ 威丁顿(C. H. Waddington,1905—1970),本能伦理或进化伦理之类科学伦理学的鼓吹者,在20世纪40年代影响巨大。路易斯对他的驳斥,详见拙译路易斯《人之废》第二章及"原注3"。

④ 弗洛斯特(Frost),《黑暗之劫》中的国研院总监,信奉科学主义的还原论:"许多年来,他都在理论上认为,思想中的动机或者意图,不过都是身体机能的副产品。"(杜冬译,页382)这种科学伦理,集中体现在第12章弗洛斯特与马克(Mark)的对话中:

在继续说以前,我必须请你保持绝对客观。憎恨和恐惧都是化学现象。我们对彼此的态度都是化学现象。社会关系是化学关系。(转下页注)

那么,我在抨击什么呢? 首先,某种特定的价值观:这一抨击,在《人之废》中显露无疑。其次,跟圣雅各和霍尔丹教授一样,我是在说,与"世俗"(the World)为友,就是与上帝为敌。②我们的分歧在于,教授看待"世俗",纯然依据取决于金钱的那些威逼与利诱。我则不这样看。我所生活过的最"世俗的"社会,是中小学生的社会;其最为世俗之处在于,强者的暴虐与霸凌,弱者的得过且过与相互背叛,以及二者没有底线的趋炎附势。对于学校无产阶级的绝大多数成员而言,为了讨好学校贵族阶级,没有什么事体如此卑鄙,以至于他们不会去干或不会承受;对于贵族阶级而言,几乎没有什么坏事,他们没干。可是,这种阶级体系,丝毫

(接上页注)你必须客观地看待自己的感情,别因为感情干扰了对事实的注意力。

……

这也是为了促进客观。如果是依靠,例如相互信任、相互喜爱之类的主观情感结合起来的一个团体是没有用处的。这些,我已经说过了,都是化学现象。原则上,都可以通过打针来产生这些感情。我们安排让你经过一系列考验,让你对副总监和其他人产生前后矛盾的情感,这是为了让你今后和我们之间的关系完全不是建立在感情基础上。至于团体中的成员之间必须要有的某种社会关系,那也许他们最好相互厌恶。这样他们才不太会把自己的感情和真正的关系混为一谈。(杜冬冬译,页271)

② 《雅各书》四章4节:"你们这些淫乱的人哪,岂不知与世俗为友就是与神为敌吗? 所以凡想要与世俗为友的,就是与神为敌了。"

不取决于口袋里的零花钱。假如一个人想要的绝大多数东西都会有奴才孝敬，其余的又可以武力攫取，谁还需要在意金钱？这一教训，伴我终生。当"我们的星球的六分之一"放逐玛门①，我没有跟霍尔丹教授一道欢呼，原因之一就在这里。在玛门遭放逐的一个世界，我生活过；那是我所知的，最为邪恶最为痛苦的世界。假如玛门是唯一的魔鬼，那就应该另当别论。可是，玛门退位，假如摩洛②登基怎么办？恰如亚里士多德所言："人们的成为暴君（僭主），绝不是因为苦于缺乏衣着。"③所有人，当然都渴望快乐（pleasure）和安全（safety）。但是所有人也都渴望权力（power），都渴望"见知于人"（in the know），身处"核心圈"（inner ring），不做"圈外人"：这一没有得到充分研究的激情，正是我的故事的主题。当社会状况是，由于金钱是得到所有这些战利品的通行证，所以金钱就是首要诱惑。可是，通行证

---

① 玛门（mammon），圣经用语，亚兰文"财富"或"钱财"的希腊文音译。

② 摩洛（Moloch），古代腓尼基人信奉的神灵，信徒以焚化儿童向其献祭。

③ 亚里士多德《政治学》卷二第7章："世间重大的罪恶往往不是起因于饥寒而是产生于放肆。人们的成为暴君（僭主），绝不是因为苦于缺乏衣着。"（1267a15，吴寿彭译）

换了,这些渴望还在。其他可能的通行证:比如说吧,官僚等级制中的位置。即便这时,野心勃勃而又世俗的人,并不必然选择高薪职位。"官居要路津"的快乐,足以抵消收入方面的牺牲。

其三,难道我在抨击科学规划(scientific planning)？依霍尔丹教授,"路易斯先生的观点足够清晰。科学应用于人事,只能走向地狱"。"只能"二字,当然是无稽之谈;他倒是可以正当断定,除非我自认为看到一样严重而又普遍的危险,否则就不会将规划置于如此核心的地位,即便是在所谓的"童话故事"和"奇闻异事"(tall story)中。不过,假如你定要将那部传奇简化为一个命题,那个命题差不多正好跟教授所提出的命题相反:不是"科学规划定会走向地狱",而是"在现代条件下(under modern conditions),任何奏效的地狱邀约(effective invitation to Hell),定会披着科学规划的外衣",就像希特勒政权实际所为的那样。每一位僭主必定一开始就宣称,自己拥有其受害者所敬重的东西,会给予其受害者所想望的东西。绝大多数现代国家的大多数人,都尊重科学,都想望着被规划。因而,几乎是根据定义,假如有哪个人或哪个团体想奴役我们,它当然会将自己形容为

"科学规划的民主"(scientific planned democracy)。任何真正的拯救,或许同样也会——不过根据假定,这却是说真话——将自己形容为"科学规划的民主"。① 因而更应该仔细端详,贴着这一标签的那些事物。

我对这类僭政的担心,在霍尔丹教授眼中,要么就是虚伪,要么就是怯懦。因为在他看来,危险全都在相反方向,全都在于个人主义的人人为己(chaotic selfishness of indi-vidualism)。我必须尽力解释,为什么我更担心某些意识形态寡头政治的训练有素的暴虐(the disciplined cruelty of some ideological oligarchy)。教授对此有自己的解释。他认为,我的无意识动机,是我"因社会变革而没落"这一事实。的确,要是一场变革很有可能将我送进集中营,我着实很难去迎接此变革。倒还可以补充一句,同理,要是一场变革可以将教授置于一个全能寡头政治的最高等级,霍尔丹教授就很容易去迎接变革。动机揣摩把戏(motive game)之所以无趣,原因就在这里。每一方都可以继续玩下去,哪怕令人作呕,可是,当所有脏水都泼完之后,双方观点依然

① 原文为:It may be true that any real salvation must equally, though by hypothesis truthfully, describe itself as 'scientific planed democracy'.

有待依其是非曲直加以考量。我谢绝动机揣摩把戏,为的是重启讨论。我没指望着,霍尔丹教授会同意我。但我还是情愿他,至少理解我为什么认为魔鬼崇拜(devil worship)是一种现实可能。

我是个民主派。霍尔丹教授认为我不是,但他让自己的观点基于《沉寂的星球》的一个段落,其中我并不是在讨论某物种跟其自身的关系(政治学),而是讨论一个物种跟另一个物种的关系。① 他的解读,如果一以贯之,就会将这样一种论调加在我头上:马适于马的君主制,而不是马的民主制。我在这里所说的东西,一如既往,教授若是理解了的话,就会发觉简直索然无味。

我是个民主派,因为我相信,没有哪个人或哪个团体足够良善,以至于将凌驾于他人之上的不受制约的权力加以

---

① 疑指《沉寂的星球》第16章末尾,兰塞姆和索恩们的那段对话。当兰塞姆向索恩们讲述了人类历史上的"战争、奴役和卖淫",索恩们目瞪口呆。

"这是因为他们没有奥亚撒。"一位门徒说。

"这是因为他们每个人自己都想成为一个小的奥亚撒。"奥格利说。

"他们没法不这样,"年迈的索恩说,"统治是必须的,可是生物怎么可能自己统治自己呢? 野兽必须受货瑠统治,货瑠受艾迪尔统治,艾迪尔受马莱蒂统治。这些生物没有艾迪尔。他们就像某人拽着头发把自己往上拔——或者站在平地上想俯瞰整个国家——就像一个妇人想凭自己怀上孩子。"(马爱农译,译林出版社,2011,页144)

交托。无论对于统治者还是臣民，这号权力的调门越高，我想就越危险。因而神权政体（Theocracy），就是所有政权当中最恶的一种。即便我们必须有一个僭主，那么大盗（robber baron）也比一个审判者（inquisitor）强出好多。大盗的暴虐有时还会睡觉歇息，他的贪婪在某点上会得到满足；而且由于他模模糊糊知道自己在作恶，故而还有悔改的可能。而审判者，误以为自己的暴虐、权力欲和恐惧就是天国的声音，折磨起我们来就无休无止，因为他折磨我们，得到了自己良知的首肯，而良善冲动对他而言则像是诱惑。由于神权政体最坏，任何政权越是趋近神权政体，就越坏。统治者依靠某种宗教强权秉持的某种形而上学，就是恶的征兆。它跟审判官一样，禁止统治者承认其反对者身上的些许真理或良善，它废止道德的日常统治（the ordinary rules of morality），它将某种显得高尚、显得超个人（super-personal）的许可，颁发给正常的人类激情（the very ordinary human passions），因而跟别人一样，统治者也频频受到鼓动。一言以蔽之，它禁止健全怀疑（wholesome doubt）。一项政治纲领（political programme）付诸落实，永远只能是或然正确。关于现在，我们从未知晓一切事实；关于未来，我们只能猜测。将我们应留给可证定理（demonstrable theo-rems）的那种同意，加给某党派的政纲，就是一种中毒（intoxication）；因为政纲的最高声称（highest real claim），充其量只是审慎（reasonable prudence）。

这种虚假确定性（false certainty），就出现在霍尔丹教授的文章里。他简直无法相信，对于利益（usury），一个人还真的可以心存疑虑。他认为我错了，我并不反对。令我震惊的是他即刻认定，这个问题如此简单，不可以有任何犹疑。这就违反了亚里士多德的准则——每次探讨当中，要求那个题材所允许的那种确定程度。① 任何情况下，都不要假装，你比自己看到的看得更远。

————————

① 亚里士多德《尼各马可伦理学》卷一第3章：我们对政治学的讨论如果达到了它的题材所能容有的那种确定程度，就已足够了。不能期待一切理论都同样确定，正如不能期待一切技艺的制品都同样精确。政治学考察高尚[高贵]与公正的行为。这些行为包含着许多差异与不确定性。所以人们就认为它们是出于约定而不是出于本性的。善事物也同样表现出不确定性。因为它们也常常于人有害：今天有的人就由于富有而毁灭，或由于英勇而丧失了生命。所以，当谈论这类题材并且从如此不确定的前提出发来谈论它们时，我们就只能大致地、粗略地说明真；当我们的题材与前提基本为真时，我们就只能得出基本为真的结论。对每一个论断也应该这样地领会。因为一个有教养的人的特点，就是在每种事物中只寻求那种题材的本性所含有的确切性。只要求一个数学家提出一个大致的说法，与要求一位修辞学家做出严格的证明同样地不合理。（廖申白译，商务印书馆，2003）

　　作为一个民主派,我反对一切极为激烈极为突然的社会变革(无论什么方向),因为它们永远无法发生,除非借助特定手腕。那种手腕,就涉及由一小撮训练有素的人把持权力;可以想见,随之自动而来的就是,恐怖及秘密警察。我并不认为,有哪群人良善到足以拥有此项权力。他们也是人,有着跟我们一样的激情。其组织的秘密性质和纪律,已经在他们身上点燃对核心圈的激情。这种激情,我认为,至少跟贪欲(avarice)一样败坏。他们的意识形态高调(high ideological pretensions),会将他们的全部激情,贡献给事业的危险特权(the dangerous prestige of the Cause)。因而,无论所做变革在什么方向,对我而言,都因其行事方式而可恶。最坏的公共危险(public dangers),当数公共安全委员会。《黑暗之劫》中那个角色,哈德卡索小姐,秘密警察头目,霍尔丹教授从未提及。她是一切革命中的共同因子;如她所说,她的工作可不是随便谁都能干得了,除非他们从中得到某种乐趣。①

　　当然啦,我必须承认,实际事态会极其恶劣,以至于一

---

　　①　路易斯《黑暗之劫》第八章:"你找不到谁能像我这样胜任这份工作,除非他们能够从中得到乐趣。"(张林杰译,天津人民出版社2025年即出)

个人会冒险变革，甚至动用革命手段；诱使一个人说绝症需下猛药，说必然性不认识律法（necessity knows no law）。可是屈服于此等诱惑，我想，是致命的。正是借着这一名义，任何令人发指之事都乘虚而入。希特勒，马基雅维利式君主，①宗教裁判所，巫医，都在声称必然性。

如此看来，让霍尔丹教授开始明白我用魔鬼崇拜（devil worship）象征什么，就是不可能的事了？因为对我而言，那不仅仅是个象征（symbol）。它跟现实的关系要复杂得多，而霍尔丹教授不会感兴趣。但由于它至少局部是象征，因而我想努力给教授解释说明一下我的意思，不用引入超自然就能把握的一个解释说明。一开始，不得不矫正一项相当奇特的误解。当我们指责人陷入魔鬼崇拜，我们的意思通常不是，他们明知自己在崇拜魔鬼。明知而故犯，我同意，那是一种罕见的反常。当一位理性主义者指责某些基督徒，比如说 17 世纪的加尔文主义者们，陷入魔鬼崇拜，他的意思并不是，他们崇拜一个他们当作魔鬼的

---

① 马基雅维利（Machiavelli），意大利政治思想家，代表作《君主论》中提出了为达到政治目的可以不择手段的观点，故而 Machiavellian（马基雅维利式）一词就成了玩弄权术不择手段的代名词。

存有（being）；他的意思是，他们当作上帝来崇拜的那个存有，理性主义者认为有着魔鬼品性。很清楚，从这个意义上讲，而且只能从这个意义上讲，我笔下的弗洛斯特崇拜魔鬼。他爱慕"巨灵"（macrobes），因为跟人相比，他们更强壮，因而对他而言更"高大"；他崇拜他们，跟我的某某主义朋友要我向往革命，事实上，是基于同一根据。当前，（或许）没人在做我笔下的弗洛斯特所做的事，但他是一个理想点（ideal point），①渐露苗头的一些趋势一旦得逞，将会在这里会合。

这些趋势中的头一个，就是集体的地位越来越高，人与人之间越来越冷漠。其哲学根源或许就在卢梭及黑格尔那里，但现代生活的品性，再加上其庞大的非人机构（huge impersonal organizations），或许比任何哲学都更有力。霍尔丹教授自己，就很好展现了当前这一心灵状态。他想，要是有人在为"爱人如己的并无原罪的存有"（sinless beings who loved their neighbours as themselves）发明一种语言，那门语言没了"我的"、"我"以及"其他人称代词及其派生词"，

---

① 理想点（ideal point），数学名词，亦称假点、伪点。

才恰如其分。换句话说,在对于自私问题的两种相反解决中间,他看不出差别:看不出爱(这是人跟人的一种关系)与"人之废"(abolition of persons)二者之别。除了一个"你"(*Thou*),没有谁会被爱;而一个"你",只能相对于一个"我"存在。① 一个社会,其中没人意识到自己是与他人形成对照的一个人(a person),其中没人能够说"我爱你",的确会免于自私,但却不是通过爱。它"无私",如一桶水那般"无私"。另一个范例,来自《千岁人》。其中,就在夏娃明白还有可能繁衍的那个当儿,她对亚当说:"我造出新亚当的时候,你就可以死了。不是之前。之后什么时候,随你便。"②

---

① 马丁·布伯在《我与你》一书中指出,对人而言,世界是双重的(twofold)。这取决于人之双重态度。人之态度又取决于人言说所用的"原初词"(the primary words)。原初词有二:其一是"我-你"(I-Thou);其二是"我-它"(I-It)。之所以叫做原初词,是因为"没有孑然独存的'我',仅有原初词'我-你'中之'我'以及原初词'我-它'中之'我'"。更是因为,两种原初词唤出两种不同国度:"它之国度"(realm of *It*)与"你之国度"(realm of *Thou*)。前者为经验世界,后者为关系世界。在前者之中,我处理某物;在后者之中,我与你相遇。在前者之中,它是物;在后者之中,你是人。本真之世界与本真之人生,由原初词"我-你"呼唤而出。(详见马丁·布伯《我与你》,陈维刚译,三联书店,1987;或可参见 Martin Buber, *I and Thou*, trans. Ronald Gregor Smith,中国社会科学出版社,1999)

② 胡仁源译萧伯纳《千岁人》:"等到我造成另外一个亚当的时候,你就可以死去,不要在这样以前,但是到那时候,迟早随你欢喜。"(商务印书馆,1936,页26)

个体，无关紧要。因而，当我们真的付诸行动（绝大多数心灵仍残留着先前伦理的一些碎片），无论你对某个体做了什么，都无关紧要了。

第二个趋势就是，现代意义上的"党"（the Party）的出现：法西斯主义者，纳粹，某某主义者。它跟 19 世纪政党的区别在于其党员相信，他们不仅仅在努力推行一个纲领，而且是在服从一股非人力量（impersonal force）：是大自然（Nature）、进化（Evolution）、辩证法（Dialectic）或种族（Race），在推动他们前进。与此往往相伴的两个信念，据我了解，逻辑上不可调和，在情感层面却很容易掺和一起：一个信念是，党所体现的进程，无可避免；另一信念是，促成此进程既是首要义务，就要废止一切日常道德律（ordinary moral laws）。在这种心灵状态中，人们就会成为魔鬼崇拜者，因为他们这时可以礼赞并服从自身的恶。所有人都偶尔服从自身之恶，然而，当暴虐、嫉妒以及权力欲的出现，仿佛就像一种伟大的超人力量的命令之时，人才会带着自我肯定（self-approval）去贯彻执行。首要病症，就在语言里面。当"杀戮"（kill）成为"肃清"（liquidate），这一进程就已经开始。准科学语词为此事，清洗了血和泪，清洗了怜悯和羞耻；至于仁慈（mercy），本身就可被看作拖泥带水（untidi-ness）。

[路易斯接着说："当前，就其对一股形而上力量的侍奉意识而言，现代的那些'党'最为接近宗教。德国的奥丁主义，俄罗斯对列宁尸身的崇拜，大概不太重要，但这里有相当……"手稿在此中断。有一页（我想就一页），遗失了。大概是本文刚一写成就遗失了，路易斯却没意识到，因为他特意将手稿折了起来，还用铅笔在一侧标上"答霍尔丹"的字样。]

10　霍比特人[①]

The Hobbit

　　出版者称,《霍比特人》虽然很不像《爱丽丝梦游仙境》,但也是教授的悠游之作。可更重要的是,两者都属于这样一小类书:它们毫无共同之处,除了准许我们进入它们各自的世界——在我们闯入之前,这个世界自行其是,可是,该世界一经得体读者(the right reader)发现,就对他变得不可或缺。《霍比特人》与《爱丽丝梦游仙境》《平面国》《幻境》《柳林风声》,一脉相承。

---

　　①　本文是对挚友托尔金《霍比特人》的书评,首刊于 1937 年 10 月 2 日《泰晤士报文学副刊》(*The Times Literary Supplement*)。

　　界定《霍比特人》的世界，当然没有可能，因为它是全新的。去那里之先，你无法预料；恰如一经去过，便无法忘怀。作者令人叹为观止的插画（illustrations），以及黑森林（Mirkwood）、半兽人门（Goblingate）以及长湖城（Esgaroth）的地图，就令你心往神驰（give one an inkling）——至于矮人和恶龙的名字，一开卷便引人瞩目，就更是如此了。矮人是多之又多（there are dwarfs and dwarfs），但通用配方的儿童故事，没有哪部像托尔金教授的儿童故事那样，给了你这样一群扎根于自家土壤和历史的生灵。托尔金教授对这些生灵的了解，比这部童话所要求的要多出好多。更不用说通用配方的儿童故事，不会为我们预备这样一种奇特的切换：从故事开头的史家笔法（"他们是［或曾经是］相当矮小的种族，身高大概只有我们的一半，个头比那些长了大胡子的矮人要小。霍比特人没有胡子"①），切换至后面章节的萨迦语调（"我心里倒有个问题想问，如果你们来的时候发现我们已经被杀，宝藏无人看守，不知你们会分给我们的同胞多少他们应得的继承"②）。你必须亲自去看，这一变换如何

①　托尔金《霍比特人》，吴刚译，上海人民出版社，2013，页 8。
②　同上，页 354。

地不可避免，又如何跟英雄之旅步调一致。尽管一切奇诡，却并无率意之嫌：大荒野（Wilderland）的所有居民，跟我们自个世界的居民一样，仿佛也有着同样不可质询的生存权利，但是那些碰见他们的幸运孩子，一点都不知道——长辈中间的不学之徒也强不了多少——他们在我们的血液和传统中的深层根源。

因为我们必须懂得，仅仅在可作为首选被拿进婴儿房的意义上，此书才是一本儿童读物。儿童嗜读《爱丽丝梦游仙境》，成人则视为笑谈；与之相对，年幼读者觉着《霍比特人》最好玩，只是多年以后，在十岁或二十岁时再读，他们就开始意识到，该有多融通的学问、多深刻的反思，才让书中的一切都如此浑然（ripe）、如此畅达（friendly）、如此真实（in its own way so true）。预言是危险的，但《霍比特人》或会证明就是一部经典。

11　托尔金的《魔戒》①

Tolkien's _The Lord of the Rings_

　　此书有如②晴天霹雳；在我们的时代，其卓尔不群，其出人意料，一如 18 世纪《天真之歌》③的问世。在这本书

---

　　①　本文是对挚友托尔金《魔戒》的两篇书评，分别以《诸神重回大地》(The Gods Return to Earth)和《废黜力量》(The Dethronement of Power)为题，刊于 1954 年 8 月 4 日和 1955 年 10 月 22 日的《时代与潮流》(_Time and Tide_)杂志。

　　②　【原编注】《魔戒》三部曲的第一卷是《魔戒同盟》(1954)。另外两卷，《双塔殊途》和《王者归来》出版于 1955 年。后来，精装再版时(1966)，托尔金修订了整部著作。

　　③　《天真之歌》(_Songs of Innocence_)与《经验之歌》(_Songs of Experience_)是卡莱尔代表作。作者自称，二者代表了"人类灵魂的两种对立状态"(two contrary states of the human soul)。

里,英雄传奇华丽动人又落落大方地突然回到一个病态的反浪漫时代,这么说仍不到位。对我们这些居于此奇特时代的人而言,这一回归——及其所带来的宽慰——无疑是大事一桩。不过,在传奇本身的历史上——一部可以追溯到《奥德赛》甚至更远的历史——它就不是一次回归,而是一场进步抑或革命:一次拓土开疆。

《魔戒》可谓前无古人。"有人重视它,"内欧米·密歇森说,"一如重视马罗礼。"①然而我们在《亚瑟王之死》中所感受到的铺天盖地的真实感(sense of reality),大多来自它秉承了世世代代之努力所累积的厚重。托尔金教授的全新成就在于,他凭一己之力,推出了一种可与之比肩的真实感。或许在这个世界上,迄今为止,还没有人写出这样一本书,成为其作者在别处所称"亚创造"(sub-creation)②的一个极端实例。每位作者对实际宇宙(actual universe)必定会欠的直接债务([the direct debt]当然还有更细微的一些

---

① 【原编注】'One Ring to Bind Them', *New Statesman and Nation* (18 September 1954). 【译注】内欧米·密歇森(Naomi Mitchison,1897—1999),苏格兰小说家,诗人;马罗礼(Malory),《亚瑟王之死》的作者。

② 【原编注】《论童话故事》(On Fairy-Stories),见 *Essays Presented to Charles Williams* (1947)

债务),在这里被有意削减至最低。不满足于创造自己的故事,他带着近乎傲慢的铺张,创造了一个运作自恰的世界,有其自身之神学、神话、地理、历史、古文字、语言及存在秩序(orders of being)——一个"满是数不清的奇怪生物"[①]的世界。单单其中的名字就是一场盛宴,无论是令人想起静谧乡村的(大洞镇,夏尔南区),令人想起高大与尊贵的(波洛米尔,法拉墨,埃兰迪尔),以及令人憎恨的斯密戈(也即众所周知的咕噜),还是令人皱眉的巴拉督尔和戈埚洛斯高地上的邪恶力量;至于最美妙的名字(洛丝罗瑞恩,吉尔松涅尔,加拉德瑞尔)所体现的那种动人、绝色的精灵之美,其他散文作家都没能捕捉到。

这样一部书,当然自有其命定的读者(predestined reader),如今甚至比平素人数更多,更挑剔。对于他们,书评家无需多言,除了说说书中那些尖利如剑或灼人如铁的美:此书会令你心碎(break your heart)。他们懂得,这是个好消息,好得喜出望外。若要锦上添花,我只需加上一句,此书乃是鸿篇巨制:本卷仅是三部曲的第一部。然而,这部

---

① 《魔戒同盟·楔子》,邓嘉宛译,上海人民出版社,2014,页5。

大书如此之大，以至不仅仅统御其天生臣民（natural subjects）。必须对那些"化外之民"（those without），对那些依然故我者（unconverted）说些什么。这样至少，可以不让一些可能的误解挡住道路。

首先，我们必须清楚知道，尽管《魔戒同盟》以某种方式延续了作者的童话《霍比特人》，但它绝不是一部体量庞大的"少年读物"（an overgrown 'juvenile'）。恰恰相反。《霍比特人》只是作者的神话巨著上面扯下的吉光片羽（a fragment），为儿童量身打造；无可避免，经过这番量身打造，会失去一些东西。《魔戒同盟》则最终为我们勾画出那部神话的历史轮廓（lineaments），"以其自身的维度"（in their true dimensions like themselves）。在这一点上的误解，易受第一章的蛊惑。其中，作者写起来（冒着危险），跟先前那部轻松读物几乎一模一样。对于发觉该书主体部分沁人心脾的那些人而言，这一章或许只是差强人意。

然而如此开篇，有着充分的理由；至于前面的"楔子"（令人叹为观止），不消说，理由就更其充分了。关键在于，一开始我们必须就沉浸于名曰霍比特人的那些生灵的"平庸"（homeliness）、轻率（frivolity）以至（取其最褒义）俗气（vulgarity)之中。这些胸无大志的民人(unambitious folk),与世无争,近乎无政府,"脸通常显得和善而非美丽","开口时惯于欢笑,且擅长吃喝"。[1] 他们将抽烟斗,当作一门艺术,只喜欢那些告诉他们已知事物的书籍。他们并不是英国人的一个讽喻(an allegory of English),但他们或许就是只有英格兰人(抑或还应该加上荷兰人)才能创造出来的一部神话。此书的主题,几乎可以说,就是霍比特人(或夏尔国)与骇人天命之间的对比。他们中间一些人受到天命呼召,于是惊人地发现,夏尔国的平凡幸福,他们视为理所当然的平常不过的幸福,事实上却是一种限于一时一地的偶然;发现这种幸福的存在,仰赖于受到霍比特人想都不敢想的力量的保护;发现会有个霍比特人被迫走出夏尔,被卷进这场高度冲突(that high conflict)。更奇怪的是,最强大的事物之间的那场冲突,或许开始取决于他,这个差不多最弱小的人。[2]

---

① 《魔戒同盟·楔子》:"他们的脸通常显得和善而非美丽:圆脸,眼睛明亮,双颊红润,开口时惯于欢笑,且擅长吃喝。"(邓嘉宛译,页4)

② 《托尔金给出版商的信》(1951):世界历史中那些伟大的策略,即"世界之轮",往往不是王侯贵族或统治者,甚至不是靠诸神,而是靠貌似默默无闻者和弱小者来推动的——这要归功于创造中包含的生命奥秘,以及惟有独一之神知晓,其余全部智慧生灵都不得而知的部分,造物主的儿女闯入创世戏剧时,这一部分已包含在内。(邓嘉宛译托尔金《精灵宝钻》页18)

表明我们所读的是一部神话（myth）而非讽寓（allegory）的是，其中并无线索指向特定的神学、政治学或心理学用场。① 一部神话，对每位读者而言，指向他生命中最切身的领域（the realm he lives in most）。那是一把万能钥匙（a master key），喜欢开哪扇门，就拿去开。《魔戒同盟》还有一些别的主题，也同样严肃。

"逃避主义"（escapism）或"怀旧"（nostalgia）之类套话，还有所谓不要信任"私人世界"（private worlds），之所以不着边际，原因即在于此。此书不是安格利亚（Angria），②也不是梦想；这是理智而又精警的杜撰，一点一点地展露出作者心灵之健全。将我们所有人都可步入可验证的世界，我们所有人在其中发现这样的平衡的世界，称为"私人的"，有

---

①　托尔金在《魔戒》的《英国第二版前言》中说：至于任何内在涵义（inner meaning）或"讯息"（message）之类，笔者无意于此。本书既非寓言（allegorical），亦无关时事（topical）……我本来可以迎合那些喜爱寓言故事或时事暗喻的人的口味和观点，设计出别的情节。但我打心底不喜欢任何形式的寓言故事，自从我足够成熟与敏感，能觉察它的存在时便是如此。我相对偏爱历史，不管历史是真实还是虚构，它对不同读者的想法和经验有不同的适用性。我认为，许多人混淆了"适用性"和"寓言"二者，前者让读者自由领会，而后者由作者刻意掌控。（托尔金《魔戒》，邓嘉宛译，上海人民出版社，2014，页 iii-iv）

②　夏洛蒂·勃朗特跟弟弟布朗威尔·勃朗特，曾以想象世界"安格里亚"（Angria）进行创作。

什么用？至于说逃避主义，我们要逃离的主要是日常生活的幻象（the illusions of our ordinary life）。苦痛（anguish），我们当然不逃避。尽管绕着惬意的火炉，喝个把小时的小酒，会令我们身上的霍比特人心满意足，但对我而言，苦痛差不多仍是主调（the prevailing note）。但不是我们时代最典型的文学所写的，那种非凡灵魂或扭曲灵魂的苦痛；而是这样一些人的苦痛，他们在某种黑暗来袭之前幸福快乐，有生之年看着黑暗散去仍会幸福快乐。

怀旧，确实是有；但怀旧的，不是我们，也不是作者，而是书中人物[1]。这与托尔金教授最伟大的成就，紧密相连。你大概以为，在一个虚构的世界中，历史沧桑（diuturnity）是最不可能找到的一种品质。戏幕拉开之前，事实上，你总有一种不确信感，感到《疯狂的奥兰多》或《奇异岛之河》（*The Water of the Wondrous Isles*）的世界根本不在那里。而在托尔金的世界，你在伊斯加与佛林顿，抑或埃瑞德宁莱斯与可汗德之间的任何地方插足，几乎不可能不扬起历史烟尘。我们自己的世界，除了某些罕有的时刻，很少显得如

---

[1]　即书中的霍比特人。

此历史厚重。这就是书中人物所承受的苦痛的一个元素。与此苦痛相伴而来的,是一种陌生的惊喜(a strange exaltation)。对消逝的文明和失落的辉煌的记忆,同时既打击又维系着他们。他们挺过了第二纪元和第三纪元;生命之酒,很久以前就斟好了(the wine of life was drawn long since)。阅读时,我们发觉自己分担他们的重担;读毕,我们回到自己的生活,并未释然,仍心存戒惧。

　　书中所有的,不止这些。时不时会冒出一些形象,其来源我们只能猜测,(你会认为)也差不多违背了作者的惯常想象。那些形象在我们碰到的时候,浑身洋溢着生命(不是人类生命),使得我们的那种苦痛及我们的那种欢欣,显得无足轻重。譬如汤姆·邦巴迪尔,譬如那个令人难以忘怀的恩特。① 这无疑是杜撰之极致(the utmost reach of invention),当一位作者之所创造,甚至都不属于他自己,那就更别说其余哪个人了。毕竟,神话制作(mythopoeia)不就是一切活动当中最少主观而非最主观的活动么?②

---

　　① 恩特(Ents),一种似人又似树的智慧生物,其职责就是保护树木不受其他生物的破坏,因此又被称作"树之牧人"。

　　② 原文为:Is mythopoeia, after all, not the most, but the least, subjective of activities?

即便说到这儿，我还是几乎遗漏了一切——林木繁茂，激情，高尚品德，遥远的地平线。即便我心有余力，也不能传递如上种种。毕竟，该书最为显见的引人之处，或许正是其最为深奥之处："尽管那时也有悲伤，有聚拢的黑暗，但还有非凡的英勇，以及并未全然成空的伟大功绩。"①"并未全然成空"（not wholly vain）——正好是幻象（illusion）与幻灭（disillusionment）的恰当中点（cool middle point）。

当我评论该书第一部时，我几乎不敢奢望此书会取得成功，虽然我确信成功是它理所应得。幸好证明我错了。不过有一则错误批评，最好在这里作个回应；有人抱怨，其中人物是非黑即白。要看出怎会有人这样说，实属不易，因为从第一部的高潮开始，我的注意力就主要集中在波洛米尔心中的善恶斗争上面。② 所以，我也就只能冒昧揣测了。"在这样的时代，一个人该如何判断自己该做什么？"第二部中有人问。"他过去如何判断，现在就如何判断，"回答来了，"善恶从来都不曾改变。它们在精灵和矮人当中，与在

① 《魔戒》卷一第 2 章，邓嘉宛译《魔戒·魔戒同盟》页 76。
② 波洛米尔内心善恶斗争的高潮，见《魔戒同盟》末章。

人类当中并无不同。"①

这是整个托尔金世界的基石。我想是有一些读者，看到（且厌恶）此种黑白分明，就想象着自己看到了黑人和白人的严格分界。看着棋盘（squares），他们就认定（无顾事实），所有棋子也必须跟象一样，只能在与它同色的方格内移动。② 然而即便是这号读者，也无法硬着头皮撑过最后两卷。动机，即便是正义一方的，也是驳杂不纯。那些叛徒，起初都有着相对纯洁的意图。③ 英勇的洛汗国和庄严的刚铎，也受了一些荼毒（partly diseased）。即便是坏透了

---

① 《魔戒》卷三第2章，邓嘉宛译《魔戒·双塔殊途》页42。更长一点引文是：

"要是在这么多不可思议之事中确认什么，可真不容易。整个世界都变得奇怪了！……在这样的时代，一个人该如何判断自己该做什么？"

"他过去如何判断，现在就如何判断。"阿拉贡说，"善恶从来都不曾改变。它们在精灵和矮人当中，与在人类当中并无不同。人有责任辨别善恶，无论它是身在金色森林中，还是自己家园里。"

② 国际象棋规则，象只能在与棋子同色的方格内沿对角线移动。

③ 《托尔金给出版商的信》（1951）中说，他所写的神话故事中，"一个反复论及的主题"就是："这种令人毛骨悚然的邪恶可以是，也确实是发乎于显而易见的善，即造福世界和他人的渴望——只不过要依照造福者的计划而行，并要迅速达到目的。"（邓嘉宛译《精灵宝钻》页14）即便是"黑暗魔君"索隆，起初也是企图造福中土世界："他一开始怀着良好的动机：整顿和复兴'被诸神忽视'、满目疮痍的中洲。然而渐渐地，他变成邪恶的二度化身，贪求'绝对权力'——因而被（尤其是针对诸神和精灵的）憎恨空前猛烈地吞噬。"（页20）

的斯密戈,到了故事的深处,也都有善的闪念;①(由于某种悲剧悖论[by a tragic paradox])最终将咕噜推下悬崖的,却是这个最自私自利的角色的出人意料的叫喊。②

每部书都分上下两卷,整整六卷摆在我们面前,就将浪漫传奇的营造法式(the high architectural quality)展露无遗。卷一,营造主题(the main theme)。卷二里,延伸主题,由许多回顾材料加以丰富。接着有了变局。在卷三卷四,护戒小分队失散,其命运跟各种力量的大纠缠一起沉浮。这些力量依自身跟魔多的关系,聚合了再聚合。主题,与此隔绝,占据了卷四以及卷六前头的部分(后面的部分当然给一切一个了断)。但我们从未忘记,主题与其余内容之间的紧密联系。另一方面,整个中土世界大战在即,故事中回荡

---

① 《魔戒》卷六第 4 章:"是的。"弗罗多说,"但你还记得甘道夫的话吗?**'即使是咕噜,也可能还有某种作为。'**山姆,要不是他,我本来是不可能毁掉魔戒的。这趟远征本来可能是徒劳一场,甚至落得极其不幸的结局。所以,让我们原谅他吧!因为任务达成了,现在一切都结束了。此刻在万事终结之际,山姆,我很高兴有你跟我在一起。"(邓嘉宛译《魔戒·王者归来》页296)

② 《魔戒》卷六第 4 章:"宝贝,宝贝,宝贝!"咕噜高叫道,"我的宝贝!我的宝贝!"他这么叫着,抬起双眼得意洋洋地看着他的战利品,就在这时,他的脚踏得太远,身子一歪,在边缘上晃了几晃,尖叫一声摔了下去。从深处传来了他最后一声喊着"宝贝"的哀嚎,然后他消失了。(邓嘉宛译《魔戒·王者归来》页 294)

着疾驰马蹄声,号角声,短兵相接声;而在遥远的另一端,一群悲惨角色,(就像矿渣堆上的老鼠)深一脚浅一脚地穿越魔多的昏暗。我们始终知道,世界命运更依赖于这次小行动,而不是那个大行动。这是超群绝伦的结构创造(a structural invention of the highest order),它为故事附加了巨量的悲情(pathos)[1]、反讽(irony)与雄奇(grandeur)。

《魔戒》绝非等闲之作。逐一挑出其中的伟大瞬间(诸如刚铎之围的黎明),将会没个尽头;这里我只提两点(截然相反的)总体成就(general excellences)。第一样成就,意想不到吧,就是写实主义(realism)。这场战争,具有的正是我辈所熟知的战争特质。悉数具备:无休无止、莫名其妙的行军,"万事俱备"之时前线不祥的静寂,流离失所的平民,鲜活生动的友爱,类似绝望的背景和欢快的前景,还有从废墟中"拯救"出来的上等烟草之类的天赐之物。作者在别处告诉我们,他对童话的爱好,因兵役唤醒,才走向成熟。[2]

---

① 艾布拉姆斯、哈珀姆《文学术语词典》pathos 词条;pathos 在古希腊语中通常指激情(passion)、苦难(suffering)或深沉感情,与代表一个人的整体性情或性格的 ethos 脱然有别。(北京大学出版社,2014,译文略有改动)朱光潜先生尝译 pathos 为"情致",该译本则译为"悲伤感"。

② 【原编注】见《论童话故事》。

这一点,毫无疑问,正是我们可以谈论他笔下的战争场景的由头(矮人吉姆利说):"这里的岩石很好。这片大地有坚硬不屈的骨架。"①第二样成就是,没有任何个人,也没有任何物种,似乎只为情节而存在。他们全都有独立自存(exist in their own right),单就其风韵(flavour)而论,全都值得创造。对于别的作者而言,树须就够他们写一卷书了(假如还有谁能想到他的话)。他的眼睛,"装满了经年累月的记忆和漫长、和缓、稳定的思虑"。② 这么多年来,他的名字跟他一道生长,以至于他没法告诉别人;如今,他的名字太长了,没法念。③ 当他得知,他们站在上面的那个东西就叫作山丘时,

———————

① 《魔戒》卷三第7章。大战在即:

吉姆利靠着墙头的护胸墙站着。莱戈拉斯坐在护胸墙上,抚摸着弓,凝视着外面那片昏暗。

"这才是我喜欢的地方!"矮人说着,踩了踩脚下的石头,"我们越是靠近大山,我的心情就越振奋。这里的岩石很好。这片大地有坚硬不屈的骨架。我们从护墙那边上来的时候,我的脚就感觉到了。给我一年时间跟一百个族人,我能把这地方打造得坚不可摧,任何大军攻来都只会铩羽而归。"(邓嘉宛译《魔戒·双塔殊途》页181)

② 《魔戒》卷三第4章,邓嘉宛译《魔戒·双塔殊途》页79。

③ 《魔戒》卷三第4章:"但我还不打算告诉你们我的名字,至少现在还决不能说……原因之一就是,那很费时。我的名字一直随着时间而加长,而我已经活了很久。很久了,因此,我的名字像个故事一样。在我的语言里,事物的真名会告诉你它经历过的故事……"(邓嘉宛译《魔戒·双塔殊途》页82)

他就抱怨这简直是"一个草率的词"①，因为它有太多的历史。

树须在多大程度上可被看作"艺术家自画像"（portrait of the artist），必定处于存疑之列；但是当树须听说，有人想把魔戒等同于氢弹，将魔多等同于俄罗斯，我想他或许会说，"艺术家自画像"是个"草率"的词。树须的世界，人们以为需要多久来成长呢？人们是否以为它的成长，可以像现代国家变换其头号公敌或现代科学家发明新武器那样迅速？托尔金着手写作时，大概还没有核裂变，魔多的当代化身更多的是迫临我们的国土。而文本自身则教导我们，索隆是不死的；魔戒之战，仅仅是抵抗他的佰仟战争中的一场。每一次，我们要是聪明，都应当担心他最终获胜，因为自那以后，将"歌声不再"。一次又一次，我们都有足够证据表明，"看来东风又吹起了，树木尽数枯萎的时候可能要逼近了"。② 每一次我们获胜，我们都知道，胜利并非永久。假如非要追问故事的道德寓意，那就是：由轻浮便宜的乐观

---

① 《魔戒》卷三第4章："山丘。对，就是这词。不过，要形容一个从世界被创造以来就挺立在这儿的东西，这词还是太草率了。"（邓嘉宛译《魔戒·双塔殊途》页82）

② 邓嘉宛译《魔戒·双塔殊途》页92。

主义及哭哭啼啼的悲观主义,追溯至对人类永恒困境的严酷而不绝望的洞见,而英雄时代即以此困境为生。正是在这里,北欧的亲和力才最强;锤击,但施以同情(hammer-strokes, but with compassion)。

"可为什么,"(有人会问,)"如果你想就人类真实生活做出严肃批评,为什么还必须借助谈论你自己幻想的乌有之乡?"因为我想,作者要说的一个主要意思是,人类真实生活,就具有神话及英雄品质。由人物塑造,就可以看到这一初衷。写实作品中会借助"人物白描"(character delineation)来完成的事情,这里则很简单,大多通过安排一个精灵、矮人或霍比特人的角色来完成。这些想象的存有(the imagined beings),表里如一,外表即内在;他们是可见的灵魂(visible souls)。而人类作为一个整体,对抗宇宙,在看到他就像童话故事里的一位英雄之前,我们是否真的看到了他? 在书中,伊奥泰因贸然对比"绿草地"和"传说"。阿拉贡回答,绿草地本身就是"传说中的重头戏"。①

神话的价值在于,它言说我们熟知的一切,恢复它们被"熟

---

① 邓嘉宛译《魔戒·双塔殊途》页37。

悉面纱"隐藏起来的丰富意味。孩子会假装他的那盘冷肉就是牛肉,是自己用弓箭刚刚射杀的,因而自得其乐地吃着(否则会很是乏味)。这孩子聪明。送进嘴里的牛肉,经故事这么一浸泡,才更有滋味;也许你会说,只有在那时,那才是真实的牛肉。你若厌倦了真实的风景,那就不妨看看镜中花。摆出面包,金子,马匹,苹果,抑或通向神话的每种途径,我们并不是撤离真实:我们重新发现真实。只要故事还萦绕心间,真实事物就更是它们自身。这部书将这一手法,不仅用于面包或苹果,而且用于善与恶,用于我们无尽的险境(endless peril),我们的苦痛及喜乐(joys)。将它们浸泡在神话中,我们才看得更清晰。我想不出,除了这样,他还会有什么别的方法。①

《魔戒》如此新颖(original)如此丰茂(opulent),初读,无法得出最终评判。但我们立即知道,该书作用于我们(do things to us)。我们不再依然故我。尽管重读时,我们必须自我约束(ration ourselves)。但我不大会怀疑,用不了多久,该书就又占据了它在不可或缺者行列的位置。

———————

① 《托尔金给出版商的信》(1951):"毕竟,我相信传奇和神话大多源自'真相'(truth),并且确实表现出真相的方方面面,它们只能用传奇和神话的风格来传达。"(邓嘉宛译《精灵宝钻》页16)

12　多萝西・塞耶斯赞辞[①]

A Panegyric for Dorothy L. Sayers

多萝西・塞耶斯的作品，丰富多样，让人无所适从。查尔斯・威廉斯可能有所适从，至于我，还是免了吧。承认自己不是侦探故事(detective stories)的资深读者(great reader)，有些尴尬。尴尬，是因为在我们当前正在溃烂的知识阶层的意识里(in our present state of festering intellectual

---

①　多萝西・L. 塞耶斯(Dorothy L. Sayers，亦译桃乐西、谢尔丝、谢逸诗，1903—1957)，英国学者、作家、推理小说大师，代表作是以贵族神探彼得・温西勋爵(Lord Peter Wimsey)为主角的系列侦探小说。1958 年 1 月 15 日，伦敦圣玛格丽特教堂(St. Margeret's Church)为塞耶斯举行追思会，本文即为此而作。

class consciousness），这样承认会被认为是自命不凡。一点都不是自命不凡：我尊重，尽管并不怎么乐享，那种冷峻而又文明的形式（that severe and civilised form）。它要求其中人物付出很基本的脑力劳动（much fundamental brain work），而且将未曾腐化也并不残暴的刑事调查方法设定为背景。一本正经的人已经四处散布，说塞耶斯晚年悔其少作，以笔下的"干才们"（tekkies）为耻，厌恶提及他们。两年前，拙荆曾问她这是不是真的。听她否认，拙荆才放了心。不再写那一体裁，那是因为她感到，就该体裁而言，她已经做了力所能及的一切。窃以为，的确是实现了某种全面发展（a full process of development had taken place）。我听说，彼得勋爵（Lord Peter）是想象出来的侦探中间唯一有成长经历的一位——由公爵之子、花花公子（fabulous amorist）、学霸、好酒之徒，日渐长大成人，非无怪癖和污点，但还是相爱、结婚，奶妈也是有名有姓，名曰哈莉特·文。批评家们抱怨说，塞耶斯小姐跟她笔下的英雄坠入了爱河。对此，一位优秀批评家指点我说："更确切地说，她跟他坠出爱河；不再抚弄少女之梦——如果她曾经如此的话——而是开始塑造一个人。"

　　事实上,在她的侦探故事和其他著作之间,并无裂隙。
在别的著作中,恰如在侦探故事中,她首先是手艺人(the
craftman),是行家(the professional)。她经常把自己看作
是一个学徒,学到一门手艺,尊重这门手艺,而且要求别人
尊重这门手艺。我们这些喜爱她的人,或许(在自己人中
间)会温情地(lovingly)承认,此态度之坚决有时近乎滑稽。
一个人很快就会得知,"我们作家,夫人"(We authors, Ma'
am)①竟是她最能接受的基调(the most acceptable key)。
空谈"灵感"(gas about "inspiration"),向批评家和公众哭
哭泣泣,"时尚"的全部行头以及"局外人角色"(outsider-
ship),所有这一切,我想,都令她厌恶。她志在同时既做一
个大众娱乐者又做一个有良知的手艺人,②(有点)像乔叟,
塞万提斯,莎士比亚或莫里哀那样,而且她做到了。我有个

----

　　① 【原编注】这一表述出自 Venhanub Dsraeli 之口,曾深得维多利
亚女王之欢心。1868 年,女王出版了她的《日记留影:我们的苏格兰高地
生活》(*Leaves from a Journal of Our Life in the Highlands*)。
　　② 托尔金在《魔戒》的《英国第二版前言》中说:"我收到或读过不
少有关故事写作动机与涵义的意见和猜测,这里我想就此说上几句。
本书的根本写作动机,就是一个讲故事的人想尝试讲一个极长的故事,
想让它吸引读者的注意,予以他们以消遣,给他们以欢笑,或许偶尔还
能令他们兴奋或感动。"(托尔金《魔戒》,邓嘉宛译,上海人民出版社,
2014,页iii)

观点,除了极少数例外,长远来看,只有这号作家才至关重要。"我们不会把自己的伟大,"帕斯卡说,"表现为走一个极端,而是同时触及到两端并且充满着两端之间的全部。"①关于写作,她最为珍贵的思考,大多都在《匠者之心》(*The Mind of the Maker*)一书里,一本至今仍很少有人去读的书。书是有缺陷。可是由写过有生命力的书的人所写的论写作的书,太稀缺,太有用,不可忽略。

当然,对一名基督徒而言,对自家手艺的这份自豪感,很容易蜕变为以己为傲,这就提出了一个尖锐的实践问题(fiercely practical problem)。可喜的是,她生性强健又直率,很快就充分意识到此问题,并让其成为她的一部主要著作的主题。《天主之宅》(*The Zeal of Thy House*)中的建筑师,起初就是一个可能的多萝西(a possible Dorothy)的化身,因而无疑也是这个

---

①　语出帕斯卡尔《思想录》第353则。更长一点的引文是:"我决不赞美一种德行过度,例如勇敢过度,除非我同时也能看到相反的德行过度,就像在伊巴米农达斯的身上那样既有极端的勇敢又有极端的仁慈。因为否则的话,那就不会是提高,那就会是堕落。我们不会把自己的伟大表现为走一个极端,而是同时触及到两端并且充满着两端之间的全部。然而,也许从这一个极端到另一个极端只不外是灵魂的一次突然运动,而事实上它却总是只在某一个点上,就像是火把那样。即使如此,但它至少显示了灵魂的活跃性,假如它并没有显示灵魂的广度的话。"(何兆武译,商务印书馆,1985)

多萝西的"净化"(Catharsis)。真实的多萝西·塞耶斯奉上这个可能的多萝西,是引以为戒。他对工作本身的无欲无求的热忱,她付出了全部的同情。但她忍痛割爱,知道这是一样危险的美德:只是比波西米亚人的托词"艺术良心"(artistic conscience)略强一点,波西米亚人借此就可以堂而皇之地不养父母,抛弃妻子,欠债不还。① 一开始,个人傲慢就进入建筑师的性格:这出戏记录了他的艰难救赎(costly salvation)。

那些侦探故事并非曲高和寡(do not stand quite apart),那些明显的宗教著作亦然。她从来不将艺术家与娱人者(entertainer),跟传道人混为一谈。《生而为王》的那篇颇为

① 波西米亚人(Bohemian),本指古波西米亚王国的居民。1851 年,法国作家亨利·穆杰(Henri Murger,1822—1861)写了一本名为《波西米亚人的生活情景》(Scenes de la vie de Boheme)的小说,从此,"波西米亚人"一词才有了今天的意思,成为不守传统道德、不尽义务、放浪不羁的艺术家的代名词。美国文化史家雅克·巴尔赞这样描述这群艺术家:"为了身处自己人中间,好轻松自在地创作,他们在 19 世纪为自己创立了一套制度,称为波西米亚的艺术家聚居区。聚居区内生活便宜,没有道德规范,允许奇装异服,不需要稳定的经济收入。波西米亚建于巴黎塞纳河左岸的'拉丁区'……其他首都也(自发地)兴起了它的分支;这个地方迄今一直是天才青年和任何年龄的反社会人物的庇护所。也有事业失败,往往转向酗酒或吸毒的艺术家,他们在那里得到他人兄弟般的照顾。经济资助不仅来自与诗人同居并养活他的女工,而且还来自当地的店主或饭馆老板,应当在这些艺术赞助人的店铺中为他们挂匾。"(雅克·巴尔赞《从黎明到衰落》,林华译,中信出版社,2013,页 623)

严厉的(令人叹为观止的)序言,写于她刚刚遭受一大片无知而又恶毒的毁谤之后。该序言以强硬姿态,将这一点说得明明白白。她写道:

> 人们认定,我写作的目标就是"行善"(to do good)。然而事实上,那一点都不是我的目标,尽管这一目标,特别切合首演这些戏剧的那些人。我的目标只是,用近在手头的媒介,尽我所能**讲好那个故事**——简单说吧,就是尽我所能创作一部好作品。因为一部艺术作品,**在艺术方面**不善亦不真,在其他任何方面也就不善亦不真。①

当然啦,虽然艺术与传道泾渭分明,但它们最终还是相互要求。这一主题的糟糕艺术,跟糟糕神学携手。"我告诉你们,善良的基督徒们,一位诚实的作家,要是像你们对待历史上最伟大的戏剧那样对待一部童话,他会引以为耻:这不是由于他的信仰,而是由于他的使命(calling)。"②与此相

---

① 【原编注】《生而为王》(*The Man Born to Be King:A Play-Cycle on the Life of Our Lord and Savior Jesus Christ*, 1943)

② 【原编注】同上。

应,她对"行善"意图的免责声明,反而得到报偿:她显然行了大量的善。

这部广播剧的建筑品质(the architectonic qualities),①差不多无可置疑。一些人给我说,他们发觉它俗。或许,他们并不知道自己在说什么;或许,他们没有完全消化,序言里对该指责的答复。抑或说,该剧就不是"针对他们的境遇"(addressed to their condition)。不同的灵魂,在不同的容器中汲取养分。就我而言,它首播之后,每逢圣周(Holy Week)我都要重读一次,每次重读都无不被深深触动。

晚年,她致力于翻译。我写给她的最后一封信,就是向她翻译《罗兰之歌》致谢。我足够幸运,说原文的结句行及素朴风格,会使得翻译此书要比翻译但丁难出好多。她为此(并无深刻可言的)观点感到欣喜。这就说明,她太渴望理性批评(rational criticism)了。我并不认为,这是她最成功的作品。就我的口味而言,口语色彩太浓太浓;不过话说回来,对于古法语,她懂得比我多出好多。她译但丁,问题就很不一样了。读译本,应结合她投给《查尔斯·威廉斯纪

---

① 【原编注】《生而为王》(*The Man Born to Be King*, 1943),原为塞耶斯为 BBC 所写的有关基督生平的系列广播剧。

念文集》的那篇论但丁的文章。① 在那里，你会读到一个成熟、博学而又极端独立的心灵对但丁的第一印象。那个印象，决定了她的译本的整体特点。但丁身上的某些东西，令她惊愕，也令她欣喜。这些东西，没有哪个批评家，也没有哪个先前的译者，令她有所准备：他的叙事动力（narrative impetus），他的平淡无奇（frequent homeliness），他的高雅喜剧（high comedy），他的插科打诨（grotesque buffoonery）。这些品质，她决心不惜一切代价加以保留。假如为了这，她不得不牺牲甜美或崇高，那就牺牲掉。因而，就有了她的译文语言及韵律的大胆。

必须把这跟近年兴起的某些很不光彩做法区分开来——我说的是一些译者，企图从希腊文和拉丁文翻译，结果使读者相信，《埃涅阿斯纪》是用俚语（service slang）写成，希腊悲剧用的是街头语言。这些译本暗中断定的，简直就是子虚乌有；而多萝西借大胆译笔力图再现的东西，在但丁身上确实是有。问题在于，如何在正确再现这些品质的同时，没有损及但丁还有的其他品质。否则，只会片面呈现

---

① 【原编注】《"给你讲个故事"：〈神曲〉札记》（"... And Telling You a Story"：A Note on *The Divine Comedy*），文见《查尔斯·威廉斯纪念文集》（*Essays Presented to Charles Williams*，1947）。

《神曲》的一个向度,跟挑剔的老卡里(old cary)的弥尔顿式
文风片面呈现另一向度毫无二致。① 最终,我想,人就得两
害相权取其轻了。没有译本,可以呈现但丁的全部。读她
所译的《地狱篇》时,我至少这样说过。然而接下来,着手读
她所译的《炼狱篇》,一个小小的奇迹仿佛出现了。她有了
提升,恰如但丁《神曲》第二部有了提升:变得更丰盈
(riher),更流畅(liquid),更高尚(elevated)。于是头一遭,
我怀着巨大期待,期待《天堂篇》的译本。她还会继续提升
么? 是否有其可能? 我们敢期待么?

　　然而,她去世了。如你完全谦卑时所希望的,她去了天堂。
在那里了解天堂,比《天堂篇》告诉她的,会更多。鉴于她之所
为及她之所是,鉴于她寓教于乐,鉴于她为朋友两肋插刀,鉴于
她的勇气与诚实,鉴于她那丰盈的阴柔表面上显得阳刚甚或金
刚怒目——就让我们感谢创造了她的那位作者(Author)。②

---

　　①　【原编注】*The Vision*:*or Hell*,*Purgatory and Paradise of Dante Alighieri*,Henry Francis 译,1910.
　　②　本句原文为:For all she did and was,for delight and instruction,for her militant loyalty as a friend,for courage and honesty,for the richly feminine qualities which showed through a port and manner superficially masculine and even gleefully ogreish—let us thank the Author who invented her.

13 莱特·哈格德的神话制作天分[①]

The Mythopoeic Gift of Rider Haggard

    但愿莫顿·柯恩先生的大著《莱特·哈葛德的生平与著作》，能让人们重新全面思索所谓哈葛德问题。因为，确实有个问题。哈葛德的文风毛病，无可原谅；其哲思之无趣（及频见），令人难以忍受。然而说其代表作只是昙花一现或商业成功，则卑之无甚高论。它可没有像奥维达（Ouida）、奥利芬特（Oliphant）先生、斯坦利·韦曼（Stanley

---

    ① 本文是路易斯为莫顿·柯恩（Morton Cohen）的哈格德评传《莱特·哈葛德的生平与著作》（*Rider Haggard：His Life and Works*，1960）所写的书评，原以《哈葛德再次翱翔》（Haggard Rides Again）为题，首刊于1960年9月3日的《时代与潮流》杂志。今题，为编者瓦尔特·胡珀所加。

Weyman)或玛克司·潘姆柏（Max Pemberton）的作品那样，与时偕逝。曾几何时，舆论风气使其帝国主义色彩和那些含混的虔诚（vague pieties）变得可以接受；风气过后，它还是存活了下来。那个应许的时间，"鲁德亚德们不再吉卜林，哈葛德们不再翱翔"①，并未到来。哈葛德依然有人读，依然有人重读，简直有些顽固，有些不可思议。这到底为什么？

对我而言，意味深长的事实就是合上《所罗门王的宝藏》（更不用说《不可抵挡的她》）的时候，我们的感受。"要是如何如何"，就是到了嘴边的话。这同一个故事，我们要是能够，就让一个斯蒂文森（a Stevenson）②，一个托尔金或一个威廉·戈尔丁（a William Golding）③来讲。退而求其次，要是得到许可，我们就自己重写！

切记，是同一个故事。缺陷，不在结构。从开局第一步

---

① 【原编注】J. K. Stephen，'To R. K.'，*Lapsus Calami*（1905）。【译注】原文为：when the Rudyards cease from Kipling, and the Haggards ride no more. 意为哈葛德和吉卜林过时之日。

② 史蒂文森（Robert Louis Stevenson，1850—1894），苏格兰随笔作者、诗人、小说和游记作家，代表作《金银岛》(1881)、《化身博士》(1886)。

③ 威廉·戈尔丁（William Golding，1911—1993），英国小说家、诗人，1983 年诺贝尔文学奖得主，代表作《蝇王》。

到最后被将死,哈葛德通常都有大师风范。他的开篇——世上还有哪部故事的开篇比得上《不可违抗的她》——就充满了迷人允诺(alluring promise),他的惨败也是虽败犹荣,仍保持着这一点。

缺乏细致入微的性格刻画(detailed character-study),根本算不上缺陷。一部冒险故事,既不需要它,也不容许它。即便在实际生活中,冒险往往也顾不上细枝末节(fine shades)。艰辛和危险把我们剥除殆尽,只剩下赤裸裸的道德必须(bare moral essential)。耍奸溜滑与乐于助人、勇者与懦夫、可靠与靠不住之分,压垮了别的区分。小说家意义上的"人物形象"(character),只是一朵花,在人们都没有危险、不操心温饱之地,才完全绽放。冒险故事的优点之一就是,提醒了我们这一点。

哈格德的真实弱点有两个:其一,他写不了(he can't write)。或者毋宁说(照柯恩先生的说法)他不该写(won't)。不该受此累。于是就有了陈词滥调、诙谐戏谑、夸夸其谈。借夸特曼(Quatermain)之口说话时,他有些过分强调这位天性质朴的猎人不懂文学。他从没明白过来,他亲笔所写的这些东西就是一团糟——就是最该死的"文绉绉"(literary)。

其二,知性弱点(the intellectual defects)。读过柯恩先生,没人再会相信哈葛德不接触现实。很明显,哈葛德的农学及社会学论著都是结结实实的大餐,既有来之不易的事实,又有有理有据的结论。当他断定,这块土地的唯一希望就在于某个方案,即便该方案无视他的一切政治倾向,会令他对自己的阶级和家庭的一切珍贵希望破碎,他还是会力举该方案,毫不退缩。

这就是这个人的真正伟大之处,柯恩先生称其为他的"强健"(overall sturdiness)。即便身为作者,他有时候也会机灵——比如,在《不可抗拒的她》中,阿兰·夸特曼既没有屈服于艾雅纱的魅力,也不信她那"离奇"(tall)自传故事。令夸特曼保持冷静,这就表明,他也能令自己保持冷静。

哈葛德尽管理智,却荒唐地没意识到自己的局限。他企图从事哲思。在他的故事中,我们会一次又一次看到一种稀松平常的才智:其装备(或障碍)就是对基督教、神智学以及唯灵论一些概念的一知半解,折衷调和,却试图就"生命"这个要命论题说些深刻的话。每当艾雅纱开口说话,我们就会看到,这真是糟糕透顶。即便她真的就是智慧的女儿,她也一点都不像她的生身父母。她的思想,属于那类可悲的所谓"高明"(Higher)。

尽管有这些弱点,但还是吸引我们去读的东西,当然就是那故事本身,那个神话(myth)。哈葛德就是纯净而又简单的神话天分的范例——这种天分就像要以供检验似的,孤立于一切特定的文学才能;而在比如说《古舟子咏》①、《化身博士》(*Dr Jekyll and Mr Hyde*)或《魔戒》当中,它则幸运地跟它们共存。进而言之,在哈葛德本人身上,随着文学技艺的提高,神话制作才能仿佛在萎缩。跟《不可违抗的她》相比,续集《艾雅纱》(*Ayesha*)是逊色一些的神话,但却写得更好。

这一天分,当它全面发挥(exists in full measure),就势不可挡。对此,我们可以借亚里士多德谈隐喻的一句话加以形容:"唯独在这点上,诗家不能领教于人。"②它受吉卜林所谓"鬼魅"(Daemon)的控制。它克服了一切障碍,让我们忍受一切缺陷。当鬼魅离开作者,作者对自己所写神话

---

① 《古舟子咏》(*The Ancient Mariner*),英国19世纪湖畔派诗人柯勒律治的长诗。

② 语出亚里士多德《诗学》第二十二章,采陈中梅先生之译文。

或许心存一些愚蠢观念，它也一点都不受这些愚蠢观念的影响。对这些愚蠢观念，他懂得并不比其他任何人多。哈葛德的糊涂之处就在于，竟然珍视一个信念，以为他所写的神话确确实实"言之有物"（something in）。而我们作为读者，一点都用不着操心这个。

《不可违抗的她》的神话地位，无可置辩。众所周知，荣格研究它，因为它是一个原型的体现。[1] 然而我想，即便是荣格，也没搔到痒处。假如荣格的观点是对的，那么这部神话，就应当只作用于那些以艾雅纱为倾城倾国的情色形象的人。然而对所有喜欢《不可违抗的她》的读者而言，她不是这样。就以我为例吧，艾雅纱或随便哪个悲剧女王——离奇古怪、高高在上、有如暴风骤雨、声音低沉却眉头锁雷目光如电——就是这世界上最为有效的制欲剂。说到底，这部神话的生命力在别处。

艾雅纱的故事不是一种逃避（escape），却关乎逃避，关乎一种伟大逃避的企图，毅然决然，却严重受挫。它的直系

---

[1]　荣格（C. G. Jung）在《探索心灵奥秘的现代人》（*Modern Man in Search of a Soul*）中，将《她》中的艾雅纱（亦译"阿霞"当作"阿尼玛"（anima）的原型。（参荣格《探索心灵奥秘的现代人》，黄奇铭译，社会科学文献出版社，1987，页187）

亲属,甚至说它的儿女,就是莫里斯的《世界尽头的泉井》,十年之后诞生的。两部故事外化了同一种心理力量(psychological forces);我们面对死亡的不情不愿,无可调解,我们渴望青春永驻,但我们凭经验得知这绝无可能,我们偶尔也明白这甚至并不可欲,而且(再低几个八度)我们有一种极为原始的感觉,感到即便该企图能够得逞,那么它也不合律法,会招来诸神的报复。在两部书里,那种野性的、非分的(transporting)而且遭禁(forbidden)的希望都被燃起。眼见着就要修成正果了,可怕的灾难粉碎了我们的梦。这个故事,哈葛德版比莫里斯版好。莫里斯让他的女主人公,太人性(human),太健全(wholesome)。哈葛德则更忠实于我们的感情,让那个孤家寡人"她-普罗米修斯",为恐怖和苦痛所环绕。

哈葛德最好的作品,将会流传后世,因为它建基其上的那种诉求(appeal),远远高于最高水位线。时尚大潮即便水势最大,也够不着它。只要人类困境还在,只要人类还在,伟大神话就与你我有关。对于那些能够接受的人,它将一直有着同样的净化功效。

哈葛德将继续活在人间,对哈葛德的恨恶亦然。在他生活的时代,敌对批评家抨击他所带的那种恶意,有其囿于一时一地的原因。他自己的好勇斗狠,就是原因之一。另一个原因就是,只写出"叫好不叫座"之作的吉伽蒂波斯(Gigadibs)①之辈,对写出"叫座"(且有生命活力)之作的人的自然而然的嫉妒。一部《高布达克》(*Gorboduc*)的作者,总是为一部《帖木尔大帝》的瑕疵,②准备了如炬双眼。不过一个更深层的原因,曾经有过,将来也一直会有。没人会对神话制作(mythopoeic)无动于衷。你要么喜爱,要么"深恶痛绝"。

这一恨恶,部分来自于不愿意遭遇诸"原型"(Archetypes);对于原型的令人不安的生命力,这是一种不情愿的证明。这一恨恶,部分则源于一种令人心神不宁的认识,认识到大多数"通俗"的虚构之作("popular" fiction),要是它承载了真正的神话,就比那一般所谓的"严肃"文学,不知严肃多少。因为它面对的是永久之事和无可避免之事,而高

① 吉伽蒂波斯(Gigadibs),是白朗宁(Robert Browning,亦译布朗宁)之长诗《布劳格兰主教的致歉》(*Bishop Blougram's Apology*,1855)中的人物,一位浅薄记者。在长达 1013 行的无韵诗句里,面对身为怀疑论者的这位记者的攻击,主教捍卫自己的信仰。

② 《帖木儿大帝》(*Tamburlaine*),英国剧作家、诗人、翻译家马洛(Christopher Marlowe,1564—1593)的两卷本剧作。

雅小说(a refined and subtle novel)，其中人物所遭遇的难题，一小时的炮击或十里路的散步，甚或一剂泻药就会使之烟消云散。读读詹姆斯的信件，就会看到 1914 年战争爆发以后的数周，他身上发生了什么事。他很快就重建了詹姆斯的世界；不过有那么一段时间，它仿佛"消失得无影无踪"。

14　乔治·奥威尔[①]

George Orwell

　　既然奥威尔的《1984》搬上荧幕所带来的轰动,已渐近平息,那么现在或许是个好机会,摆出长期萦绕心头的一桩疑惑。[②] 即便在新近之一版再版之前,我遇到的知道《1984》的十人当中,为什么知道《动物庄园》的才有一个?

　　这两部书,出自同一作者,说到底,处理的也是同一主题。二者都是一种弃绝(recantations),很苦涩、很真诚亦很可敬的弃绝。它们表达了这样一个人的幻灭(disillusion-

---

① 　首刊于 1955 年 1 月 8 日的《时代与潮流》(*Time and Tide*)。
② 　【原编注】1954 年 12 月 12 日,BBC 播出电影《1984》。

ment）。此人一度是革命者，是我们熟悉的"枪杆子里出政权"的那类。后来终于明白，所有极权统治者，都是人之敌，尽管所披外衣形形色色。

题材事关我等，幻灭亦广为众有，既如此，二者或其中任一都拥有大量读者，二者都是大家之作，也就不足为奇了。困惑我的是，公众对《1984》的明显偏爱。因为在我看来，《1984》瑕瑜互见（它那了不起的附录《新话的原则》除外，幸好可以分开来看）；而《动物农场》则是一部天才之作，它极可能会超越激发了它的那个特定境况及临时境遇（但愿只是临时的）。

先从其篇幅短小入手吧。当然，篇幅短小本身，并不表明它就更好。我最不愿意这样想了。卡利马科斯①固然以为一部巨著就是个大魔鬼，但我认为，他这时就是个大外行（great prig）。我胃口大。坐下来读书，我就喜欢大餐。② 但在此，这本薄册子看来做了那本厚书所做的一切，甚至还更多。那本厚书对不住其厚度。其中有枯木

---

① 卡利马科斯（Callimachus，前305？—前240？），古希腊学者，诗人，以阐释风俗、节庆、名称等传说起源的长诗《起源》闻名于世。

② 编者瓦尔特·胡珀（Walter Hooper）为本书所撰序言一开篇，就引用路易斯的一句感慨："茶杯不嫌大，书本不嫌长。"

朽株（dead wood）。我想，大家都能看到枯木朽株从何而来。

在《1984》中的那个噩梦国家，统治者投入大量时间从事那种怪异的禁欲宣传（anti-sexual propaganda）——这也就意味着作者及读者也不得不投入大量时间。说实话，男女主人公偷情，仿佛至少既是情欲的一种自然结果，也是对抗那种宣传的一种姿态。①

毋庸置疑，恰如对别的事情，极权国家的掌权者对性也是耿耿于怀，就像帽子里面有只蜂。② 若真如此，这只蜂（bee），跟他们对之耿耿于怀的别的蜂一样，也会蜇人。然而，奥威尔所描绘的那个暴政，没向我们露出任何迹象，表明有什么使得这只蜂成为可能。时不时为纳粹之帽招来此蜂的那些观点和态度，在这里不见踪影。更糟糕的是，此蜂在书中嗡嗡嘤嘤，在我们心中产生的疑问，跟书的主题其实没有密切关联，反而更像是分散注意，惹人耳目。

---

① 乔治·奥威尔《一九八四》："不仅是一个人的爱，而是动物的本能，简单的不加区别的欲望；这就是能够把党搞垮的力量。"（中英双语本，董乐山译，上海译文出版社，2010，页117—118）

② 原文是 have a bee in their bonnets，为兼顾下文，不得已译为"耿耿于怀，就像帽子里有只蜜蜂"。

　　我想，真相在于，在作者思想之早期（很没价值的一个时期），这只蜜蜂就窜了进来。他成长于所谓的"反清教主义"时代（很不准确的称谓）；那时，用劳伦斯的特有表述来说，谁认为"性肮脏"（to do dirt on sex）[①]，谁就是宿敌。既然想尽可能丑化那些恶棍，他就决定在别的相关指控之外，提出这一指控。

　　然而，任何棍棒都足以痛打恶棍，这条原则在小说中却是致命的。许多本该的"坏人角色"（promising 'bad character'），如贝姬·夏普[②]，却因添加了一项不合适的恶行而写坏了。《1984》里致力于这一主题的那些篇章，我真不敢苟同。我不是像某些人那样，抱怨所谓性爱描写之"浊臭"（无论此词恰当与否）。至少，并非一切臭味，都是红鲱鱼的那种恶臭。

　　这只是使得《1984》逊于《动物庄园》的最为显见的那个缺陷。书中有太多太多的作者心迹：太耽溺于他身为一个人的感觉，以致不受他身为一名艺术家欲做之事的剪裁和

---

　　①　【原编注】'Pornography and Obscenity' in *Phoenix：The Posthumous Papers of D. H. Lawrence*, ed. Edward D. MacDonald (1936).【译注】该文中译见《劳伦斯文艺随笔》。

　　②　贝姬·夏普（Becky Sharp），《名利场》的女主角，英国文学史上的著名恶女。

约制。《动物庄园》则是一部出于全然不同的秩序的作品。这本书里，一切都井井有条，都拉开距离。它成为一部神话（myth），而且容许它自说自话。① 作者向我们展示可憎事物，但他并未因自己恨之入骨，而语无伦次或喋喋不休。他不再为情所困，因为情感悉数得到利用，而且用来制作某些东西。

其结果之一就是，讽刺变得更为辛辣。所用睿智与幽默（在那个大部头里付诸阙如），都有摧毁力量。"凡动物一律平等，但有些动物比其他动物更加平等"②这一奇句，比整部《1984》都刺得深。

因此，这本小册子做了那本大部头所做的一切。而且还做得更多。吊诡的是，当奥威尔将所有角色弄成动物后，反令它们更加像人。在《1984》中，暴君之残酷令人憎恶，却并无悲剧性。恰如活剥一只猫令人憎恶，却无里根和高纳里尔对李尔王之残酷的那种悲剧性。③

---

① 原文为：It becomes a myth and is allowed to speak for itself. 这一句牵涉到了路易斯之神话观，详见《文艺评论的实验》第 5 章。

② 《动物庄园》第十章，魏静秋译本（上海三联出版社，2009）页 110。

③ 里根和高纳里尔，分别为莎士比亚历史悲剧《李尔王》里李尔之次女和长女。

悲剧要求，受难者得有一定高度（a certain minimum stature）；①而《1984》的男女主人公，没有达到那个高度。他们变得引人，只因他们受害。这在现实生活中，足以引起我们的同情（天知道），但却不是在小说中。中心角色只能借饱受折磨变得重要，这是一种失败。这部故事的男女主人公，是如此乏味如此卑微的小生灵，以至于你花半年时间，每周见他们一次，还是记不住他们。

在《动物庄园》，这一切都有了改观。猪的贪婪和狡诈是悲剧性的（不只可恶），因为小说让我们关心一切为猪所剥削的诚实、善意甚至有英雄气概的牲畜。拳师（Boxer）这

---

① 亚里士多德《诗学》第十三章说，既然悲剧要激起观众的"恐惧与怜悯之情"，所以悲剧不能写这样的人物：

第一，不应写好人由顺境转入逆境，因为这只能使人厌恶，不能引起恐惧或怜悯之情；第二，不应写坏人由逆境转入顺境，因为这最违背悲剧的精神——不合悲剧的要求，既不能打动慈善之心，更不能引起怜悯或恐惧之情；第三，不应写极恶的人由顺境转入逆境，因为这种布局虽然能打动慈善之心，但不能引起怜悯或恐惧之情，因为怜悯是由这个这样遭受厄运的人与我们相似而引起的。

由于"怜悯是由不应遭受的厄运而引起的，恐惧是由这人与我们相似而引起的"，所以，要激起观众的"恐惧与怜悯之情"，就只能塑造"不应遭受厄运"的人与跟我们相似的人之间的人："此外还有一种介于这两种人之间的人，这样的人不十分善良，也不十分公正，而他之所以陷于厄运，不是由于他为非作恶，而是由于他犯了错误，这人名声显赫，生活幸福，例如俄狄浦斯、堤厄斯忒斯以及出身于他们这样的家族的著名人物。"（罗念生译本）

匹马的死,要比另一本书中精心刻画的残暴,更能触动我们。而且不只是触动,更是说服。这里,尽管披着动物外衣,我们还是感到自己身处一个真实世界。贪食的猪,狂吠的犬,英勇的马,这一切都是人性的模样;极善,极恶,极可怜,极光荣。要是人只像《1984》里的那些人,那就差不多不值得拿他们来写故事了。奥威尔仿佛看不见他们,直到他将他们置入一部动物寓言。

最后,《动物庄园》在形式上几乎臻于完美;轻灵,有力而又均衡。没有一句话,不是事关全局。这部神话,说了作者想要让它去说的一切,又(同样重要的是)没有一点点枝蔓。这件艺术品(*object d'art*),就像贺拉斯体颂歌(a Horatian ode)或一把奇彭代尔式座椅①,令人解颐。

我之所以发觉《1984》之极受欢迎令人沮丧,原因就在于此。当然,书的长度必定别有隐情。书商们说,短篇卖不动。有些理由,说出来也不丢人。周末读者(weekend reader)想要的书,要延续到周日晚间;旅行者想要的旅行线路,要像格拉斯哥②一样遥远。

---

①　奇彭代尔式(Chippendale)家具,以优美外廓和华丽装饰为特点。
②　格拉斯哥(Glasgow),苏格兰中南部港口城市。

再说了,《1984》所属那一文类,如今比动物寓言(beast-fable)更为人熟知;我所指的这一文类,或可称作"敌托邦"(Dystopias)。这些噩梦般的未来景象,大概始于威尔斯的《时间机器》(*Time Machine*)和《大梦初醒》(*The Sleeper Wakes*)。但愿这些缘由已经足够。当然,要是我们不得不总结说,要么因为人对想象力之运用已如此败坏,以至于读者要求所有小说都要有现实主义的外表,无法不将任何寓言(fable)视为"幼稚",要么因为《1984》里的床戏是调味品,没这调味书就卖不动——要是这样,那就令人瞠目结舌了。

15 语词之死①

The Death of Words

　　我想那应该是麦考莉(Rose Macaulay)女士吧,②她在一篇赏心悦目的文章(真是金声玉振)中感叹,词典经常告诉我们词汇"如今只用贬义",很少说或从不说词汇"如今只用褒义"。的确,几乎所有的贬斥语汇原本都是描述语汇。称一个人为 *villain*(野人),向来都是确定其法律地位,后来才变成道德谴责。看来对直白的骂人话,人类并不满意。与其直说一个人不诚实、残忍或靠不住,不如含沙射影,说

---

①　首刊于 1944 年 12 月 22 日的《旁观者》(*The Spectator*)。
②　疑指英国作家 Dame Emilie Rose Macaulay(1881—1958)。

他是私生子(illegitimate)，说他还嫩，卑贱，或是禽兽，说他是农奴、野种、盲流、无赖、狗、猪或（最近的叫法）小毛孩。

可是我怀疑，这是否就是全部。还有一些词，一度是侮辱，如今则是赞美——脑海里唯一的现成词就是 *democrat*（民主人）。然而是否还有一些词，如今只用于赞美——一度有个明确意思，如今只留下含混的赞许腔调(noises of vague approval)？最清楚的例证是 *gentleman*(绅士)一词。此词（和 *villain*[野人]一样），一度是个界定社会事实和徽章的语词。史奴克斯是不是个绅士的问题，差不多跟他是不是律师或手艺人那样，是可以解决的。40 年前再问相同问题（那时这样问特别频繁），就无法解决了。此词已成为褒义词，即便说者不变，它所褒扬的品质也与时迁移。这是词的死法之一。一旦某词开始寄生于形容词"真"(*real*)或"真正"(*true*)之下，医术精湛的语词医生，就会判定该词得了不治之症。只要 *gentleman*(绅士)有个明确含义，说"某某某是位绅士"，足矣。当我们开始说，他是"真绅士"或"一位真正的绅士"或"一位真正意义上的绅士"，我们或许可以确定，该词寿命不长了。

因而，对麦考莉女士之观察，我想做个大胆扩充。真相(truth)并非仅仅是原本无邪的语词往往具有了贬义；而是以限定语为代价，不断扩充抑扬褒贬语汇（vocabulary of flattery and insult）。恰如老马走向屠宰场，旧船拖进废料场，语词在垂死之时，就使得"好"与"坏"的同义语泛滥成灾。既然相对于描述事实，绝大多数人更热衷于表达自身好恶，关于语言，这必然就是一条普遍真理（universal truth）。

目前，这一进程非常迅速。*abstract*（抽象）和 *concrete*（具体）二词，起初用来表达思维确实必需的一种分际；可如今，只有教育程度很高的人仍然这样用。在流行语言中，*concrete* 的意思大致是"明确且可行"（clearly defined and practicable），成了夸人话；*abstract*（部分因为谐 *abstruse*［玄奥］的音），意思是"含混、模糊、玄虚"，则成了谴责语。*modern*（现代），在许多人口中，不再是个历时概念（chronological term），它已经"沦为褒义"，意思往往只是"有效"或（在某些语境）"宜人"。至于 *medieval barbarian*（中世蛮族），在同一些人口中，则既不指涉中世纪，也不指涉划归蛮夷的文化。它只意味着"暴虐"。*conventional*（保守）一词，不加解释就无法正确使用。*practical*（实践的）只是个赞许之词；*contemporary*（当代），在一些文学批评流派那里，意思就是略胜一筹。

拯救语词脱离褒贬深渊，是值得所有热爱英语的人为之努力的大业。我能想到的处于深渊边缘的一个词，就是基督徒(*Christian*)。政客说起"基督徒道德标准"，他们往往不是在想基督徒道德与儒家或斯多葛学派或边沁派道德的一些区别。你经常感到，"基督徒"一词只是"修饰语"(adorning epithets)的又一变体。在我们的政风之下，人们感到"道德标准"这一表述前要加这么个修饰语。"文明的"(civilised)(另一个被糟蹋的词)、"现代的"(*modern*)、"民主的"(*democratic*)或"启蒙的"(*enlightened*)，也堪当此任。可是，当"基督徒"(*Christian*)一词索性成了"好"(*good*)的同义词，就有大麻烦。因为即便其他人不再需要该词之本义，历史学家还时不时需要，他们该怎么办？听任语词坠入褒贬深渊，往往就有这个麻烦。一旦 *swine*(猪)这个词纯粹变成辱骂，你想要谈谈那个动物，你就需要一个新词 *pig*(豕)。一旦让 *sadism*(萨德现象)萎缩成 *cruelty*(施虐)之同义词，毫无用处的同义词，当你不得不指涉萨德侯爵①受尽折磨的那些极度变态时，你怎么办？

---

①　萨德(Marquis de Sade，1740—1814)，法国色情文学家。因多次对妇女进行性虐待而入狱。在监狱中，他克服了厌烦和怒火，开始写色情小说。sadism 一词，因其名而来。

　　千万注意，基督徒（*Christian*）一词所面临的危险，不是来自其公开敌人，而是来自其朋友。杀掉 *gentleman*（绅士）一词的，不是平等主义者，而是绅士风度的热心仰慕者。有一天，我偶尔说某些人不是基督徒。一个批评者就反问，我何敢口出此言，既然我看不到他们内心（我当然看不到）。我用此词是指，"那些公开表示信奉基督教教义的人"，而我的批评者则要我在他（正确地）所谓"更深含义上"使用此词——这含义如此之深，以至于人看不出该用于谁。

　　这一更深刻的含义，难道不更重要么？确实如此，就像成为一个"真"绅士，比徒有其表更重要。然而，一个词最深刻的含义，并不总是其最合用的含义。深化一词之内涵义（connotation），却剥夺其切实的外延义（denotation），你这样做有何好处？语词，跟女人一样，会被"宠坏"（killed with kindness）。无论你如何虔敬，当你杀死一个词，你也就在你力所能及之处，在人类心灵深处把该词原本代表的事物给玷染了。已经忘记怎么去说的那些东西，不久，人们也就不再去想了。

16 帕特农与祈愿①

The Parthenon and the Optative

"这些孩子的问题呀，"一位年长的古典学者正在批阅乏味的入学试卷，满脸严肃，抬起头来说，"这些孩子的问题是，老师本应给他们讲'祈愿'，却给他们讲'帕特农'。"我们都知道他什么意思。我们自己都读过那种著作。

从此之后，我往往就用"帕特农"(the Parthenon)与"祈愿"(the Optative)二词，作为两种教育的象征。前者始于难懂枯燥的东西，如语法、考据及音韵；但它至少有机会，终

① 首刊于 1944 年 3 月 11 日的《时代与潮流》(*Time and Tide*)的"随笔"栏目。本无标题，此题系路易斯后来所加。

于某种名副其实的欣赏（a real appreciation）；这种欣赏，虽同样地难，同样严格，却未必枯燥。后者则始于"欣赏"（Appreciation），终于装腔作势（gush）。前者若失败，最次最次，也教给孩子知识长什么样。他或许决定，不再理会知识，但他知道自己不再理会，也知道自己没学到知识。可后者，最为成功之时，恰是其一败涂地之处。它教一个人，模模糊糊感到自己有了文化，但事实上仍旧是个傻瓜。那些诗，他无法读懂，却自以为在乐享（enjoying）。这使他有了资格，对自己不懂的书评头论足，成了无智识的智识人（intellectual without intellect）。它毁坏的恰好就是，真理与谬误之分际。

然而，有着真学问且爱真学问的一些人，常给帕特农式教育提意见。推动他们的，是一种对缪斯的虚假崇敬。他们所珍视的事物，就以文学为例吧，在他们眼中如此雅致（delicate），如此灵动（spiritual），以至于不忍见到，它被词性变化表、黑板、分数和试卷之类粗鲁而又机械的仆从拉低身价（他们就是这样想的）。他们针对的是考官所出考题："任选五题，给出语境，并加上必要解释。"这与《暴风雨》的实质（real quality），又有何干？只教孩子去欣赏它，岂不更好？

不过,这里有个根本误解。这些好意的教育家认为,文学欣赏是一桩雅事(a delicate thing)。这相当正确。可他们好像没有看到,正因为此,文学科目的基础考试(elementary examinations),恰好应限于他们百般嘲弄的这些枯燥的事实问题。这些考题,从没人以为是在检测欣赏;其想法只是,看看这孩子是否读过他手中的书。期望令他受益的,正是阅读,而非考试。这一点,与其说是这类考卷的缺陷,远不如说,使得考卷有益于学,或者退一步说,使得考卷差可忍受。

我们且从高端领域(higher sphere)找个例子吧。经学领域一份朴朴素素、考察掌故的考卷,最次最次,也对他无害。可是,要是一份考卷,企图发现应试者是否"得救",60分就是圣洁的及格分,谁受得了这考卷?文学科目的情形,与此有得一比。告诉孩子去"死记硬背"(mug up)一本书,再出题去看他是否背过。最佳情况下,他或许就学会了(而且最好是无意识地)去乐享一首伟大诗作;退而求其次,他干了一件老老实实的活,锻炼了自己的记忆力和推理能力。最次最次,对他也没坏处:我们没有在他的灵魂里胡乱挖抓或戏水,没有教他去做假内行或伪君子。可是,一堂小学考试，却企图评估"灵魂在书本中的历险"①，就是件危险事。逢迎的孩子得到鼓励就会粗制滥造、聪明的孩子会照猫画虎、羞怯的孩子不敢示人的东西，一沾上利欲就会死去的东西，这时被唤上前来，登台表演（*perform*），展示自身（exhibit itself）；可它正处于萌芽期：其羞羞答答、懵懵懂懂的萌芽，最经不住这等自我意识（such self-consciousness）。②

---

①　原文为：the adventures of the soul among books. 典出法国作家、文学评论家阿纳托尔·法朗士（Anatole France, 1844—1924）的名言："真批评家只叙述他的灵魂在杰作中的冒险。"（The good critic is he who narrates the adventures of his soul among masterpieces.）朱光潜先生《谈美》第六章即以"灵魂在杰作中的冒险"为题。

②　路易斯这里所说的会被自我意识（self-consciousness）扼杀于摇篮之中的东西，就是他所说的"渴欲"（desire）或"悦慕"（joy）。路易斯曾在多处说过，我们任何人，只要是人，心中都有一丝说不清道不明的憧憬（longing），有一股令你魂牵梦绕寤寐思服的怅惘，有一份尘世难以抚慰的属灵渴欲（desire）。这份憧憬、怅惘或渴欲，他在"空间三部曲"之三《黑暗之劫》（*That Hideous Strength*）第十五章第一节，称之为"人与生俱来难以平抚的伤痛"（the inconsolable wound with which man is born）；在《痛苦的奥秘》第十章，称之为"隐秘渴欲"（secret desire），"永恒憧憬"（immortal longings），称之为"不能言传、无法平息的想望"（the incommunicable and unappeasable want）；在《荣耀之重》（The Weight of Glory, 1941）一文中，称为"难以平抚的秘密"（inconsolable secret）：

谈说这份对自己那方遥远国度的渴欲（this desire for our own far-off country），甚至你我此刻心中即能找到的这份渴欲，我感到有些情怯，甚至有些下作。因为，我是在试图揭开各位心中的那桩难以平抚的秘密（inconsolable secret）——这桩秘密深深刺痛了你，以致你出于报复，称其为乡愁（Nostalgia）、浪漫情愫（Romanticism）或少年意气（Adolescence）。这一秘密，既令人心碎又令人心醉，以至于每次贴心对谈之（转下页注）

　　从《诺伍德报告》①或许可以看到，这份虚假崇敬（false reverence）如何容易自取其败。《诺伍德报告》的起草人，想让学校取消英文统考（external examinations）。他们的理由是，文学是如此"微妙玄通"（sensitive and elusive thing），这些考试只触及其"皮毛"（coarse fringe）。要是他们就此止步，尽管我不明白事物皮毛部分为何就不应触及，我还是跟他们有一些同感。至于要将文学从学校课表中悉数排除，就必须讨个说法了。我纳闷的是，让一个孩子爱英语诗人的方便法门恐怕并不是禁止他读他们吧；而我确信的则是，他有大把大把的机会不听你的。不过，这根本不是《诺伍德

（接上页注）中，正当呼之欲出，我们又吞吞吐吐，不禁哑然失笑。我们说也不是藏也不是，尽管我们既想说出又想隐藏。无法说出，因为它是对从未出现于我等经验之中的某种事物之渴欲（desire）；无法隐藏，则因为我们的经验不时暗示它，我们就像个恋人，一提到某个名字，便没法若无其事。（拙译路易斯《荣耀之重》，华东师范大学出版社，2016，页9）

　　"诗可以兴。"在路易斯看来，文学经验的可贵之处就在于，唤醒这份"隐秘渴欲"，唤醒"悦慕"（参本书第18章第7段）。

　　① 【原编注】《诺伍德报告》（*Norwood Report*），因其主席西里尔·诺伍德爵士（Sir Cyril Norwood）而得名。其全名是：*Curriculum and Examinations in Second Schools*：*Report of the Committee of the Secondary School Examinations Council Appointed by the President of the Board of Education in* 1941。【译注】关于《诺伍德报告》，亦可参路易斯《英语是否前景堪忧》（Is English Doomed）一文，文见拙译《切今之事》（华东师范大学出版社，2015）。

报告》的意图。它想让学校教文学欣赏(literary appreciation)。它甚至想让教学得到检测：但不是由"外人"检测。"教师之成功，"它说，"只能由他自己来衡量，或由知他甚深的一位同事来衡量。"

于是，某种类似考试的东西，还会继续。其中有两样改革：(1)它应触及"微妙玄通"的内核，而不是其"皮毛"；(2)它必须，这么说吧，不出家门(be all in the family)。由大师们来"衡量"自己之成功，或彼此之成功。对第二个新招，我们应有什么期许，我实在是丈二和尚摸不着头脑。对任何科目而言，统考的整体目标都是，从一个对孩子或教师毫无偏见又学问渊博的"外人"那里，得到一个不偏不倚的评分(impartial criticism)。与此截然相反，《诺伍德报告》则渴望主考官，不仅是教师的同事，而且还是"知他甚深"的同事。我猜，这必定与文学这门课"微妙玄通"这一事实有关。可就是要了我的老命，我也看不出如何相关。他们的意思不可能是，由于这课尤其经不住客观测试(objective tests)，因而测试它(所有科目里唯独它)的先决条件就是，让客观公允(objectivity)变得十分困难。甲先生曾在剑桥大学师从利维斯博士①攻读英语，刚刚学成归来，个性飞扬——随心所欲从事无关掌故的纯粹欣赏（pure non-factual Appreciation）。捣蛋孩子弃若敝屣（rag），"乖"孩子则照单全收，如法炮制。任何人想客观评判其结果，都无比困难。解决之途竟是，交于乙先生评判。乙先生跟甲先生13周以来耳鬓厮磨，他的那种欣赏，是从伦敦的克尔②那里学来的。还有，这俩人谁也没发现，孩子们是否实际理解了作者所写文字，因为那只是"皮毛"。而这所谓皮毛，随便指派几个人，原本都可以相当准确地得到检测。在主考官眼皮底下，孩子们原本用不着做这类精神体操（spiritual gymnastics）。老式的那种考试，更妥当。

　　当然，我们会碰到很多人，给我们解释说他们上学时就为应付那种老式考试而"学"诗，说要是诗歌没被如此"糟践"，他们如今已是诗歌知音。理论上讲，有这可能。要是没人考他们经学，他们没准如今已是圣人了呢。要是没被

---

　　① 利维斯（F. R. Leavis，1895—1978），剑桥大学文学批评家，新批评的代表人物。美国批评家乔治·斯坦纳在《语言与沉默》中曾说："他使'博士'这个平庸的学衔成为自己名字的一部分，缪斯女神只授过两个人博士学位，一个是他，另一个是约翰逊博士。"（李小均译，上海人民出版社，2013，页260）

　　② 克尔（W. P. Ker，1855—1923），苏格兰文学学者及散文家。

放进军官学校,没准他们已经成了军事家或英雄呢。或许如此吧。不过,我们为什么要信其然。对此,我们只有他们的一面之词;再说了,他们又是如何得知?

17　时代批评[①]

Period Criticism

　　几天前,翻开《听众》杂志(*The Listener*),碰到詹姆斯·斯蒂芬斯先[②]生论切斯特顿的一篇文章。依我看,此文不厚道,甚至不公。[③]　其中对切斯特顿之指控,主要有二:其一,他太过公共([public]因为在斯蒂芬斯先生看来,诗歌是一件很私密的事);其二,他"过时"(dated)了。头一个指控,或许

---

　　①　首刊于 1946 年 11 月 9 日的《时代与潮流》(*Time and Tide*)的"随笔"栏目。本无标题,此题系路易斯后来所加。

　　②　【原编注】詹姆斯·斯蒂芬斯(James Stephens,1882—1950),爱尔兰诗人,小说家。

　　③　【原编注】'The "Period Talent" of G. K. Chesterton',*The Listener*(17 October 1946).

无需多费唇舌。斯蒂芬斯先生与我都发现,我们中间横亘着一道非常著名的藩篱。我必须坦然承认,斯蒂芬斯先生那边就是当前的流行观点。可我仍旧认为,取证担子就在那些把一些作品描述为"私人"写作('private' compositions)的人身上。要知道,那些作者费劲巴拉地让作品付梓印刷,打广告,在书店卖。这可真是一种守私密的奇怪方法。不过,这问题倒可以缓一缓。切斯特顿也不会操心此事。认为任何通俗易懂、广为传颂的诗歌(如欧里庇得斯、维吉尔、贺拉斯、但丁、乔叟、莎士比亚、德莱顿、蒲柏及丁尼生的诗)必然只是"农民"诗歌('peasant' poetry),这一论调,对最大渴望就是恢复农民尊严(the restoration of the peasantry)的一个人不会造成伤害。然而"过时"的问题依然还在。

在此我禁不住想反戈一击,反问一句,跟斯蒂芬斯先生本人相比,还有哪位作家更没跑地沾染特定时代气息。神话学与神智学①之奇特混合——潘②与安

---

① Theosophy,神智学,亦译"通神论"。卢龙光主编《基督教圣经与神学词典》(宗教文化出版社,1997)释 theosophy(神智学):"泛指任何神秘主义哲学与宗教学说,强调直觉和实时体验神意的思想,亦可特别指1875 年在美国创立的神智学会(Theosophical Society)的信条。"

② 潘(Pan),希腊神话中的畜牧神,人身、羊角、羊耳、羊足,据说他一出现,会造成受惊畜群一般的紧张,故而有 panic 一词。

古斯①，矮妖②与天使、转世再生与黛特之悲伤③——倘若

这没将人带回格雷戈里夫人④、艾（AE）⑤以及中年叶芝的

_____

①　安古斯（Aengus，亦作 Aonghus），爱尔兰神话里象征美丽、年轻与肉欲之爱的神。

②　矮妖（leprechauns），爱尔兰民间传说中的妖精，小老头模样，常戴三角帽，系皮围裙。天性孤独，据说住在很远的地方，会缝制鞋靴。他钉鞋的声音，会暴露他在哪里。他藏有一坛黄金。如果人们捉住他，以暴力相胁并盯住他时，他就会说出藏金子的地方。但人们往往受骗而旁顾，他则乘机逃之夭夭。

③　黛特（Deirdre，亦译黛尔德），早期爱尔兰文学"厄尔斯特系列故事"中忠贞不渝的爱情故事《尤斯内奇诸子的命运》里温柔美丽的女主人公。据较早版本描述，黛特出生时，一个凯尔特巫师预言，许多男子将因她而死。于是，她被迫去与世隔绝中成长，出落得如花似玉。国王康纳尔爱上了她，她却钟情于尤斯内奇之子诺伊西。二人私奔苏格兰，同行者有诺伊西的两兄弟。四人一起在苏格兰过着世外桃源生活，直至被奸诈的国王康纳尔骗回爱尔兰。尤斯内奇的三个儿子均遭杀害，并因此在厄尔斯特引起一系列反叛和流血事件。黛特为免遭康纳尔毒手，以头触岩自尽。后来文本删去故事前半段，大力渲染悲剧结局，让黛特自尽之前与康纳尔共同生活一年，但从未露过一丝笑容。（参《不列颠百科全书》卷五，页 207）

④　格雷戈里夫人（Lady Gregory，1852—1932），爱尔兰剧作家。曾在 19 世纪后期爱尔兰民族文学复兴运动中发挥巨大作用。其文学生涯始于丈夫去世（1892 年）之后。1898 年与叶芝相遇，成为他的终生朋友和保护人。曾整理爱尔兰神话，并译成英语。（参《不列颠百科全书》卷七，页 285）

⑤　路易斯所谓"格雷戈里夫人、艾（AE）及中年叶芝的世界"，即指 19 世纪末 20 世纪初的爱尔兰文艺复兴运动。艾（AE），乔治·威廉·拉塞尔（George William Russell，1867—1935）的笔名，爱尔兰诗人、画家、神秘主义者，一生醉心于通神论、宗教起源和奥秘经验；与叶芝一道，是 19 世纪末 20 世纪初爱尔兰文艺复兴的主要人物。（参《不列颠百科全书》卷一，页 8）

世界，①甚至布莱克伍德先生②的世界，那么，"时代"（peri-od）一词还真就毫无意义了。在我们这个世纪，还很少有书写得像《金坛子》③这样，由内部证据表明，这么快就趋于过时。即便是斯蒂芬斯先生的这一奇怪看法，即侦探故事（切斯特顿因此背上污名）不知怎地助长了第一次德国战争，也可以驳回（retorted）。这就好比将纳粹意识形态，追溯至斯蒂芬斯先生本人著作里的狂欢因素（orgiastic elements），同样也可以振振有词：追溯至潘神崇拜、追溯至背叛理性（哲学家的旅行、入狱与得救象征着这一点）或丑八怪的形象。斯蒂芬斯先生，令人禁不住想起"凯尔特的薄暮"④与秘术

---

①　叶芝（William Butler Yeats, 1865—1939），爱尔兰诗人、剧作家、散文家，20世纪最伟大的英语诗人之一，1923年获得诺贝尔文学奖。1898年认识格雷戈里夫人，成为密友，后者当时正在整理古代传说。由于认为诗歌和戏剧能团结爱尔兰民族，故而与格雷戈里夫人等人一道创办爱尔兰文学剧院，领导爱尔兰文艺复兴运动。叶芝一直担任剧院导演，直到去世。（参《不列颠百科全书》卷十八，页404）

②　布莱克伍德（Algernon Blackwood），英国神怪故事作家。1906年出版第一部短篇小说《空房子》，成为职业作家。晚年在英国电台和电视台讲鬼怪故事，很受欢迎。（参《不列颠百科全书》卷二，页506）

③　《金坛子》（The Crock of Gold），斯蒂芬斯的成名作。

④　叶芝有书名为《凯尔特的薄暮》（The Celtic Twilight），是一部以诗人激情整理并以诗歌笔法写出来的优美的爱尔兰神话传说集。其风格和形式有点类似蒲松龄的《聊斋志异》，但不同的是，其中更多强调诗人对魔幻世界的思索与感激。（参《凯尔特人的薄暮》，殷杲译，江苏人民出版社，2007）

（[serious occultism]叶芝以见习魔法师自许）之混合。与此相比，也许不难断定，切斯特顿的想象之作的神学背景之过时，简直是小巫见大巫了。

尽管这样反戈一击是轻而易举，却不值得。证明斯蒂芬斯先生业已过时，证明不了切斯特顿青春永驻。而且就我而言，不用这种人身攻击来答复斯蒂芬斯，还另有原因。我依旧喜欢斯蒂芬斯的著作。在我的私人先贤祠里，斯蒂芬斯的席位虽低于切斯特顿，却相当稳固。之所以低，是因为《金坛子》《半神们》及《女人们》中的枯木朽株（dead wood）比例（《黛特》中则无枯木朽株），[①]高于《白马歌》《代号星期四》或《飞翔的客栈》。[②] 斯蒂芬斯先生大段大段地写，在波士顿通常会被称作"超验主义"[③]的东西。我想，这

---

① 【原编注】《金坛子》（*The Crock of Gold*，1912），《半神们》（*The Demi-Gods*，1914），《女人们》（*Here are Ladies*，1913），《黛特》（*Deirdre*，1923），均为斯蒂芬斯的作品。

② 【原编注】《白马歌》（*The Ballad of the White Horse*，1911）、《代号星期四》（*The man Who was Thursday*，1908）和《飞翔的客栈》（*The Flying Inn*，1914），均为切斯特顿的作品。

③ 尼古拉斯·布宁、余纪元编著《西方哲学英汉对照辞典》（人民出版社，2001）释"超验主义"（Transcedentalism）：

19世纪早期发生在美国的一场精神的和哲学的运动，代表人物是R. W.爱默生和H. D.西奥鲁，也被称为"新英格兰超验主义"。（转下页注）

些长段落都不好，有时甚至荒唐可笑。既然它们一直糟糕，就无所谓过时了。可另一方面，其巨大的（以及本来意义上的拉伯雷式的）喜剧效果——哲学家被捕或奥布莱恩的死后历险及三便士硬币——均余味无穷（inexhaustible）。那个绝妙的流浪汉帕齐·麦卡恩（Patsy MacCann）的性格刻画也是如此。那头驴子亦然。还有自然描写，在风中紧抱树叶巍然不动的那棵树，说"我是鸦精"的那只乌鸦。斯蒂芬斯令我欲罢不能。要是有人写一篇恶毒的蠢文说，斯蒂芬斯先生只是"一代"之天才，只要笔管里还有一滴墨水，我一定跟他论战到底。

（接上页注）它以设在波士顿的所谓"超验俱乐部"为中心，并出版季刊《日规》（*The Dial*）。由于深受德国唯心主义和浪漫主义的影响，它宣称，存在着一个整体的、超灵魂的精神，这精神处于日常世界的空间和时间范围之外，但同时又内在于世界之中，构成更高的精神实在。它倡导禁欲的生活方式，强调自我信赖和公共生活，拒绝当代文明。生命的最终目标是实现与这精神实在，即与本性的神秘统一。超验主义被认作是思辨哲学和半宗教信仰的混合。这场哲学运动对存在主义、詹姆斯的实用主义和当代环境哲学都有很深影响。

从广义上讲，超验主义指强调超验性的任何学说，并被当作超验哲学的同义语。在这种意义上，一切类型的绝对哲学，尤其是那些强调在有限世界之上的绝对的超验性的唯心主义者们的体系，均被视为超验主义的范例。这样，超验主义者的目的便不同于康德超验哲学的目的。后者批评那些力图把知识伸展到经验之外的人，并寻求超验论证来建立经验可能性的条件。

真相在于，围绕时期(dates)或时代(periods)转来转去的批评，就跟依据年龄段来为读者分类一样，整体上都稀里糊涂(confused)甚至俗不可耐(vulgar)。（我的意思可不是说，斯蒂芬斯先生是个俗人。然而一个人虽非俗人，却可以做出俗事。你在亚里士多德的《尼各马可伦理学》里就能找到解释。）之所以俗，是因为它诉诸人的入时欲望(the desire to be up to date)：只适合裁缝的一种欲望。之所以糊涂，因为它把一个人"属于时代"(of his period)的不同方式，打包处理。

一个人或许在否定意义上"属于时代"。也就是说，他所应对的事情，并无永久兴味(permanent interest)，却因一时风尚而看似饶有兴味。赫伯特的祭坛形或十字架形的诗作，是如此；① 凯尔特派的秘仪元素(occultist elements)或

---

① 路易斯这里说的是英国玄学派诗人乔治·赫伯特(George Herbert，1593—1633)著名的形体诗(shape poem)。何功杰教授的《漫话形体诗:英语诗苑探胜拾贝》一文说:

形体诗的源泉最早可以追溯到古希腊。大约在公元四世纪以前，一些古希腊的田园诗人就开始写形体诗，他们把诗行排成"斧头"形状或"鸡蛋"形状。这些诗最早见于《希腊诗集》。在英国文学作品中，这种诗体最早出现在十六世纪;到了十七世纪时这种诗体已传到整个西欧。当时英国有一批诗人用这种诗体来表达他们的崇教思想，如赫伯特(Herbert)，赫利克(Herrick)，伯吞汉姆(Puttenham)，威塞(Wither)，夸尔（转下页注）

许也如此。一个人容易变成这样的"过时",恰巧是因为他急于不过时,急于"入时"(contemporary):因为与时俱进,当然啦,也就去了一切时期都去的那儿了。另一方面,一个人或许在这样一种意义上"过时":他借以表达有永久兴味之事的那些形式(forms)、装配(set-up)、行头(paraphernalia),属于某特定时代。在这个意义上,最伟大的作家常常最

（接上页注）斯（Quarles），本洛斯（Benlowes）等，其中以赫伯特的《祭坛》（"The Altar"）和《复活节的翅膀》（"Easter Wings"）最为有名。（见《名作欣赏》2004 年第 10 期,页 21）

路易斯所说的赫伯特的祭坛形诗作就是《祭坛》（The Altar），十字架形诗歌应就是《复活节的翅膀》（Easter Wings）。比如《祭坛》一诗:

A broken ALTAR, Lord, Thy servant rears,

Made of a heart, and cemented with tears,

Whose parts are as Thy hand did frame;

No workman's tool hath touched the same.

A HEART alone

Is such a stone

As nothing but

Thy power doth cut.

Wherefore each part

Of my hard heart

Meets in this frame,

To praise Thy Name:

That, if I chance to hold my peace,

These stones to praise Thee may not cease.

O, let Thy blessed SACRIFICE be mine,

And sanctify this ALTAR to be Thine!

过时。显然，没人比荷马更古希腊，比但丁更学究，比傅华萨①更封建，比莎士比亚更"伊丽莎白"。《秀发遭劫记》②是一部完美（却从不陈旧的）古董（period piece）。《序曲》③弥漫着时代气息。《荒原》每行都有"二十世纪"之烙印。细心的学生也会看到，《以赛亚书》（Isaiah）不会撰写于路易十四之宫廷，更不会在现代芝加哥。

真正的问题是，切斯特顿在哪种意义上属于其时代。他的许多作品，无可否认，都是朝生暮死的报章文字：那是第一种意义上的过时。那些随笔小册子，如今大多只有历史兴味（historical interest）。它们在斯蒂芬斯著作中的对应物，并非浪漫传奇，而是刊于《听众》杂志的那些文章。而切斯特顿的想象之作，在我看来，则处于不同位置。它们当然散发着其撰写年代的气息。④《白马歌》中的反日耳曼主义（anti-Germanicism），属于贝

---

① 让·傅华萨（Jean Froissart, 1337—1405），法国中世纪著名编年史家、神父，著有《闻见录》（*Chronicles*）。该著不同于当时盛行的基督教史学，用大量篇幅和生动笔触，记述了 1326—1400 年骑士时代西欧的社会风情、骑士们行侠仗义的事迹以及百年战争的场面。

② 《秀发遭劫记》（*The Rape of the Lock*），英国诗人蒲柏（Alexander Pope, 1688—1744）的长篇叙事诗。湖北教育出版社 2007 年出版黄杲炘之中译本。

③ 《序曲》（*The Prelude*），英国诗人华兹华斯（William Wordsworth, 1770—1850）的自传体长诗。

④ 本句原文为：They are, of course, richly composed. 依 lewisiana 网站考订，这里有印刷错误，完整句子应为：They are, of course, richly redolent of the age in which they were composed. 拙译从之。

洛克(Belloc)先生[①]愚蠢的昙花一现的异端。在智识层面,此人对切斯特顿一直有一种灾难性的影响。在浪漫传奇中,那些剑杖、双座马车、无政府主义者,既令我们梦回一个真实的伦敦,又梦回一个想象的伦敦(见《新一千零一夜》)。而这两个伦敦,都已渐渐远去。可是,怎么可能看不到,贯穿这一切的却是永久的、不拘于时的?《白马歌》的主题——阿尔弗烈德[②]从圣母玛利亚那里领受的悖谬信息(highly paradoxical message)——不就是体现这种感受,这样一种唯一可能的感受:在任何时代,几近失败的人们带着这种感受,重整旧部,重获胜利? 也就在最近那场战争的最低谷,有位独辟蹊径的诗人(鲁思·皮特女士)[③],用这句诗无意之间而又不可避免地奏响了同一根琴弦:

神圣而绝望的希望一旦沉没

就全部沦亡

---

① 贝洛克(Joseph-Pierre Hilaire Belloc, 1870—1953),法裔英国诗人、史学家、散文作家,切斯特顿的好友。

② 阿尔弗烈德(Alfred, 849—899),别称阿尔弗烈德大帝。英格兰西南部撒克逊人的威塞克斯王国国王(871—899)。他使英格兰免于落入丹麦人之手,并促进了学术和文化的发展。

③ 鲁思·皮特(Ruth Pitter, 1897—1992),英国女诗人,1955年获得女王诗歌金质奖章。

All but divine and desperate hopes go down

and are no more.

因而,就在法国沦陷之后那些前途未卜的时日,一位年轻朋友(正要加入皇家空军)和我,发现自己彼此整节整节地征引《白马歌》。别的什么都不谈。

小说中也同样如此。重读一下《飞翔的客栈》吧。艾维伍德(Ivywood)勋爵是否已经过时? 这位空谈理论的政客,既贵族又革命,不近人情,胆大,夸夸其谈,将最邪恶的变节和最令人发指的压迫跟那些回荡着高风亮节的时代混为一谈——难道这也过时? 任何一位现代记者,谁读到希布斯·豪恩①没感到中枪? 或者重读一下《代号星期四》吧。将他跟另一位杰出作家卡夫卡比较一下。二人之别,难道仅仅就是一个"过时",一个当代? 抑或是,尽管二人都有力呈现了,我们每人(表面上)单枪匹马挑战世界时所遭遇的孤独和迷茫,但是切斯特顿,由于赋予世界一幅更为精致的假面,由于承认这挑战之豪情与恐怖,因而更见深刻,更中

----

① 希布斯·豪恩(Hibbs However),广为人知的漫画人物,政治记者。

正——在此意义上，更古典，更久长？

　　我要告诉斯蒂芬斯先生的是，在这些故事中不见别的、只见爱德华"时代"篇什的那个人，会是什么样的人。这号人，翻看斯蒂芬斯先生的《黛特》（在作者众多著作中，当之无愧的近乎完美的杰作），见到这些名字（康诺哈、黛特、弗格斯王、涅苏），①就嘴里念叨"全是些老阿贝剧院的劳什子"，不再阅读。倘若斯蒂芬斯先生宅心仁厚，不愿答以这号人就是蠢货，那我就替他代劳。这号人也会是个大红大紫的蠢货（notable fool）。蠢就蠢在：其一，不喜欢早期叶芝；其二，认定任何具有同样主题的书籍，都有似早期叶芝；其三，错失了一些最精良的英雄叙事，错失了一些最哀而不伤的怅痛，错失了我们这个世纪所见到的最明净的散文。

---

　　①　康诺哈（Connohar），黛特（Deirdre），弗格斯王（Fergus），涅苏（Naoise），均为爱尔兰古老传说中的人名。

18　文学中的不同趣味①

Different Taste in Literature

关于所谓趣味（Taste）差异带来的难题，我是一想再想；尽管趣味一词的意涵（implication），要是认真对待，也就不会有任何难题了。② 假如我们真以为，某人选择露比·艾尔丝女士③还是托尔斯泰，跟选择淡啤酒还是苦啤

①　首刊于1946年5月25日和1946年6月1日《时代与潮流》(*Time and Tide*)的"随笔"栏目。本无标题，此题系编者瓦尔特·胡珀所加。

②　西人有古话说，"趣味无争辩"。其意思是说，你爱吃川菜，我爱吃粤菜，这等关于taste的问题，无可置辩。taste一词，在现代成为美学关键词，汉语通译"趣味"，拙译为突出此"互文性"，不再改译，尽管随文改译可能会更加通畅。

③　露比·艾尔丝(Ruby M. Ayres)，英国通俗小说家，以所谓"新女性小说"(Newwoman's Fiction)闻名。

酒毫无二致,那么我们就不应该讨论趣味,至少不应该认真讨论。可事实上,我们并不这么想。争得面红耳赤之际,我们或许会这样说,但我们并不信。在艺术领域某些偏好(preferences)确实胜于别的,这一观念无法打消。[①] 这就与艺术领域好像并无客观检验(objective tests)这一事实产生冲突,于是问题就又来了。

切莫以为我打算用单篇文章解决这一问题。我只是最近琢磨,我们是否因起始误述(initial mis-statement),才使问题节外生枝,变得棘手。一次又一次,你会发现,有作家从一开始就认定,某些人喜欢滥艺术跟别的人喜欢好艺术,那个喜爱(like)没啥两样。我要质疑的,正是这一点。我打算提出,在某些清晰可辨的意义上,滥艺术从未获得任何人的厚爱(succeeds with anyone)。

[①] 休谟在《论趣味的标准》中说:谁要硬是说奥基尔比和密尔顿、本扬和艾迪生在天才和优雅方面完全均等,人们就一定会认为他是在大发谬论,把丘垤说成和山陵一样高,池沼说成和海洋一样广。即使真有人偏嗜前两位作家,他们的"趣味"也不会得到重视;我们将毫不迟疑地宣称,像那样打着批评家招牌的人的感受是荒唐而不值一笑的。遇到这种场合,我们就把"趣味天生平等"的原则丢在脑后了;如果相互比较的事物原来近乎平等,我们还可以承认那条原则;当其中的差距是如此巨大的时候,它就成为不负责任的怪论,甚至显而易见的胡说了。(吴兴华译,见《古典文艺理论译丛》第5辑,人民文学出版社,1963,页4)

先得解释一下，我用滥艺术（bad art）一词指什么。倘若你说的滥艺术就是，比方说吧，《尼伯龙根的指环》①《玛米恩》②及沙利文③，那么众所周知，我打算提出的理论就不管用了。你所划的标准，肯定比那低出好多。你所谓的滥艺术，肯定是指这样一些东西：认真讨论此问题的人根本不会考虑，每台收音机都在滴滴嘟嘟，每个流动图书馆都在四处撒播，每家旅店都贴在墙上。我要抨击的那个误述则是在说，某些人乐享（enjoy）这些东西，跟另一些人乐享好艺术毫无二致。这些东西，如埃拉·惠勒·威尔科克斯女士④的诗，或音乐中最新的流行潮。我也会把一些招贴画

---

① 《尼伯龙根的指环》（*The Niblung's Ring*），德国作曲家瓦格纳（R. W. Wagner, 1813—1883）之代表作。

② 《玛米恩》（*Marmion*），英国历史小说家 W. 司各特（Walter Scott, 1771—1832）之长诗。

③ 疑指英国作曲家沙利文（Sir Arthur Seymour Sullivan, 1842—1900）。他与 W. S. 吉尔伯特一起创立了独具特色的英国轻歌剧。

④ 埃拉·惠勒·威尔科克斯（Ella Wheeler Wilcox, 1850—1919），美国诗人，作家。她是著名的通俗诗人（popular poet），而不是文学诗人（literary poet），其受欢迎程度，堪与惠特曼比肩。换言之，其诗歌成就就在于通俗，而不在于文学。其许多诗句，至今仍广为流传。如：Laugh and the world laughs with you, / Weep, and you weep alone; / The good old earth must borrow its mirth, / But has trouble enough of its own. 一位不知名网友译为："你欢笑，这世界陪你一起欢笑；/ 你哭泣，却只能独自黯然神伤。/ 只因古老而忧伤的大地必须注入欢乐，/ 它的烦恼已经足够。"

包括其中,但决非全部。①

当然啦,这些东西无疑在某些方面讨人喜欢。无线电有人收听,小说进入流通,诗作有人购买。然而我们是否有证据表明,它们在任何人生活中所占据的位置,就与好艺术在那些爱它的人的生命中所占位置相同?有人以滥音乐为乐,就在他乐哉悠哉之际,观察观察。他胃口确实大。心爱的音乐,打算一天听好多遍。然而音乐播放中间,他会聊天,不认为该停止聊天。他参与其中。嘴哼着调儿,脚打着拍子,在屋内翩翩起舞,用手中香烟或马克杯作指挥棒。播放完毕,抑或还没播完,他就跟你聊起别的事来。我说的是播放"完毕";而当音乐在另一意义上"完毕"(over),当那歌曲或舞曲不再时尚,也就不再想起它,除非是出于好奇。

---

① 路易斯在《文艺评论的实验》中说:以少数人给予好画作的那种全面又有节的"接受"(full and disciplined 'reception'),来乐享拙劣画作,是不可能的。我最近认识到了这点。当时我在车站等车,附近有一块广告牌。有那么一两分钟,我发觉自己真的在看一张海报——画面上,一个男人和一个姑娘在酒店里喝啤酒。它当不起这等待遇。无论初看上去它具有何种优点,每增加一秒之注意,此优点就减一分。微笑变成蜡像的僵笑。颜色是尚可忍受的写实,或者在我看来如此,却一点也不令人欣悦。构图中没有一点让眼睛满足的东西。整张海报,除了是"关于"某些事情('of' something)之外,并非悦人之对象(a pleasing object)。我想,任何一幅拙劣画作在细看之下,定都如此下场。(拙译《文艺评论的实验》第三章第16段,华东师范大学出版社,2015)

在文学领域,滥艺术的"消费者",特征甚至更容易厘定。他(或她),可能每周都亟需一定的小说配给;如果供应不上,就会焦灼。可他从不重读。敏于文学者(the literary)与盲于文学者(the unliterary)之分际,在此再清楚不过。一点都不会弄错。敏于文学者重读,别的人只是阅读。一经读过的小说,对于他们,就像昨天的报纸。有人没读过《奥德赛》或马罗礼①或包斯韦尔②或《匹克威克外传》,这不奇怪。可是,若有人告诉你他读过它们,从此就万事大吉,(就文学而言)这就奇怪了。这就好比有人告诉你,他曾洗过一次脸,睡过一次觉,吻过一次妻子,散过一次步。滥诗是否有人重读(它可能沦落到空卧房里了),我有所不知。意味深长的,正是我们有所不知这一事实。它不会溜进顾主们的谈话。没人发现,两个滥诗爱好者会称引诗句(capping quotations),并在良辰美景之夜专心致志讨论他们的心爱诗行。滥画亦然。买画者说,无疑是真心诚意地说,他

---

① 马罗礼(Sir Thomas Malory,创作时期约1470)。英国作家,身份不明,因《亚瑟王之死》一书而闻名。此书是英国第一部叙述亚瑟王成败兴衰及其圆桌骑士们的伙伴关系的散文作品。

② 包斯威尔(James Boswell,1740—1795),英国著名文人约翰逊博士的苏格兰朋友,最伟大的英文传记《约翰逊传》的作者。

看它可爱、甘甜、美丽、迷人或（概率更高的）"妙"（nice）。可画一挂起来，他就视而不见，也从不再盯着看了。

在这一切当中，我们的确找到了真实想望（want）滥艺术的征兆，但这一想望与人对好艺术的想望，甚至不是同一品种（species）。滥艺术的顾主，明显渴望——并得到——生活之装点，某种能填补尴尬时刻的东西，填充心灵后备箱的"包裹"或填充心灵肚囊的"粗粮"。这里绝无悦慕（joy）[1]：这种体验用刀刃重刻整个心灵，产生"神圣颤栗"[2]，令一个人（恰如"风乐"令皮普）感到"眩晕，跟我从前和妻子恋爱时的情形一样"[3]。滥艺术中的快乐，并不是人

---

[1] 　关于路易斯终生都在强调的 joy，为何不可译为"喜乐"，只能勉强译为"悦慕"，拙译路易斯《惊喜之旅》译后记曾做过专门辨析。这里仅引用《惊喜之旅》中解释"悦慕"的一段文字，供诸君参考：

它关乎一种未满足的渴欲（unsatisfied desire），这一渴欲本身比任何别的满足更为可欲（desirable）。我称之为悦慕（joy）。这是个专门术语（a technical term），必须与幸福（Happiness）与快乐（Pleasure）明确区分开来。（我所说的）悦慕，与幸福及快乐二者之共通之处，其实有一个，而且只有一个：任何人只要体验过它，就还想再体验一次。除了这一事实，就悦慕之品质而论，几乎最好称之为某一特定种类的不幸或悲伤（a particular kind of unhappiness or grief）。可那正是我想要的。我拿不准，任何人尝过悦慕滋味，假如悦慕与快乐都在他的掌控之中，会不会用尘世的一切快乐来换取它。只不过，悦慕从未在我们的掌控之中，而快乐往往则是。（页 27）

[2] 　原文为"the holy spectral shiver"，不知典出何处。

[3] 　路易斯在《高下转换》（Transposition）一文中，引用过 （转下页注）

在好艺术里所得快乐出现于不幸情境。对滥艺术的欲望
（desire），是积习难改的欲望：恰如烟民对烟的欲望，其标志
不是正果（fruition）之中的强烈愉悦，而是否决（denial）之后
的极端不适。

　　因而，人在艺术中初次体验到的真正悦慕（real joy），并
不是先前那些单调快乐（humdrum pleasures）的竞争者。
孩提之时，我从《古罗马之歌》①（此书其实不怎么滥，几乎
不足为证，但不得不援用——父亲的书架上没有地地道道
的滥书）转向《邵莱布和罗斯托》②，我一点也不觉着正在得

（接上页注）《皮普日记》（*Pepy's Diary*）的这则日记："携妻子去国王剧院
看歌剧《圣女贞德》（*The Virgin Martyr*），结果看得高兴得不得了。⋯⋯
不过其中最让我兴奋的地方就是当天使下凡时所弹奏的那段风乐，而且
乐声甜美得叫人神魂颠倒，几乎使我真的眩晕了，跟我从前和妻子恋爱时
的情形一样⋯⋯于是我决心学风乐弹奏，并且还要求我太太也一起学。
（1688 年 2 月 27 日）"

　　①　《古罗马之歌》（*Lays of Ancient Rome*，1842），英国维多利亚时
代早期辉格派历史学家、政治家麦考莱（Thomas Macaulay）的叙事组诗。

　　②　《邵莱布和罗斯托》（*Sohrab and Rustum*，1853），马修·阿诺德的
叙事诗。路易斯曾这样叙写自己首次的阅读体验："一搭眼，我就爱上了
这首诗，从此就一直爱着。阿姆河在诗的头一行升起雾纱，整部诗就弥漫
着一种奇特的清冷，一种遥远静谧的怡人气息，一股深重的忧郁，将我挟
裹。我那时还无法欣赏其核心悲剧，那是此后才学的；令我着魔的是有着
象牙般额头白皙双手的北京艺术家，皇家园林里的松柏，对罗斯托少年时
的回顾，来自喀布尔的小贩，还有花剌子模废墟之死寂。阿诺德一下子就
给我开了一窍（而且仍是他最好的给予），这一窍确实非关一（转下页注）

到某样已知快乐,只不过数量更大或品质更好而已。那种
体验更像是,有架衣橱,你此前看重它是因为这是挂大衣的
地方,有一天你打开柜门,却发现它原来通向金苹果园;①
好比某种食物,你就爱那个味,有一天却证明(就像龙血那
般)能使你听懂禽鸟说话;②就好比水,除了解渴,突然变得
醉人。你发现,原来的平平常常的"诗歌"(Poetry),能被用
于且坚持被用于一个全新目标(a wholly new purpose)。这
一转变,人们往往以"这孩子开始喜欢诗歌"或"开始喜欢好
诗"简单打发掉了。真正发生的事情是,处于后台的某样东
西,生命中一样原本微不足道的快乐——跟奶糖没啥不
同——蹿上前台,挟裹了你,直到你(像皮普那样)"晕眩",
直至你颤栗,像恋人一样神魂颠倒。

　　所以我才心下思忖,我们切勿简单地说,有人喜欢好艺

(接上页注)种无动于衷的见识,而是关乎对远方事物的一种热衷又沉静
的凝视。"(拙译路易斯《惊喜之旅》页 77—78)
　　①　金苹果园(the garden of the Hesperides),亦译"赫斯珀里得斯三
女神的花园"。据希腊神话,赫斯珀里得斯(Hesperides)是负责看守金苹
果树的嗓音清澈的少女,此树则是该亚在赫拉嫁给宙斯时送给她的礼品。
她们通常为 3 人,也有说法称她们多至 7 人。
　　②　《尼伯龙根的指环》第二场,英雄齐格弗里德(Siegfried)屠龙,恶
龙鲜血烫伤他的手,他本能地舔了舔沾血的地方,结果意外地获得了听懂
林中鸟儿语言的能力。

术,有人喜欢滥艺术。动词喜欢(*like*)在这儿捣鬼。你或许也会从法语 *aimer* 一词的用法推论说,某男人"爱"某女人恰如他"爱"高尔夫,并开始企图根据"趣味"高下来比较这两种"爱"。① 事实上,我们成了一语双关的受害者。恰当的表述是,有些人喜欢滥艺术;而好艺术所生发的那种应答(response),用"喜欢"来形容就是用词不当。这一另类应答,滥艺术或许在任何人身上从未生发。

从未?难道没有这样的书,(小时候)在我们身上就生发我方才所描述的那种陶醉(ecstasy),如今却被我们判为滥书?有两种回答。其一,如果我所提出的理论,在绝大多数情况下适用,那么就值得考虑一下,这一明显例外或许不只是表象(appearant)。无论何书,无论哪个读者,无论他多么年幼,只要它确实给他当头一棒,那么这书或许还真就有些好处。其二——不过,我必须在下一周讲了。

上周说到,滥艺术从来不像好艺术那样"得到乐享"(enjoyed)。滥艺术只会"被喜欢"(liked):它从未警醒、征

---

① 法语 *aimer* 一词,兼有英文 love 与 like 二义。

服并俘获。我这样说，现在碰到了一个困难。最好的表述，出自那个已被人遗忘的杰出艺术家里德先生①。在那本名为《背叛者》的小自传里，他描写了自己孩提时在玛丽·科里利女士②的《阿德斯》(*Ardath*)中得到的愉悦。即便在那个年纪，书的最后一部分在他看来，"如此糟糕，以至于削弱了早先的印象"。不过，早先的印象还是留了下来。里德先生或许出于明智，成年时不再冒险去重读。他担心："其绮丽给我留下的印象极可能就是俗气，其充满激情的冒险留下的是煽情，其诗意留下的是扭捏作态。"尽管如此，里德先生（在这种事上，他跟任何人一样，不太可能上当受骗）还是补充说，没必要"装腔作势，说原先的快乐根本就不是审美快乐。它就是。这才是症结所在"。于是他提出这项重要意见："那时我所得到的，大概是科里利女士想象中的《阿德斯》；如今我会得到的，则是她实际完成的逊色许多的《阿德斯》。"

---

① 里德(Forrest Reid，1875—1947)，爱尔兰小说家、评论家，代表作是自传《背叛者》(*Apostate*)。

② 玛丽·科里利(Marie Corelli，1855—1924)，英国女作家，写过 28 部浪漫主义长篇小说。其小说辞藻华丽、多愁善感，很受维多利亚女王喜爱，在当时非常流行。（参《不列颠百科全书》卷四，页 484）

　　这一诊断，或许不对。里德先生得到的，或许是作者想象中的《阿德斯》，或许就是自己想象中的《阿德斯》；也就是说，他乐享的或许其实就是他自己的一个初萌之作（embryonic composition），只是由该书的一些影子所激发。不过，没必要在这两种可能之间做决断。关键在于，无论是哪种可能，他当时乐享该书，其实都不是因其所是（not for what it really was），而是因其所非（but for what it was not）。这种事很是经常，当读者的想象力高于作者，又比作者年轻，又不挑剔的时候。因而，对一个想象力如繁花初开的孩子而言，拙劣不堪的一幅征帆图，可能也就万事俱备了。说实在的，他几乎压根就没看这画。刚一搭眼，他就已经神驰千里之外了，嘴唇上已经有了咸水的味道，船首时起时伏，海鸥表明未发现的国度已近在咫尺。

　　我不会承认，一般说来，这就推翻了滥艺术从未令人如痴如醉（enraptures）这一原理。它推翻的或许是，动不动就将此原理用作测量杆。如此，则再好不过。我们想确保，好艺术与滥艺术之间有个真实分界，我们所谓的趣味提升不沦为无谓的波动起伏。至于说在任何实例中，我们都应确切知道孰是孰非，就不那么必要，甚至不那么可欲了。海市蜃楼的存在（就里德先生而言，这海市蜃楼不是由玛丽·科里利女士的文字所引发，而是栖息于她的文字），并未推翻这条原理。在海市蜃楼中，我们乐享的是不在那里的东西——是我们为自个创造的东西，抑或说是从另一部更好的作品中忆起来的东西，而眼前这作品只是让我们忆起那部作品而已。这跟芸芸众生对滥艺术的"喜欢"或"欣赏"，确然有别。滥情诗歌、滥小说、滥画以及易唱曲目的顾主，通常乐享的正是就在那里的东西（what is there）。他们的乐享，如前所言，跟别人乐享好的艺术，没法比。

它不温不火，不痛不痒，无足轻重，积惯成习。它并不困扰他们，也不萦绕心头。将它与人在伟大悲剧或雅乐中的自失（rapture），同称为乐享（enjoyment），只不过是一个双关语（pun）。我仍坚持，陶醉（enraptures）及更化（transports）总是好的。在海市蜃楼中，这个好的事物并不在我们以为的那地方，也即不在书中或画里。但它本身是好的——恰如绿洲是个好的事物，尽管它远在百里以外，并不像沙漠旅行者所见，就在临近河谷。我们依旧没有证据表明，滥艺术实际具有的那些品质，可以为任何人带来，好艺术为一些人带来的东西。不是因为滥艺术给人快乐，而是因为它给人一种全然不同的快乐。我们切莫转换话题，问其中分际是否就是"审美"快乐与他种快乐之别。依照某些哲学定义，二者大概都是审美的。关键在于，没人会像一些人牵挂好艺术那样牵挂滥艺术。

如果是这样，那么摆在我们面前的其实就不是相互争竞的艺术经验，让我们不得不做出选择，以便"养成好的趣味"（form a good taste）——或者说，我们并不处于我正在考虑的那个水准线上。在那个水准线之上，当我们排除了有辨别力的人一致公认的滥艺术之后，才产生批评的问题（the critical problem）。你可以认定，柏辽兹①逊于巴赫，或雪莱逊于格拉肖②。不过我认为，任何作品，只要曾令某人心醉神迷——这才是关键所在——那就进入围栏以内。而我们所谓的"流行"艺术，其绝大部分，从未成为进入围栏之候选。它也没打算进去。其顾主也不想这样。他们从未想过，艺术可以如此或意在如此。

这样看来，好艺术的标准，就纯是经验的（purely em-

---

① 柏辽兹（Berlioz，1803—1869），法国浪漫派音乐家。

② 理查德·格拉肖（Richard Grashaw，1613—1649），英国玄学派诗人。

pirical）。虽无外部检验（external test），但也不会搞错。且
容我再进一步。我会提出，更微妙的分辨——也即只限于
围栏以内的分辨——总会（而且颇为正当）牵涉到的，并不
只是审美标准。于是你告诉我，我初听《帕西法尔》序曲①
的经验，逊色于你听巴赫激情音乐的经验。我深知你说得
没错。但是，我并不认为你的意思就是（或应该就是），瓦格
纳跟流行音乐是同一意义上的滥艺术。瓦格纳在围栏以
内。我珍视儿时哼唱的音乐喜剧曲调，跟我珍视《帕西法
尔》，那个珍视法不是一类。这样也就没有相互争竞的可能
性。当你还继续称瓦格纳"滥"（在一种高得多也微妙得多
的意义上），你其实一直引入技艺考量或道德考量——而后
者，在艺术圈里，那些运用它的人往往浑然不觉。于是你谴
责瓦格纳，说他平庸、肤浅或粗制滥造（这是技艺考量），或
者说他庸俗、淫荡或野蛮（这是道德考量）。而且我想，你说
得都蛮对。我只是请你注意，在我们先区分"真正的"、"好
的"或"严肃的"艺术和明显"滥的"或（只是）"流行的"艺术
时，这些标准，一个都不需要，或者说事实上一个都用不着。

---

① 《帕西法尔》（*Parsifal*），瓦格纳（Richard Wagner, 1813—1883）
编剧并谱曲的三幕歌剧，1882 年首度公演。

这从来就不是一个竞争者。瓦格纳之所以"好",只缘于一个事实:对于一个孩子,它能成为生命中最重要的东西,长达整整一年或多年之久。此后,随你的便。我所指的"好",已经确立了。①

一些糊涂虫理解不了,一条公理(譬如,关于等同于同一事物的两个事物的公理②)怎么会是真的。就此问题而论,倘若心灵找到了备选命题(alternative proposition),公理就不会是真的。不过,这里没有任何备选命题:只有一个句子,(从语法来看)看似是一个命题,但其实不是——因为你若将它念出来,心中并无波澜。同理,在对好艺术的经验之外,也无备选经验(experience alternative)。滥艺术所提供的经验,不是同一类。你从丁托列托那里得到的,可不是人人能从《峡谷之王》那里得到;③恰如没人能从水里,喝出

---

① 诸君若觉此段文字难以索解,可详参拙译路易斯《文艺评论的实验》第十一章。

② 括号内的原文为:say, that about things which are equal to the same thing. 路易斯所说的大概是这条数学公理:若 $A=C$,$B=C$,则 $A=B$.

③ 丁托列托(Tintorette,约 1518—1594),文艺复兴后期威尼斯画派著名的风格主义画家。《峡谷之王》(*The Monarch of the Glen*,1851),维多利亚时代学院派画家埃德温·兰斯爵士(Sir Edwin Landseer,1803—1873)的油画,原为威斯敏斯特宫而作。因长期用于广告而流行,如哈特福德金融服务集团(The Hartford Financial Services Group)以 (转下页注)

酒来。要是真能,那我倒不如说,路过板球场时,我停下来看下一个投球的那个突发好奇,跟足球场上群情激昂是一码事。

(接上页注)之为 logo。

【图 1】丁托列托《美惠三女神》(1578)　【图 2】兰斯爵士《峡谷之王》(1851)

19 论批评[1]

On Criticism

我想谈谈，兼为批评家的一位作者，如何借着阅读针对自己作品的批评，对身为批评家的自己有所裨益。不过，我必须稍稍缩小一下论题。人们通常假定，批评家的功用之一就是，帮助作者们写得更好。人们假定，批评家的褒贬，就向作者表明，何处及如何成功或失败；受惠于此诊断，作者下一次就能扬长避短。当蒲柏说"充分利用每位朋友和每一个仇敌"，他就是这样想的。[2] 我想要讨论的，压根不

---

① 本文应是路易斯的晚年之作，在《天外有天》中首次付诸出版。

② 原文是：Make use of every friend—and every foe. 语出蒲柏的诗体长文《批评论》第 213—214 行："要知道你的不足，别太相信自己：充分利用每位朋友和每一个仇敌。"(何功杰译)

是这个。因为照这个样,作者/批评家(author-critic)身为批评家,借着阅读别人对自己的批评之作的评论,无疑就会受益。我要考虑的是,他身为批评家,借着阅读别人对自己的非批评之作(自己的诗歌、剧本、小说或别的什么)的评论,如何能够受益;借着眼见批评的艺术(the art of criticism)用于自身,他就这门艺术能学到什么;从处理自己的想象之作入手,他如何能在处理别人的想象之作时,成为一个更好的或不太差劲的批评家。因为我敢断定,当你自己的作品接受批评之时,你在某种意义上,处于一个特别有利的位置,以甄别批评的好与赖。

这听起来或许有些吊诡,不过,这全取决于我的保留条件(reservation):在某种意义上。当然在另一意义上,在所有人当中,书的作者最没资格评断书评。显而易见,他不能评断书评家对它的评价(evaluation),因为他并非不偏不倚。无论这令他天真地将一切叫好之声誉为好批评,将一切逆耳之言咒作坏批评;还是令他(这也真有可能)努力克服这一偏向,反其道而行,直至他看小一切赞美者、仰慕一切谴责者——无论哪种情况,这都同样是个干扰因子。因而,假如你用批评(criticism)一词只指评价(valuation),那么无人可以评断针对自己作品的批评。可事实上,我们所说的批评写作,绝大部分是除了评价而外,还包含着大量东西。书评(reviews)以及文学史所包含的批评,就更是如此了。因为二者一直应当而且也常常努力着既指导读者的判断,又给读者提供信息。既然他的那些书评家这样做了,我就敢断定,作者比别的任何人,更能看出书评之优劣。假如他同时还是个批评家,我想,他从这些书评家身上就能学到该规避什么,该效法什么;学到如何让别人在自个书上所犯的那些错误,不会重犯在那些早已作古的作者的书上。

现在想必已经清楚,谈论自以为从针对我的批评家身上学到什么的时候,我一点都没有所谓"回应批评家"(answer to critics)的意思。这事跟我实际从事的,说实在的,颇不相容。我将要提到的一些书评,尽是溢美之词,却犯了批评之大忌;我所碰见的最苛责的一则书评,依我看,却一点没犯。但愿每位作者,都有同样的经历。虽然毫无疑问,作者们都饱受自恋之羁縻,但总不至于贪婪到老虎屁股摸不得的地步吧。我想,一个明白无误的傻瓜的愚蠢褒扬,比任何贬斥之词都为害更甚。

有一桩批评大忌,我必须立即打发。因为它与我的真正主题无涉。我说的是欺妄（dishonesty）。诚实在现代文学界，就我所见，连个理想都算不上。我年轻时是无名小辈，就在头一本书出版前夕，有位好心朋友对我说："书评方面你会遇到困难吧？我可以在一些人面前提起你……"这几乎像是，一位本科生在学士学位考试前夕，有人对他说："你认识考官么？我能替你说上话。"多年以后，给我说了许多中听话的书评家写信给我（尽管素不相识），说他对我的评价，其实比书评所显示的要高很多。"不过当然，"他说，"要是我再褒扬下去，某某人根本就不会发表了。"还有一次，有人在某文章里抨击我。后来，他自己也写了一本书。该文章的编辑立即给了我一本，单挑我来作书评。他让我俩互掐，大概只是为了取悦公众，增加卖点。可是，即便我们预想好一点的可能——即便我们认为，这位编辑对他们所谓的体育风范（sportmanship）略有耳闻，因而说"既然甲攻击了乙，让乙也攻击一回甲，这才公平"——昭然若揭的还是，他对自己赖以为生的公众，还是没有半点诚实。至少，公众有权享有诚实的批评，也即不偏不倚的批评（im-partial, unbiased criticism）；他该不会在想，我就是最有可能不偏不倚评判该书的人吧。更令人沮丧的是，我无论何时讲起这段故事,总有人会反过来问,不温不火:"那你写了吗?"这在我眼中就是侮辱,因为我不明白,除了像我那样拒绝编辑的太不像话的建议,一个老实人还能做什么。当然,他们并不以为这是侮辱。问题就在这儿。要是有人认定我欺诈,存心侮辱我,那倒没多大事。他或许只是愤怒而已。当他认定你欺诈,却一点都想不到欺诈总会侵害别人;当他如此轻描淡写,对总有一道标尺以衡量是否构成侮辱却暴露出极端无知——就在这时,你脚下仿佛才裂开了一道鸿沟。

假如我将诚实问题排除在我的主要话题之外,这不是因为我认为它不重要。我想,它的确特别重要。要是会有这样一个时代,其中书评家之诚实被视为理所当然,我想,那时人们回望当前的事态,其观感就跟我们如今看在某些时期或国度,法官或考官受贿是家常便饭的观感好有一比。简单说吧,我放弃此事的理由就是,我想要谈谈,我从自己的书评家身上学到的东西;而诚实与否的问题,不在其中。在忝居作者行列以前,老早就有人告诉我,不许撒谎(即便只是隐瞒事实或打妄语),不许取此事之酬报却偷偷摸摸做彼事。在撇开这一点之前,我或许可以补充一句,对那些败坏的书评家不必太过严厉。在败坏时代，对一位身处败坏行当的人，就不用求全责备了。在贪贿成风的时代或地域，法官受贿无疑还会遭受谴责；不过，不像在更健康的文明里那样严厉。

现在，回过头来谈谈主要论题。

从自己的书评家那里，我了解到的头一样东西就是，在一切批评理应去做的前期工作方面，不是责任心（conscientiousness）之不可或缺（我们大体上都同意其不可或缺），而是责任心之极端匮乏。我的意思当然是指，认真阅读批评对象。这或许太过明显，不用详陈。我将它置于头条，恰是因为它如此明显，更是因为我希望它会揭示我的这一论点：在某种意义上（当然不是在别的意义上），作者不是其批评家们的最糟糕的评判者，而是最好的。对自己著作的价值，他或许无知，但就其内容而论，他至少是个专家。你构思了这东西，一遍遍写，三番五次读样稿，你着实比别的任何人，都知道其中有什么。我不是指大义微言意义上的"其中有什么"（在这一意义上，或许"其中一无所有"），而只是指这些书页上面有哪些字，没哪些字。除非你时常被评论，否则你难以相信,真正做过自己功课的书评家何其之少。还不只限于唱黑脸的书评家。对于他们,你倒会有些许同情。一位作者给你的感受,恰如一股臭味或一阵牙疼,不得不去读他就是苦差一桩。若有大忙人对此敷衍了事,只是为了尽快从事更为宜人的诋毁差事,谁会迷惑不解呢?不过,我们做考官的,在给分之前,确实硬着头皮通读最无趣、最讨厌、最潦草的答卷;这不是因为我们喜欢读,甚至不是因为那答卷值得一读,而是因为我们收取的就是那份报酬。可事实上,唱红脸的批评家也常常暴露出,对文本同样的无知。他们也是写得多,读得少。在这两类书评里面,有时候,这无知不是出于玩忽职守。有一大堆人,一开始就自以为知道你将会说什么,而且满心相信自己已经读过本该阅读的东西。无论出于何等缘由,实际情形还是,假如你经常被评论,你就会发现,你自己就因说了从未说过的话又没说你已说过的话而一再受谴责或褒扬。

当然对于一本书,说优秀批评家无需逐字逐句阅读,也能做出正确评骘,这也是实话。当西德尼·史密斯说,"评论一本书之前,永远不要读它,这只能使你染上偏见",或许就是这个意思。① 不过,我说的可不是基于不完全阅读的评价,而是关乎书中包含什么或不包含什么的直接的事实错误。对撒懒或繁忙的书评家来说,否定判断当然尤其危险。② 在这里,对于我们所有身为批评家的人来说,立马就有个教训。当你说斯宾塞有时候怎样怎样,在整部《仙后》(*Faerie Queene*)里挑出一段,就足以为证了。而判断说他从未怎样,这要得到证明,就要靠穷尽一切的阅读和准确无误的记忆了。这谁都明白。容易让你掉以轻心的是,表面上是肯定判断,下面却隐藏着否定判断:比如包含谓词"新"的任何判断。你轻描淡写说,邓恩或斯特恩或霍普金斯所做的某些事,是新的。这样,你就让自己做了一个否定:此前没人做过。可是,这就出了你的知识范围;严格说来,出了任何人的

---

① 原文为:You should never read a book before you review it, It will only prejudice you. 英国牧师、人道主义者、作家西德尼·史密斯(Sydney Smith,1771—1845)的这句广为传布的名言,往往作为例句出现于各类词典,个别字词与路易斯的引述略有出入:I never read a book before review it; it prejudices one so. 据考证,此语出自皮尔森(Hesketh Pearson)所撰史密斯传记 *Smith of Smiths*:*Being The Life*,*Wit and Humour of Sydney Smith*(1934)第三章第 54 页,并不可信。

② 拙译路易斯《文艺评论的实验》第十一章:"否定命题(negative proposition)之建立,难于肯定命题。瞥上一眼,我们就可以说屋里有个蜘蛛;要言之凿凿地说屋里没蜘蛛,恐怕就得(至少)来次春季大扫除了。"(华东师范大学出版社,2015,页 215)

知识范围。还有,关于某位诗人之成长或发展,我们常常会说的那些话,往往隐含着一个否定:除了留传给我们的东西之外,他什么都没写——这就没人知道了。我们都没看过,他的废纸篓里有些什么。我们要是看过,如今看来从甲诗到乙诗仿佛是诗风大变,或许原本一点都不突兀。

要是撇开这一点之前,不说说书评家尽管或许这样,学院派批评家(academic critic)在我看来还是比以前强多了,那我就犯错了。麦考莱(Macaulay)曾说《仙后》里写了怪物(Blatant Beast)之死①,德莱顿②曾说查普曼(Chapman)用亚历山大体翻译《伊利亚特》,这种说法能侥幸得免的时日,已经结束了。总体而言,我们的家庭作业完成得还不错。不过,尚未臻于完美。关于一些晦涩作品,总有一些观点,明显从未得到实际阅读的证实,却在批评家之间陈陈相因。我手头就有一份私人证据,很有意思。这是一份底稿,原本属于

---

① Blatant 这个词是由埃德蒙·斯宾塞在他的史诗《仙后》(*The Faerie Queene*,1596)中创造的,他在其中提到一只 blatant beast(大吼大叫的野兽)。《牛津英语词典》中说道,斯宾塞把这个词用作"一只由刻耳柏洛斯和奇美拉生出的有千根舌头的怪物的绰号"。

② 德莱顿(John Dryden,1631—1700),英国诗人、剧作家和文学评论家。17世纪后期英国最伟大的诗人,写过30部悲剧、喜剧和歌剧,对诗歌、戏剧作过富有才智的评论,对英国文学做出宝贵而持久的贡献。在文学上的成就为当时之冠,文学史家将其所处的时代称为"德莱顿时代"。

某位大学者,写的是某位多产诗人。起初,我自以为找到一样宝贝。头两页大量作注,博学得无以复加,誊写得省净明白。第三页,注就少了。此后,关于头一首诗的其余部分,一条注都没有了。每部作品都如出一辙:头几页加注,剩下的就原封不动了。每次"来到这片土地的心腹地带"①,就裹足不前了。即便如此,他还是就这些作品评头论足。

这就是书评家给我上的第一课。当然,还有另一课:除非万不得已,就别靠当书评家谋生了。对文本的这一致命的无知,并不总是懒惰或恶意的产物。它或许只是不堪重负的结果。案头新书(跟你格格不入)堆积如山,日日夜夜就活在这座大山之下,被迫在无话可说之处说些话,总是拖延迟误——一个人受如此之奴役,许多事确实就情有可原了。不过,说一件事情有可原,当然就是承认,它需要原谅。

现在谈几件我更感兴趣的事情,因为我在书评家身上发现的最根本的罪(the bottom sin),我相信,我们都会发觉自己的批评论著也都难以幸免。几乎所有批评家都易于想象,关于某书,他们掌握着大量事实,而实际上并不掌握。

---

① 原文是"Thus far into the bowels of the land",语出《理查三世》第五幕第二场第 3 行,见《莎士比亚全集》卷三第 380 页。

作者必定会觉察到他们的无知，因为他（往往是他一个）掌握着真正事实。这项批评恶习，或许会取不同形式。

1. 几乎所有书评家都认定，你的书籍都依照出版次第写就，都在出版前不久写成。关于此，新近论托尔金《魔戒》的书评，就是个很好的例证。绝大多数批评家都认定（这暴露了另一项恶习），它必定是一部政治讽寓（a political allegory）；好多批评家都以为，至尊戒（the master Ring）肯定就"是"核弹。任何人，只要知道真实的撰写历程，就会知道，这不仅错误，而且全无可能；时间顺序上的不可能（chronologically impossible）。另一些批评家则认定，他的传奇故事里的神话，脱胎于他的童话故事《霍比特人》。这一点，他本人及友人，都知道差不多全错了。批评家对此一无所知，当然没人责怪：他们又怎会知晓？麻烦在于，他们不知自己之不知。一个揣测窜进他们的脑海，就写了下来，甚至没留意到那只是个揣测。对于身为批评家的我们，这里的警示很是明白触目。《农夫皮尔斯》[①]及《仙后》

① 《农夫皮尔斯》(*Piers Plowman*)，中世纪英格兰诗人威廉·兰格伦(William Langland，亦译"朗格兰"，1332? —1400?)的头韵体长诗。该诗有 ABC 三个文本。B 文本最著名，至少有两个中译本：一为沈弘译本(中国对外翻译出版公司，1999)；一为张晗译本(浙江大学出版社，2016)。

的批评家,长篇累牍,构想其撰写历程。我们当然都应承认,这类构想都是猜测。既为猜想,你就会问,它们(其中一些)是否不大可信。或许,它们可信。不过,被评论的经历,已经让我降低了对其可信度的估量。因为,当你一开始就掌握了事实,你会发觉,这些构想往往错得一塌糊涂。其正确几率,明显很低,即便说得还挺像回事。当然,我没忘记,相对于学者对兰格伦或斯宾塞(Spenser)的研究,书评家对我的书所投入的研究要少一些(理应如此)。不过,我原本指望着一些别的优势,他具有而学者并不具有,会对此有所补偿。毕竟,他跟我生活在同一时代,经历着同样的趣味潮流及舆论潮流的冲击,受了同一种教育。关于我这代人,我所处的时代以及我的活动圈,他不由自主地知之甚多——书评家擅长这类事情,也对此兴致勃勃。他跟我,甚至还有着共同的熟人。跟学者们揣测古人相比,他揣测我,想必至少处于相对不差的位置。可是,他很少猜对。因而我禁不住深信,对逝者的同样猜测之所以看上去头头是道,只是因为死无对证。跟斯宾塞本人或兰格伦本人对话五分钟,就会让这全部的辛苦不攻自破。而且请注意,在这些猜想中间,书评家所犯错误,很是无端。他收受酬劳去做的事，以及他或许能做到的事，他都没做，却干起了别的事。他的任务是提供关于该书的信息，并做褒贬。揣测成书历史，脱靶脱得离谱。在这一点上，我确信自己没有偏见。就我的书籍所想象出来的成书历史，并非总是冒犯之词；有时，甚至还是溢美之词。对它们唯一不利的，就是不真；即便它们是真的，那也毫不相干。己所不欲，勿施于人。① 我必须学着不对逝者做同样的事情：即便我不揣谫陋去做猜想，那我也必须明确认识到，也必须明白敬告读者，这只是乱猜（a long shot），猜对的可能性远远小于猜错。

2. 另一类批评家，推断你书之起源（genesis）。他是业余心理学家，手握弗洛伊德的文学理论，自称知晓你的一切压抑。他知晓你正在满足哪些未经明认的愿望（unacknowledged wishes）。这里，跟前面一样，一个人当然不能自称一开始就掌握所有事实。根据"无意识"一词的定义，你对他自诩要去发掘的东西，没有意识。因而对这些东西，

---

① 本句原文是：*Mutato nomine de me*. 典出贺拉斯《讽刺诗集》第一部第一首第 69 行："换个名字，你就是故事的主角。"（*mutato nomine de te fabula narratur*）为保证文意畅通，借孔子"己所不欲勿施于人"之语，意译。

你越是矢口否认，他就越正确；可蹊跷的是，你若承认了，那正好证明他没错。① 而且还有更进一步的一个难题：他并未摆脱偏见，因为这一程序，差不多全都限于敌对的书评家（hostile reviewers）。仔细思量，我很少见到该程序施于已逝作者身上，除非有学者总想着去拆穿（debunk）他。这本身或许就意味深长了。指出这类业余心理学家的诊断证据，在专业心理学家想来并不充分，这不算是无理取闹吧。他们并没有让他们的作者坐在沙发上，也没听作者讲自己的梦，也没有全部病历。不过这里我只关心，作者只因自己是作者，会对这类评论说些什么。而且说实话，无论他对自

---

　　① 卡尔·波普尔在《猜想与反驳》第一章曾说，在第一次世界大战之后，大学生中间流行着马克思的历史学说，弗洛伊德的精神分析学和阿德勒的"个体心理学"。他发现，这三种流行思潮有个共同特点，就是"正反都有理"："每个可以想到的病例都能用阿德勒的理论或者同样用弗洛伊德理论加以解释。我可以用两个截然不同的人类行为的例子来说明这一点：一个人为了淹死一个小孩而把他推入水中；另一个人为了拯救这个孩子而牺牲自己的生命。弗洛伊德和阿德勒的理论可以同样容易地解释这两个事例。按照弗洛伊德，第一个人受到了压抑（比如他的恋母情结的某个成分），而第二个人则已达到升华。按照阿德勒，第一个人具有自卑感（因而可能产生了自我证明自己敢于犯罪的要求），第二个人也是这样（他的要求是自我证明敢于救这个孩子）。我不能设想，有什么人类行为不能用这两种理论来解释的。在这些理论的赞赏者看来，正是这个事实——它们总是适用，总是得到证实——构成了支持它们的最有力的论据。"（傅季重 等译，上海译文出版社，1986，第50页）

己的无意识多么无知，他对自己有意识的心灵内容，总比他们知道得多吧。他会发现，他们全然无视（对他而言）某些事情的明明白白的有意识动机。倘若他们提起这一点，接着又将其贬低为作者（或病人）的"合理化"（rationalization），他们或许没说错。然而明白的是，他们从未思及。他们从未看到，从你的故事的结构着眼，从讲故事这事的本性着眼，那个节骨眼上缘何会出现那段情节或形象（或诸如此类的东西）。事实上你心中明显有个冲动，他们以自己的全部心理学家当，永远料想不到：造型冲动（the plastic impulse），制作物件的冲动（the impulse to make a thing），去型塑（to shape）的冲动，照应、凸显、对比、条理（to give unity, relief, contrast, pattern）的冲动。而这一点，很不幸，正是促动写就该书的主要冲动。很明显，他们自己没有此类冲动，也就想不到别人会有。他们仿佛幻想着，一本书就像一声叹息或一滴眼泪或自动写作一般，流出来了。在每本书里，大概有很多东西来自无意识。不过，既然是你自己的书，你也就知道自己的有意识动机。自以为这些有意识动机充分解释了这或解释了那，你或许会打错算盘。可是，要是对海底的描述，出自那看不见海面最为显见之物的人物之手,你就很难信他们了。他们只是碰巧会说对。而我,倘若企图对逝者做相似推断,那么,同样也只能碰巧说对,要是还会说对的话。

真相在于,从无意识里泛上来的东西,以及正因为此而在构思之初显得极有魅力极其重要的东西,其中很大一部分,在着手写书之前就早被剔除净尽。这就好比人们(假设他们并不烦人)给我们说梦,只会讲那些有意思的,或合乎清醒心灵标尺的那些有趣的梦。

3. 现在我想起一种更为精巧的想象出来的撰写历程。我想在这里,批评家,以及从事批评的我们,常常受了蒙蔽或被搞糊涂了,不知自己实际在做些什么。蒙蔽或许就潜藏在词语本身里面。你我或许会贬斥某书某段"雕凿"(laboured)。我们这样说的意思是,它听上去"雕凿"? 抑或我们提出理论,说它确实"雕凿"? 抑或我们有时候拿不准自己什么意思? 要是我们的意思是第二个,请注意,我们就已经不是在写批评文字了。我们不是在指出这段文字的瑕疵,而是在发明一个故事,来解释它之所以会有如此瑕疵的前因后果。要是我们不小心,就会将故事一路讲下去,仿佛自己已经做完了一切必须的工作,丝毫没有留意到,我们甚至都没有指明瑕疵是什么。我们拿原因来解释某事物，却没有说该事物是什么。我们自以为在褒扬的时候，也如出一辙。我们或许会说某段文字自如或自发。可这话的意思，是说它听上去仿佛如此呢，还是说它实际写得不费力，写得行云流水（*currente calamo*）？不管是哪个意思，指出这段文字里促使我们褒赞的那些优点，岂不更有意思，更是批评家的本分？

麻烦在于，某些批评术语——灵感（*inspired*）、敷衍（*perfunctory*）、费力（*paintaking*）、因袭（*conventional*）——就隐含着一部臆想的撰写历程。我说的这项批评恶习就在于迷不知返，本该告诉我们某书之优劣，却去发明故事，讲导致其优劣的过程去了。或者说，他们受了"为何"一词之二义的误导？因为，"这为何不好"这一问题，意思当然有二：（1）你说的不好是什么意思？不好在何处？给我其形式因（the Formal Cause）。（2）它如何变得不好了？为什么他写得这样糟？给我动力因（the Efficient Cause）。① 第

①　亚里士多德认为，任何事物的产生和存在都不过出于四个原因：质料因，形式因，动力因和目的因。比如一座房屋，砖瓦木石即其质料因；设计图纸即其形式因；建筑师即其动力因；建造理由即其目的因。参见亚里士多德《物理学》第二章第三节。

一个意思，在我看来，实质上才是批评的问题。我现在想到的批评家却在回答第二个，答案还通常都是错的，而且很不幸，竟然以为这顺带着就回答了第一个。

于是就有批评家会这样说某段文字："这段是后来补加的。"他真是既对又错。认为它写得不好，他或许说得很对。他大概以为，自己在其中已经察觉到的某种毛病，该毛病你预料会出现在一段后补文字中。相比于假定毛病之根源，暴露那毛病，想必更为可取吧？这定然是唯一让批评对作者有所助益的一件事。我身为作者，或许知道，被诊断为后补文字的这段，其实是整本书脱胎而出的种子。我很愿意让他给我揭示，什么样的龃龉、不搭调或贫乏，使得它看上去仿佛是后补的。这或许有助于我下一次不犯这些错误。仅仅知道批评家就这段文字之历史想象些什么，还是瞎想象，这一无用处。对公众，也没多大用。他们绝对有权得知我书中的瑕疵。可是这一瑕疵——跟关于其根源的假定（贸然断定为事实）截然不同——正是他们没有学到的。

有个例子特别重要，因为我敢保，这位批评家实际所下断语是正确的。关于我的一本论文集，该批评家说有一篇写得言不由衷，是应景之作，心思没在上面，诸如此类吧。

这话本身,错得一塌糊涂。那本书的所有篇章里面,就那一篇我用思最深,带着最大热诚。[1] 他没错的是,认为它写得最差。关于此,人人都会同意。我也同意。不过你看到,无论公众还是我,都从他所批评的那个毛病里没学到任何东西。这就好比有个医生,没做诊断,也没开药,只告诉你病人如何患病(还是泛泛而论),又说你身体欠佳,因为他在述说着一些并无实据的场景及事件。慈爱的父母问:"得了什么病? 是猩红热,麻疹,还是水痘。"医生答曰:"放心好了,他是拥挤的车厢里染上的。"(病人实际上最近没有乘坐火车出行)父母接着问:"可我们该做些什么? 我们该如何给他治病?"医生答曰:"放心吧,这是传染病。"接着就钻进轿车,开车走了。

这里再请留意,心理学全然无视写作是门手艺(skill),就认定作家的心理状态总会未经阻挡毫不掩饰地流注到其成品里面。他们怎会不知道,写作,跟木工活、网球、祈祷、调情、烹饪或管理之类事情一样,既有手艺,又有手艺的临场发挥? 人不是常说,他状态良好或状态糟糕、手熟或手

---

[1] 【原编注】我相当确定,路易斯说的是他的《文学论集》(*Selected Literary Essays*,1969)里论威廉·莫里斯的那篇。

生、有些日子顺有些日子不顺么？

这就是教训，但靠吃一堑来长一智又谈何容易。长一智需要毅力，要强迫自己在从事批评时，自始至终关注眼前的作品，而不是凭空虚构作者的心灵状态或工作步骤；对这些东西，你没有直接通道。比如，"真诚"（Sincere）一词我们就应该避而不用。真正问题在于，什么使得一样事情听上去真诚或不真诚。只要在部队中检查过信件，任何人都知道，那些粗通文墨的人，其真诚尽管实际上并不比别人少，但提笔写信，很少听上去真诚。说实话，我们从自己写慰问信的经历都知道，我们确实感到伤心至极的那个场合，并不必然是慰问信传达此情的场合。另一天，没那么难过了，我们的信倒会更达意。① 当然，对于所批评的文体，我们自己的经验越少，犯错的危险就越大。要是所批评的文体，自己

---

① 狄德罗《演员奇谈》："你是否在你的朋友或情人刚死的时候就作诗哀悼呢？不会的。谁在这个当儿去发挥诗才，谁就会倒霉！只有当剧烈的痛苦已经过去，感受的极端灵敏程度有所下降，灾祸已经远去，记忆才和想象结合起来，去回味和放大过去的甜蜜时光。也只有在这个时候，他才能控制自己，作出好文章。他说他伤心痛哭，其实当他冥思苦想一个强有力的修饰语的时候，他没有工夫痛苦。他说他涕泪交流，其实当他用心安排他的诗句的声韵的时候，他顾不上流泪。如果眼睛还在流泪，笔就会从手里落下，当事人就会受感情驱谴，写不下去了。"（《狄德罗美学论文选》，人民文学出版社，1984，页305—306）朱光潜先生将此概括为"痛定思痛"。

从没尝试过,我们就必须意识到,自己并不知道这东西是如何写成的,其中有何甘苦,容易出现何种瑕疵。很明显,许多批评家都打定主意,想着自己如果尝试去写你写的那类书,他们会怎么着手,并且认定,你也是这么做的。这往往无意间暴露了,他们为何从未写过这类书。

我的意思根本不是,切莫批评自己从未写过的作品。相反,我们除了批评,切莫节外生枝。我们可以分析并掂量其得失。我们切忌去写想象出来的撰写历程。我知道,列车餐车里的啤酒不好,我在一定程度上也能够说出"为何"(在"为何"一词的这个意义上:也即,我能给出形式因)——味淡、发酸,浑浊,酒薄。但要告诉你另一个意义上的"为何"(动力因),我就必须是个酿造商或店老板,或者兼二者于一身,必须知道啤酒怎样酿造,怎样保存,怎样买卖。

不吹毛求疵,我也乐意。但我必须承认,字面义隐含着撰写历程的那些语词,有时或许只是用来约略指示作品的特点。当有人说,某作品写得"勉强"(forced)或"自如"(effortless),他或许并非真的自称知道它如何写就,而只是以便捷方式指出某种他想人人都能认出来的品质。或许,从我们的批评文章里悉数摒弃这类表述,是可望而不可即的事。不过，我越来越深信其中的危险。即便终究要用它们，我们也必须慎之又慎。必须让自己和读者明白，关于作品到底是如何写成的，我们并不知道，也不装着知道。即便知道，那也不相干。看似勉强的东西，即便本是一挥而就，也不会变得更好；看似兴到神来的东西，即便本是殚思竭虑，也不会变得更糟。

现在我来谈谈解读（interpretation）。在这里，所有批评家，以及身为批评家的我们，当然也会犯错。这些过失，跟我方才所描述的那种相比，情有可原一些，因为它们事出有因。一种过失，起于批评家不去写批评，却玩起了虚构（fiction）；另一种过失，则在尽职尽责之中。至少我认定，批评家理应解读，理应努力发掘一本书的主旨（meaning）或意图（intention）。要是他们没做到，过失或许在他们，或许在作者，或许在二者。

方才说起"主旨"或"意图"，我含糊其词。现在，不得不给每个词一个相当确定的含义了。有意图的，是作者；有主旨的，是书。作者意图就是：要是意图得到实现，在作者眼中就是成功。要是所有读者或绝大部分读者，或者他主要渴望的那类读者，对某段文字忍俊不禁，他也为此结果而高兴，那么，他的意图就是滑稽（comic），或说他意在滑稽。要是他为此结果感到失望沮丧，那么他就意在庄重，或说他的意图是严肃。"主旨"这一术语，就难界定得多了。用于一部讽喻之作（allegorical work），它最简单。在《玫瑰传奇》里，采撷玫瑰花蕾，寓意就是心仪女主人公。① 用于带着有意识的确定"教训"的作品，它也相当容易界定。《艰难时世》（*Hard Times*）的主旨之一就是，国家基础教育是胡扯；《麦克白》（*Macbeth*）的主旨之一则是，你的罪必追上你。《威弗利》（*Waverley*），年少时想象出来的孤独感或遗弃感，会使得一个人容易沦为那些想剥削他的人的猎物；《埃涅阿斯纪》（*Aeneid*），神圣罗马要求牺牲个人幸福是正当的。不过，我们已经进入深水区，因为这些书里的每一部，其主旨都是多重的。当我们说起《第十二夜》、《呼啸山庄》（*Wuthering Heights*）或《卡拉马佐夫兄弟》的"主旨"时，我们在说什么？尤其当我们就它们的真实主旨意见分歧，产生争执的时候。我差点就要得出这样

---

① 《玫瑰传奇》（*Romance of the Rose*），13 世纪法国寓言长诗，以玫瑰象征贵族妇女，写一个诗人怎样爱上玫瑰却受到环境阻挠的故事。

一个界定：一本书的主旨，就是因阅读它而产生的系列或系统的情感、反思及态度（the series or system of emotions，reflections，and attitudes）。然而，这一产物却因读者而异。至为虚假或错误"主旨"（The ideally false or wrong 'meaning'），就是最愚蠢、最麻木、最心怀偏见的读者，仅仅大略读过一次之后在心中的产物。至为真实或正确的"主旨"（The ideally true or right 'meaning'），则为最大数量的最优秀的读者（在某种程度上）所共享，这是许多世代反复细致阅读的结果。（我们在人生的不同阶段阅读同一部作品，并接受批评著作间接透露出来的那些阅读的影响，这都会修正我们当前的阅读，使之提高。这时，就有这种情况。）这些读者的时代、民族、心境（moods）、机敏程度、个人癖好、健康状况及性情等等，各不相同。当他们无法融为一体从而彼此滋养之时（这是一个重要保留），这些不同也就让他们彼此取消。至于许多世代，我必须加个限定。只有当文化传统未断之时，前代读者才能滋养对主旨之觉察。也许会有中断或变化，之后的读者，其观点如此格格不入（alien），以至于倒不如说他们在解读一部新作。中世纪将《埃涅阿斯纪》读作一部寓言（allegory），将奥维德读作道学家(moralist)，或者现代人读《百鸟议会》①，将鸭和鹅当作主角，都是例证。即便我们不能戒绝此类解读，去加以延阻也是学者型批评家(有别于纯批评家)的职分所系；恰如医生，得去竭力延长生命，尽管他们自知，无法使人不死。

关于一本书的主旨(meaning)，在这一意义上，作者并不必然是其最佳裁判，而且永远不是一位完美裁判。他的意图(intentions)之一往往是，它应当有一定主旨；但他不能确保，它就有。他甚至都无法确保，他意在让作品具有的那个主旨，比起读者在其中找到的主旨，方方面面都好，抑或就好一些。因而在这里，批评家就有着巨大的自由度，不用担心跟作者的知识优势(superior knowledge)相龃龉。

在我看来，他最常出错的地方在于，草率认定一个寓意(an allegorical sense)；恰如书评家对当代之作会犯这错，在我看来，学者如今对往古之作也常常如此。有一些原则，我愿意推荐给二者，也愿意在自己的批评实践中遵守：其一，人的心智(the wit of man)编织出来的故事，还没有哪个无法被另一些人的心智，作讽寓阐释(interpreted allegorical-

---

① 《百鸟议会》(*Parlement of Foules*)，英国中世纪"最后一位重要诗人"乔叟(Geoffrey Chaucer，1340? —1400)于1382年写作的长诗。

ly)。对原始神话的斯多葛式阐释，对旧约的基督教阐释，对古希腊罗马经典的中世纪阐释，都证明了这一点。因而就有了其二，你能将眼前著作讽寓化（allegorise），单凭这个事实，你证明不了它就是讽寓。你当然可以将其讽寓化。你可以将任何事物讽寓化，无论在艺术中还是现实生活中。我想，我们应当从律师那里得点启发。一个人不会接受法庭审判，除非已经表明，有个证据基本确凿的案件。我们不应贸然将任何著作讽寓化，除非我们已经摆明理由，认为它就是一部讽寓。①

[这篇文章，路易斯显然没有写完。因为在手稿底端，有这些文字]：

关于意图的其他属性

一个人自己的成见

原始资料研究。*Achtung*——作品断代。

---

① 《托尔金给出版商的信》（1951）：我厌恶寓言故事——那种蓄意存心而为的寓言故事——但只要企图说明神话或传奇的主旨，就必须使用寓言式的语言。（而且，一个故事越是富有"生命力"，就显然越是容易引发各种寓言性的解释；而越是精心安排、深思熟虑而成的语言，就越是可能被当作普通故事接受。）（邓嘉宛译托尔金《精灵宝钻》页13）

20　乌有之乡

Unreal Estate

　　路易斯教授、金斯利·艾米斯①及布里安·奥尔迪斯②的这场非正式对谈,是路易斯被迫病退前不久,在莫德林学院(Magdalene College)③路易斯办公室的录音。上茶之后,讨论开始了——

---

　　①　金斯利·艾米斯(Kingsley Amis,1922—1995),小说家、诗人、批评家和教师。第一部长篇小说《幸运儿吉姆》(1954)一经发表,就大获成功。20世纪50年代,吉姆这个反英雄人物的名字,在英国家喻户晓。(参《不列颠百科全书》第1卷281页)

　　②　奥尔迪斯(Brian Aldiss,亦译阿尔迪斯,1925—),英国科幻小说家。

　　③　路易斯在牛津期间,牛津剑桥都有莫德林学院,其英文名略有不同。为表示区别,牛津大学的 Magdalen College 译为抹大拉学院,剑桥大学的 Magdalene College 译为莫德林学院。

奥尔迪斯：有一样东西，我们仨都有。我们都在《奇幻与科幻小说杂志》(*Magazine of Fantasy and Science Fiction*)上发表过小说。其中一些还是远行故事(far-flung stories)。我想我们大概都会同意，科幻小说的吸引力之一就是，它将我们带向未知地域。

艾米斯：要是斯威夫特(Swift)①在今天写作的话，他也不得不领我们漫游星际。不是么？因为我们的绝大多数未知地域(*terra incognita*)都成了——地产(real estate)。

奥尔迪斯：18世纪有大量类似科幻小说的东西，小说场景都设在澳大利亚之类的乌有之乡(unreal estates)。

路易斯：是啊。彼得·威尔金斯②等等。顺便问一句，是否有人译过开普勒的《梦》?③

----

①　即《格列佛游记》之作者，爱尔兰著名小说家乔纳森·斯威夫特(Jonathan Swift, 1667—1745)。

②　彼得·威尔金斯(Peter Wilkins)，小说《康沃尔人彼得·威尔金斯的生活和冒险》(*The Life and Adventures of Peter Wilikins, a Cornish Man*, 1751)的主人公，小说作者为英国小说家、律师罗伯特·帕托克(Robert Paltock, 1697—1767)。

③　开普勒(Johannes Kepler, 1571—1630)，德国的新教天文学家，他确立了行星运动三大重要定律。他写过一部科幻小说《梦》(*Somnium*)，该书写于1600年，出版于1634年。小说主人公名曰杜拉克托斯，生于冰岛，其母是女巫。此人曾跟随丹麦天文学家第谷·布拉赫(1546—1601)学过5年天文学。回到冰岛，从女巫妈妈听说了魔鬼（她称其（转下页注）

艾米斯:格罗夫·康克林①告诉我,他读过这本书;我想,应该是有英译本了吧。不过,我们可不可以谈谈你创造的那个世界?你选科幻小说作媒介,是因为你想去陌生地(strange places)?我敬慕你在《沉寂的星球》中对太空飞行器的描写,当时把我逗乐了。兰塞姆和同伴在飞船里时,他问:"这艘太空飞船是怎么运作的?"那个人说"我们是利用了一些鲜为人知的性能——",是什么的性能来着?

路易斯:是太阳射线。这些文字对兰塞姆没有意义,一个门外汉请求科学解释时往往就是这样。② 显而易见,太

(接上页注)为"上智精灵"),魔鬼们在地球与"恶魔"(Levania,月球)之间穿行。书中绝大多数内容,是魔鬼关于飞往月球和月球风貌的讲述,并伴有大量详细的科学注释:"对于《梦》的阐释者来说,最大的问题之一是调和这两种语言:幻想而荒诞的,以及清醒而科学的。"(罗伯茨《科幻小说史》,马小悟译,北京大学出版社,2010,页55)

① 格罗夫·康克林(Groff Conklin,1904—1968),首屈一指的科幻小说选编家,编选了40部科幻小说选集。

② 这段情节见路易斯"空间三部曲"其一《沉寂的星球》(*Out of the Silent Planet*)第4章。当时,语言学家兰塞姆被老校友狄凡和科学狂人韦斯顿下药,绑架,乘宇宙飞船航向金星。兰塞姆醒过来时,他们已经进入太空。此时,有如下对话:

"为什么?"兰塞姆说。"你们凭什么绑架我?你们是怎么做到的?"

韦斯顿一开始似乎不想回答,随后,似乎仔细考虑了一下,在兰塞姆的床上坐了下来,说了下面这番话:

"我想,干脆一下子把这些问题都给你解答了,省得你在接下来的这个月里一刻不停地拿它们来缠着我们。至于我们是怎么做到(转下页注)

阳射线是马虎眼,因为我不是科学家,也对纯技术问题不感兴趣。

奥尔迪斯:你写空间三部曲的第一部,距今差不多有25年了吧。

路易斯:我成预言家(prophet)了?

奥尔迪斯:在某些方面,你还真是。至少,太阳射线驱动飞船这个念头,又受宠了。科德温纳·史密斯(Cordwiner Smith)诗意地用;詹姆斯·布利什(James Blish)在《星辰居民》(*The Star Dweller*)中则技术地用。

路易斯:在我的书里,那纯是胡话。或许主要是用来说服我。

艾米斯:显然,当人处理的是孤立星球或孤岛时,会为了特定目的这样做。它所触发的那种孤绝或兴致(heightening of consciousness),以当代伦敦或未来的某个伦敦为场景,就提供不了。

(接上页注)的——我猜你指的是这艘太空飞船是怎么运作的——这个问题你问了也是白搭。你肯定不会弄懂,除非你是现在活着的四五位真正的物理学家之一。而如果你有可能弄懂,那我肯定不会告诉你。如果你愿意重复那些毫无意义的话——实际上这就是那些不懂科学的人请教问题时想得到的——你可以说,我们是利用了太阳射线的那些鲜为人知的性能。"(马爱农译《沉寂的星球》,译林出版社,2011,页30)

路易斯:第二部小说,《皮尔兰德拉星》起始于我心目中的浮岛画面。① 剩下的全部工作,某种意义上就是,搭建一个世界,让浮岛能存在。接着当然就引出了幸免堕落(an averted fall)的故事。这是因为,你知道的,既然安排人们进入这一神奇国度(exciting country),那就总该会有事发生吧。②

艾米斯:这往往让人们有课税过重之感(That frequently taxes people very much)。

奥尔迪斯:可是我感到奇怪,你竟是这样写出来的。我还以为,你出于教化目的(for the didactic purpose)构思了《皮尔兰德拉星》。

路易斯:是啊,人都这样想。他们错大了。

艾米斯:我冒昧替路易斯教授说句话,那里当然有教化目的了。写了大量有意思的含义深刻的事,可是——要是我说错了纠正我啊——我还是认为,创作背后的动

---

① 参本书第 7 章《构思皆始于画面》一文。

② 《托尔金给出版商的信》(1951):我厌恶寓言故事——那种蓄意存心而为的寓言故事——但只要企图说明神话或传奇的主旨,就必须使用寓言式的语言。(而且,一个故事越是富有"生命力",就显然越是容易引发各种寓言性的解释;而越是精心安排、深思熟虑而成的语言,就越是可能被当作普通故事接受。)(邓嘉宛译托尔金《精灵宝钻》页 13)

力,只是一种稀奇感(a simple sense of wonder),奇事连连的感觉。

路易斯:一点没错,但总该有事发生。这个幸免堕落的故事登场,就水到渠成了。当然啦,要是我对那些另有根基的观点不感兴趣,发生的事也就不会是这个故事了。但那不是我的初衷。我从未由一个讯息(a message)或一条道德寓意(a moral)入手。你呢?①

艾米斯:没,从来没有。你感兴趣的是那情境(situation)。

路易斯:故事本身会将自己的道德寓意强加于你。通过写故事,你就发现这寓意是什么了。

艾米斯:一点没错:我想所有小说都是这样。

奥尔迪斯:可是许多科幻小说都是从另一种视点(other point of view)写出来的。时不时冒出来的那些乏味的社会学戏(dreary sociological drama),都是出于教化目的——表明一个先见(a preconceived point)——就止步不前了。

---

① 《托尔金给出版商的信》(1951):任何"故事"都不可能不包含堕落——所有的故事,归根结底说的都是堕落——至少对我们所了解、所拥有的人类心智而言是这样的。(邓嘉宛译托尔金《精灵宝钻》页16)

路易斯：我在想，格列佛是起始于一个直截了当的视点（a straight point of view）呢？还是因为斯威夫特一开始，实质上就想写大人国和小人国？

艾米斯：可能二者都有吧，就像菲尔丁（Fielding）戏仿理查森（Richardson）最终却写成了《约瑟·安德鲁传》。①许多科幻小说大量失却其本该会有的冲击力（impact），都是因为说："好了，我们现在火星上，我们都知道自己在哪儿了。我们都住在这些密封舱（pressure domes）或别的什么里，生活与地球上没什么不同，除了天气……"他们接受别人的发明，而不自己锻造。

路易斯：富于想象的人（imaginative people），只对去新星球作首次旅行感兴趣。

艾米斯：你读科幻小说，见没见过哪位作家，恰好做到这一点？

路易斯：那就是写《大角星之旅》的大卫·林赛（David

---

①　亨利·菲尔丁（Henry Fielding, 1707—1754），英国 18 世纪最杰出的小说家，代表作《约瑟·安德鲁传》（1742）和《汤姆·琼斯》（1749）。1740 年，S. 理查森发表小说《帕梅拉》。菲尔丁 1741 年匿名出版了一部模拟该书的作品，书名《夏美勒·安德鲁夫人生平的辩护》，其中嘲讽了理查森的温情主义和谨小慎微的道德观。《约瑟·安德鲁传》最初也是《帕梅拉》的模拟之作，但随着情节开展，模拟目的退居次要地位。

Lindsay)。① 这你可能不赞同,原因是他非常不科学(unsci-entific)。该书令人瞩目,因为其中的科学是胡说八道,其风格骇人听闻,但还是传递出了那种阴郁景象(ghastly vision)。

奥尔迪斯:可它没传递给我。

艾米斯:我也是。不过……林赛有一段谈《大角星之旅》的非常有趣的言论,是维克托·戈兰茨②告诉我的。林赛说:"我或许永远不会吸引大批公众,但我想,只要我们的文明还在延续,每年就会有一个人读我。"我尊重这种态度。

路易斯:的确应该尊重。温柔敦厚(modest and becoming)。我也赞同你在序言中说的一些话,大意是,跟那些写实主义小说相比,一些科幻小说确实能更严肃地面对一些问题,人类命运之类的真正问题。你还记得那部写了一个人遇到一个外星雌性怪物的故事么?怪物周围是一堆幼崽。它显然饿得气息奄奄,那人就给它们食物,一样接着一

---

① 大卫·林赛(David Lindsay,1876—1945),英国科幻小说家。他的《大角星之旅》是一部结合了奇幻、哲学与科幻的作品,深刻探讨了善恶本质及善恶与存在的关系。该著对路易斯和托尔金影响巨大。

② 维克托·戈兰茨(Victor Gollancz,1893—1967),英国出版商,慈善家。

样;它们很快就把食物吐了出来,直至一只幼崽附在那人身上,吮他的血,才瞬时恢复气力。这个雌性生物完全没个人样,外形可怖;很长一段时间它看着这个人——这真是个陌生荒凉地——然后伤心地背起幼崽,回身钻入飞船离开了。恐怕不会有比这更严肃(serious)的主题了吧。就写某对恋人的蠢故事,跟它怎么比?

艾米斯:从坏的方面说,你经常看到这些宏大主题(marvelous large themes),落入无能之辈手里。他们在精神、道德及风格方面装备不良,担不起来。读一读最近的科幻小说,就会发现作者们越来越有能力驾驭这些主题了。你们读过小沃尔特·米勒的《莱博维兹的赞歌》吗?① 能不能谈谈看法?

路易斯:我想,它相当出色。我只读过一次;请注意,除非读了两三遍,否则一本书对我无所谓好——我正打算重读呢。那是一部大书,肯定的。

艾米斯:其中的宗教情怀,你怎么看?

---

① 小沃尔特·M. 米勒(Walter Michael Miller, 1923—1966),美国科幻小说家,代表作是"后末日题材"的科幻小说《莱博维兹的赞歌》。故事发生在毁灭性的核战之后,美国西南部荒漠的一个修道院中,横跨了整个文明重建的千年历程。

路易斯：给人印象非常好。实际的行文用笔，有些地方可以商榷；不过总体上，则充满想象，而且也写得不错。

艾米斯：你读过詹姆斯·布利什的小说《事关良心》吗？① 你是否同意，想写一部宗教小说却并不关心实践细节以及令人麻木的历史琐事，科幻小说就是其自然而然的载体？

路易斯：如果你有一种宗教信仰，那么它必定是宇宙性的（cosmic）。因而这一文体来得这么晚，就让我感到意外。

奥尔迪斯：很长一段时间，它抛头露面，没引起批评家注意。1926 年，就已经开始发行专门杂志；尽管最初，吸引力主要在技术方面。就像艾米斯说的，出现了一些人，既能写作，又能想出工程方法。

路易斯：我们之前应该讲过，那是颇为不同的一类科幻小说，对此我无话可说。那些人，确实对科幻小说的技术层面感兴趣。如果写得好的话，它显然安全合理正当（per-

---

①　詹姆斯·布利什（James Blish, 1921—1975），美国科幻、奇幻作家。《事关良心》（*A Case of Conscience*）叙写了生物学家路易斯·桑切斯神父前往距地球五十光年的行星锂西亚考察。他发现，锂西亚原住民是最善良的智能种族。尽管他们不信上帝，没有文学，没有艺术，但却不知贪婪、嫉妒和欲念为何物，如同伊甸园中尚未受到恶魔引诱的人类。四川科学技术出版社 2009 年出版该书，译者崔正男。

fectly legitimate)。

艾米斯：纯技术派（the purely technical）和纯想象派（the purely imaginative）会有交集，不是么？

奥尔迪斯：肯定有两派，而且经常交集，比如在阿瑟·克拉克笔下。它可以是一个丰富的混合体。还有一种故事，无关神学，但它有一个道德层面（it makes a moral point）。一个例子就是谢克里①的那个故事，写地球因核辐射而荒芜。人类的幸存者们，迁移到另一颗星球过了一千年。当他们重返地球拓荒的时候，发现地球上满是披盔戴甲（gaudy armour-plated）的生物和植被之类。其中一个队员说："我们把这儿清理一下，让它再次适合人类栖息。"但最后做出的决定则是："既然在这地方属于我们的那会儿，我们搞得一团糟。那就离开这儿，留给它们吧。"故事约在1949年写就。那时候，绝大多数人根本就没想这个主题。

路易斯：是的，绝大多数早期故事，都是从与此相反的假定开始的。假定我们人类是正义的一方，其他的一切都是食人魔。或许我曾对此做过一点改变，但是，新观点已经

① 罗伯特·谢克里（Robert Sheckley，1928—2005）美国科幻小说大师。

非常流行了。我们已经丧失自信（confidence），可以这么说吧。

艾米斯：现今都是极度的自我批评和自我省思（terribly self-critical and self-contemplatory）。

路易斯：这确实是个巨大收获——人类的收获，人们应该这样想。

艾米斯：一些据说受过教育的人，对这类小说的偏见大得出奇。随便捡起一本科幻小说杂志，尤其是《奇幻与科幻》（*Fantasy and Science-Fiction*），它所引起的兴趣的广度，以及它所动用的脑力，都相当惊人。是时候让更多人明白这一点了，有段时间我们一直在强调这点。

路易斯：确确实实。严肃小说的世界（the world of serious fiction），很是狭小。

艾米斯：太狭小了，如果你想处理某个广阔主题（broad theme）的话。就以菲利普·威利为例吧。① 他在《消逝》（*The Disappearance*）中想用一种常规方式，书写男女之别。场景就设在 20 世纪的社会，不受时地考虑的羁绊。他

---

① 菲利普·戈登·威利（Philip Gordon Wylie，1902—1971），美国科幻小说家。

的观点,照我理解,就是除去社会角色,男人和女人差不多一模一样。科幻小说,可以预设一个环境上的大变化,就是讨论这类主题的天然媒介。看戈尔丁的《蝇王》解析人类的污浊,那个活儿……①

路易斯:那也不是一本科幻小说啊。

艾米斯:这我不赞同。故事一开头,就是科幻小说的典型笔触:第三次世界大战爆发,炸弹从天而降,所有的……

路易斯:啊,这样子,你现在持有的是德国人的观点,认为任何描写未来的传奇都是科幻小说。我可不敢确定,这是个有用的分类方法。

艾米斯:"科幻小说"(science-fiction)可真是个叫人绝望的模糊标签。

路易斯:大量的科幻小说,当然不是"科学"小说(sci-ence-fiction)。科幻,其实仅仅是一个否定性标准:不是自

---

① 龚志成《译本序》:"蝇王"即"苍蝇之王",源出希伯来语 Baalze-bub。在《圣经》中,Baal 被当作"万恶之首";在英语中,"蝇王"是粪便和污物之王,因此也是丑恶的同义词。小说命名,似取意善性战胜了人性,孩子们害怕莫须有的野兽,到头来真正的"野兽"却是在人性中潜伏着的兽性。野蛮的核战争把孩子们带到孤岛上,但这群孩子却重现了使他们落到这种处境的历史全过程,归根结蒂,不是什么外来的怪物,而是人本身把乐园变成了屠场。(《蝇王》,上海译文出版社,2006,页 3)

然主义,与我们所谓的现实世界无关。

奥尔迪斯:我想我们不该尝试给它下定义,因为从某种程度上讲,它是一种自我定义(self-definig)的东西。我们知道自己身在何处。不过关于《蝇王》,你是对的。它的氛围是科幻小说氛围(science-fiction atmosphere)。

路易斯:那是个非常有地球味的岛屿,几乎是虚构之作中最好的岛屿。它给你的实际感觉棒极了(terrific)。

奥尔迪斯:确实,可它是个实验室范例——

艾米斯:——孤立某些人类角色,看看他们的表现——

路易斯:唯一的麻烦是戈尔丁写得太棒了。在他的另一部小说《继承者》(The Inheritors)里,纤毫毕露的感官印象,树叶的光泽等等,都细致入微,以至于你发觉不出发生了什么事。我想说,它差不多是写得好过头了。在现实生活中,所有这些细枝末节,你只有发了高烧,才能注意到。你看树木,不可能就看叶子吧。

奥尔迪斯:在《品彻·马丁》(Pincher Martin)① 中你也

---

① 刘凯芳《译后记》:《品彻·马丁》写的是在第二次世界大战期间,英国海军护航舰队上一个名叫克里斯托弗·哈德莱·马丁的低级军官流落在孤岛上,为求生而独自在极端恶劣环境中奋斗的故事。小说一开始,马丁的护航舰就被德国潜水艇的鱼雷击中,马丁落入大海,随(转下页注)

有如此感受。那人躺在石头中间，海浪冲刷，每种感受都写得栩栩如生，有如幻觉。

艾米斯：是的，就是这话。我想在三十年前，你若想讨论一个普遍主题（a general theme），你会去选择历史小说（historical novel）；如今，你会选择我有所偏袒的所谓科幻小说（science-fiction）。在科幻小说里，你可以孤立突出那些你想考查的因素。假如你想处理一个殖民主义的主题，比如说就像保罗·安德森①所做的那样，你大可不必写一本关于加纳或巴基斯坦的小说——

路易斯：那会将你卷入一大堆细节描写，你根本不想涉足——

艾米斯：你在太空中建立的那些世界，糅合了你所需要的特性。

路易斯：你会把艾勃特的《平面国》纳入科幻小说吗？

（接上页注）后被海浪冲到大西洋中间的一块礁石上。他孤身一人与各种难以想象的困难作斗争，以坚强的意志求生存，最后死去。但出人意外的是，小说的最后一句话表明，马丁其实在小说刚开始他落入水中不久就被淹死，书中描写的他在礁石上的一切作为，其实是作者想象的他死后跨入到另一个世界里的精神活动。（威廉·戈尔丁《品彻·马丁》，上海译文出版社，2000，页189）

① 保罗·威廉·安德森（Poul William Anderson，1926—2001），美国科幻小说家。

其中就没费什么心力作细节描写，去写什么感官印象——反正，你不能这样做。它留下了一条智识定理（intellectual theorem）①。你在找烟灰缸吗？地毯上就可以了。

艾米斯：实际我在找苏格兰威士忌。

路易斯：哦，是，原谅啊……但科幻小说的巨著（great work），大概还会涌现。但丁之前就有好多写来世的无用书籍（futile books），简·奥斯丁之前有范妮·伯尼②，莎士比亚之前有马洛③。

艾米斯：我们得到的是其开场白。

路易斯：要是现代那些高派批评家们，还能受到引诱，

① 《平面国》借助一个二维生物的视角来观察一维、二维和三维空间，得出了一个基本道理：高维视点能完全洞悉低维世界的存有，而低维视点却不能参透高维世界的存有。

② 范妮·伯尼（Fanny Burney，1752—1840），即弗朗西丝·伯尼（Frances Burney），"英国 18 世纪众多女小说家中最成功的一位……后启奥斯丁、狄更斯、乔治·艾略特"（刘意青主编《英国 18 世纪文学史》，外研社，2018，页 312）。

③ 马洛（Christopher Marlowe，1564—1593），英国戏剧作家，诗人，翻译家，与莎士比亚同时。在文学史上，正是他为伦敦舞台撰写剧本，开启了英国文艺复兴时期的戏剧繁荣："1587 年，马洛的早期力作《帖木儿》拉开了文艺复兴时期英国戏剧黄金时代的大幕，在以后的 30 多年里，伦敦的舞台百花齐放，造就了一大批诸如莎士比亚、琼森、鲍蒙特、弗莱彻、韦伯斯特等著名剧作家。"（王佐良、何其莘《英国文艺复兴时期文学史》，外研社，2018，页 140）

认真对待它一下……

艾米斯：你认为他们终究能吗？

路易斯：够呛。就在还能做点什么之前，当前整个朝代就得死掉烂掉。

奥尔迪斯：说得好！

艾米斯：你认为是什么阻挡了他们？

路易斯：马修·阿诺德曾做了一个可怕预言，说文学会逐渐取代宗教。这一预言具备而且已经呈现这些特征：残酷迫害（bitter persecution）、极不宽容（great intolerance）及圣物收藏（traffic in relics）。一切文学因而都成了神圣文本（a sacred text）。一部神圣文本，总是会暴陈在千奇百怪的阐释（exigesis）之下。因而就有了这幅景象：某些可怜学者，得到一部写于 17 世纪的纯消遣之作（a pure *divertissement*），愣是从中找出微言大义与社会批评，这当然是无中生有了……因捕风捉影，却发现了海市蜃楼【大笑】。在我这辈子完了之后，这仍会继续；你们或许能看到它的终结，我怕是不行了。

艾米斯：你认为这是"体制"（the Establishment）不可分割的一部分，以至于人们无法克服——

路易斯：它是一个产业（industry），你看到了。要是这条支柱移走了，人们写博士论文，还写什么？

艾米斯：关于这种心理，几天前还有个例子。有人提及："艾米斯先生，我怀疑啊，已经染上了科幻小说热。"

路易斯：这不是发疯么？

艾米斯：你不可能喜欢这个的。

路易斯：你必须装成一个白丁（a plain man）或者什么……这种态度，我一次又一次遇到。你大概也已经到了，有人拿你自己做论文的阶段了。我收到一封美国考官的信，他询问："你的意思就是这样这样，是不是？"还有一位论文作者，就将我用尽可能直白英文明确反驳过的一些观点，加给了我。他们要是再聪明一点，就去写写死人，因为死人不吭气。

奥尔迪斯：我想在美国，人们接受科幻小说，稍微负责一些。

艾米斯：我不太确定，你知道的，布莱恩。我们的选本《光谱》（Spectrum）第一辑在美国出版的时候，书评家给它的待遇，跟这儿相比，更不受待见，更少理解。

路易斯：这倒叫我吃惊。因为美国人作书评，一般都比英国更友善更大度啊。

艾米斯：美国人因不理解我们的意思，就开始自我表彰了。

路易斯：对免于试探的这种极端自傲，你还得甘拜下风。阉人会为他们的贞洁自吹自擂。【笑】

艾米斯：我私淑的一个说法是，尚未出生或仍在就读的严肃作家们，不久就会将科幻小说看作一种自然而然的写作方法。

路易斯：对了，有没有哪个科幻小说家（scienca-fiction writer）成功发明一个"第三性"？除去我们都知道的第三性。

艾米斯：克利福德·西马克①有过一套发明（invented a set-up），那里有七种性别。

路易斯：那时，幸福婚姻将何其稀缺！

奥尔迪斯：简直值得为之战斗了。

路易斯：很显然，若终成眷属，会让人叫绝！【笑】

奥尔迪斯：我发觉自己更喜欢写科幻小说，而不是别

---

① 克利福德·唐纳德·西马克（Clifford Donald Simak，1904—1988），美国科幻小说家。

的。这里的累赘,可比普通小说(ordinary novel)领域少太多了。有一种你正在征服一个新国度的感觉。

艾米斯:据说,我是个现实主义小说家。就拿我来说吧,我写过一些科幻小说,那真是一种巨大解放。

路易斯:唔,你可真是冤枉啊。你写了一部闹剧(farce),可大伙都认为你在攻击红砖大学。① 我一直对你心存恻隐。他们不会明白,玩笑终归玩笑。他们只知道,凡事都必须严肃。

艾米斯:"全民发烧图。"(A fever chart of society)

路易斯:在科幻小说领域,特别妨碍我们的,就是连环漫画(comics)的阴影。

奥尔迪斯:这我不清楚。浪漫零食丛书(Titbits Romantic Library),也没妨碍严肃作家啊。

路易斯:这个类比不错。柔情小说(novellettes),并没

---

① 红砖大学(Redbrick),全称 Red Brick University,简称 redbrick,原义专指早在英国工业革命和大英帝国时期的维多利亚时代,创立于英国英格兰六大重要工业城市,并于第一次世界大战前得到皇家特许的六所市立大学:布里斯托大学、谢菲尔德大学、伯明翰大学、利兹大学、曼彻斯特大学和利物浦大学。这六所大学,是除剑桥大学和牛津大学以外英国最顶尖、最著名的老牌名校。因校舍为红砖所建而得名。如今,此词则泛指 19 世纪末 20 世纪初在英国主要城市建立的市立大学。

杀死正规的爱情小说（ordinary legitimate novel of courtship and love）。

奥尔迪斯：可能有段时间，是将连环漫画和科幻小说等量齐观（weighed together），后来发觉不是那回事。至少我们已经过了那个阶段。

艾米斯：看我儿子读的漫画书，你就发现科幻小说钟爱的那些主题，又被重炒一遍，炒得又俗又滥。

路易斯：没事，没事。说什么连环漫画会引发道德危机，那是无稽之谈。真正要反对的，是那吓人的画技。① 然而你会发现一个男孩既读这些漫画，又读莎士比亚或斯宾塞。孩子们那才叫宽宏大量。这是我从继子那儿得来的经验。

奥尔迪斯：设置藩篱（to categorise），是英国人的习惯：你读莎士比亚，那你就不能读连环漫画；你读科幻小说，那你就不可能严肃。

---

① 这样的连环画会让人仅仅"使用"而非"接受"图画。在《文艺评论的实验》中，路易斯提到："插画的品质良莠不齐，我竟不加分辨……显然，二位艺术家的画吸引我，是因为画所再现的事物。画是替代物……其结果就是，我对实际摆在眼前的东西，注意得很不够。"（见拙译《文艺评论的实验》，华东师范大学出版社，2015，页31）

艾米斯：就这事儿让我烦透了。

路易斯："严肃"（serious）这个词上面就不该加一道禁令么？"严肃"本该只是滑稽（comic）的对立面，可它现在的意思，却是"好"或"大写的文学"。

奥尔迪斯：不用热忱（earnest），你也可以严肃认真（serious）。

路易斯：利维斯呼吁道德热忱（moral earnestness）；我更偏好道德品行（morality）。

艾米斯：关于这，我永远站你这边。

路易斯：我的意思是，我宁愿跟打牌从不要赖的人一起生活，而不愿跟热忱呼吁打牌不准要赖的人一起生活。【笑】

艾米斯：再来点威士忌？

路易斯：不要了，谢谢，你自便吧。【倒酒声】

艾米斯：我想，这一切都不足为外人道，你知道——所有这些酒话（all these remarks about drink）。

路易斯：我们没有理由不喝点啊。对了，你想借艾勃特的《平面国》，不是么？恐怕我得去吃饭了。【递上《平面国》】《伊利亚特》的抄本，珍稀得不能再珍稀。恶人借贷而不偿还啊。①

---

① 《诗篇》三七篇 21 章："恶人借贷而不偿还。"

艾米斯(读):"一正方形"(A. Square)著。①

路易斯:但 square 一词,那时的意思当然不一样。

奥尔迪斯:这就好比弗兰西斯·汤普森那首诗的结尾:"她给我发了三枚奖章:一个眼神,迷人双唇间的一句话,还有一枚甜美的野草莓(a sweet wild raspberry)。"这里的含义也变了。在汤普森的时代,它还真是一颗野草莓(a wild raspberry)。② 【笑】

路易斯:还有一个埃克塞特主教的可爱段子,他去一所女子学校受邀颁奖。她们安排了一个《仲夏夜之梦》的节目,尔后这个可怜的男人站起来做了一段讲话【瓮声瓮气】:"我对你们的激情演出很感兴趣,尤其让我感兴趣的,是生平第一次见识了一位女性波顿(female Bottom)。"③ 【哄笑声】

---

① 《平面国》的署名作者:一个正方形。

② raspberry 一词,既有"紫莓"的意思,又有"呸"的意思。

③ 波顿是《仲夏夜之梦》里戏中戏的男主角,这里却由女孩子扮演。神父第一次见到,但忽略了 female Bottom 容易被误解为"女性臀部"。

译后记

一

本书底本，是著名的哈考特出版公司（Harcourt. Inc.）1982 年付梓出版的文集 *On Stories：And Other Essays on Literature*，编者为路易斯遗稿整理者瓦尔特·胡珀（Walter Hooper）牧师。

原书名取自文集第一篇。拙译之所以定名《童话与科幻：C. S. 路易斯论文学》，是因为本书编选 20 篇文章，其相对集中的焦点，正是童话和科幻之类幻想文学。这一点，编者序言交代得很是明白：

本文集的主题是故事之妙（the excellence of story）。特别是路易斯钟爱有加的那类故事——童话故事（fairy tale）和科幻小说（science fiction）。这里所印论文探讨的一些文学品质（literary qualities），作者发觉，批评家要么不当回事，要么因时尚风潮之席卷，干脆自动不予受理。其中绝大多数文章，1966 年曾以《天外有天》（*Of Other Worlds*）为名初次出版（其中包含四个短篇小说，如今重印于路易斯的《黑暗之塔及其他小说》里）。那时，文学批评的主流语调，鼓励读者在文学中什么都找：生命之单调，社会之不公，对穷困潦倒之同情，劳苦，愤世，厌倦。什么都找，除了乐享（enjoyment）。脱离此常规，你就会被贴上"逃避主义"的标签。见怪不怪的是，有那么多的人放弃在餐厅用餐，进入房屋之底层——尽力接近厨房下水道。

这段文字，至少有以下三点值得留意：

1. 本文集有助于我等领会"故事之妙"，尤其是路易斯钟爱有加的童话故事（fairy stories）和科幻小说。

2. 其中 9 篇文章以《天外有天》结集出版之时，英美文学批评界的风气是，不在文学"餐厅"用餐，却"尽力接近厨房下水道"。

3. 对此风气，路易斯"不为所动"。他强调，要是我们不能"乐享"（enjoy）文学，那么，即便我们能在文学中找到"生命之单调、社会之不公……"，即便我们这时显得深刻，那也不能排除我们可能还是个"文学盲"，甚至更是个文学盲。

二

路易斯当时所面对的批评风气，自上世纪五六十年代之后，是变其本而加其厉，以至于现在的文学专家和学童，即便并不爱文学，即便并未读完或读懂（譬如可能连《红楼梦》中的字都认不全），却可以熟练运用女性主义、后殖民主义诸如此类的批评套话，解剖或格式化文学经典。

尼采曾在 1881 年慨叹，传承千年的"慢读"传统，正在消亡，正在变得不合时宜。因为他所处的那个新时代，是一个"忙人"时代，"一个'工作'的时代"，"一个匆忙、琐碎和让人喘不过气来的时代"，"一个想要一下子'干掉一件事

情'、干掉每一本新的和旧的著作的时代",而他则是一个老牌语文学家:

　　我过去是一个语文学家,也许现在还是一个语文学家,也就是说,一个慢读教师,这并不是没有意义的:结果我的写作也是缓慢的。每写下一行字都让"忙人"者流感到一次绝望,现在这不仅成了我的习惯,而且也成了我的爱好——也许一种恶毒的爱好?语文学是一门让人尊敬的艺术,要求其崇拜者最重要的:走到一边,闲下来,静下来和慢下来——它是词的金器制作术和金器鉴赏术,需要小心翼翼和一丝不苟地工作;如果不能缓慢地取得什么东西,就不能取得任何东西。但也正因为如此,它在今天比在任何其他时候都更为不可或缺;在一个"工作"的时代,在一个匆忙、琐碎和让人喘不过气来的时代,在一个想要一下子"干掉一件事情"、干掉每一本新的和旧的著作的时代,这样一种艺术对我们来说不啻沙漠中的清泉,甘美异常。——这种艺术并不在任何事情上立竿见影,但它教我们好的阅读,即,缓慢地、深入地、有保留和小心地,带着各种敞开大门的隐秘思想，以灵敏的手指和眼睛，阅读——我耐心的朋友，本书需要的只是完美的读者和语文学家：跟我学习好的阅读。（尼采《朝霞》，田立年译，华东师范大学出版社，2007，页 40—41）

尼采当然知道自己不合时宜。正因大伙都忙，所以才更有必要"学习好的阅读"，因为："如果不能缓慢地取得什么东西，就不能取得任何东西。"

然而后世学者，大都记住了尼采的超人学说，几乎忘记了他的语文学家身份，忘记了他所代表的"慢读"传统或古典学传统。

尼采之后，新时代变得越来越新，学人或文人也变得越来越忙，文学研究逐渐发展成为一样产业（industry），有着巨量产出的庞大产业。

三

译者本人作为这一庞大产业链当中的一环，对于尼采所说的"不啻像沙漠中的甘泉"的"慢读"或"好的阅读"，自然早已陌生得不能再陌生。

　　然而，勉力学习文学多年，非但腹中空空，真不知道自己学到了什么；而且发觉自己离文学越来越远甚至背道而驰，成为路易斯所谓的"非文学的读者"（盲于文学）甚或"反文学的读者"（扼杀文学）。

　　这一讽刺画面或人生悲哀，差不多倒足以折射，确实存在"好的阅读"。而更讽刺更悲哀的是，译者本人的经历，并非我国文学教育的专利，而是一个世界现象。

　　英国马克思主义文学批评的头号理论家特雷·伊格尔顿（Terry Eagleton, 1943—），2013 年出版了一本名为《文学阅读指南》（*How to Read Literature*）的书。该书一反常态，将社会压迫、工人阶级、意识形态之类的政治批评行话悉数抛弃，转而捡起了形式主义、结构主义一脉的理论行头，谈起了"叙事、情节、人物、语言……"。著述风格的华丽转身，不是因为他又有什么理论转向，而只是因为他发觉自己的门徒或后辈，虽然写起批评文章来，蛮可以熟练操作，甚至可以运斤成风且滔滔不绝，但却难免是文学外行。他写此书，只是想"为读者或学生提供几样入行的工具"，想领人"入行"：

　　文学分析这个行当，就像穿着木鞋跳舞，快要跳不动了。代代相传、被尼采称为"慢读"的传统，已经迹近湮没。本书企图借助对文学形式和技巧的细查，在驰援的队伍里凑个数。（伊格尔顿《文学阅读指南》，范浩译，河南大学出版社，2016，页1）

　　无独有偶，形式主义、结构主义和符号学一脉的理论大师茨维坦·托多罗夫（Tzvetan Todorov, 1939），2007 年也出版了《濒危的文学》一书。他发现，即便像法国文学课堂那样，"从符号学、语用学、修辞学和诗学入手"，仍然难逃"压缩为荒谬的文学"的命运：

　　各种文学研究的首要目的就是为了让我们明了这些研究所运用的工具。读诗歌和小说并不是要将我们导向对于人类状况、对个体和社会、对爱与恨、对快乐和痛苦的思考，而是要我们思考一些传统的或现代的批评概念。在学校里，人们不是去学习作品讲什么，而是学习批评家讲什么。（茨维坦·托多罗夫《濒危的文学》，栾栋译，华东师范大学出版社，2016，页48）

换句话说，即便是专注于文学文本本身，即便只是关注语言，文学从业者或学童也极有可能只是熟练掌握批评家的理论行话，所修所学仍与文学无关。

四

韦勒克和沃伦的《文学理论》(*Theory of Literature*, 1942)一书，曾区分了文学的"内部研究"和"外部研究"。二者之别，说简单一点，就是前者关注"文本"(text)，而后者则关注"语境"(context)。

整个 20 世纪的西方文学批评，也可依此分为两大阵营或两大脉络。特雷·伊格尔顿所代表的马克思主义批评和茨维坦·托多罗夫所代表的结构主义和符号学批评，正是这两大阵营的先头部队，至今风力不减。

以此为参照，这两本书的出版就越发显得意味深长。因为二人差不多同时体认到，"慢读"传统的消亡或文学之"濒危"，各自所代表的批评话语均难辞其咎。因这一痛苦体认，二人都将目光转向了对方。

然而，文学研究及文学教育的这一困局，并非伊格尔顿和托多罗夫相互注视就可以解决。因为这一困境,可能恰好源于文学批评的兴旺发达,源于理论话语的泛滥成灾。20 世纪常被自豪地称作"理论的世纪"或"批评的时代"(The Age of Criticism),文学从业者的这份自豪,可能就是症候所在。

　　理论繁荣所导致的文学教育危机,至少可以追溯至上世纪五六十年代。美国著名文学批评家乔治·斯坦纳(George Steiner,1929—)写于 1960 年代的这段文字,就是此种情形的绝佳描绘:

> 前所未有的是,无论是学生,还是对文学潮流感兴趣的其他人,都在读书评,而不是阅读书籍本身;或者说,在努力做出个人判断之前,他们在阅读他人的评论。(乔治·斯坦纳《语言与沉默》,李小均译,上海人民出版社,2013,页 10)

当时,法国巴黎成为文学"方法论"的生产中心,形形色色的"方法论"由此出口到世界各地(参亚当·扎加耶夫斯基《轻描淡写》,杨靖译,2020,北岳文艺,页 163—164)。至于上世纪 80

年代中国大陆文学界的"方法论热"以及世纪之交的"后学"热潮，则是余波。

甚至可以再向前追溯。因为"批评的时代"一语，本是美国诗人兰德尔·贾雷尔（Randall Jarrell，1914—1965）挖苦英美新批评的话。当时新批评主宰英美课堂，"方法论热"尚未到来：

> 二十世纪英美批评家的一大贡献，可以说是对于诗本身的研究。……但是批评家重要的方法是"字句的剖析"（explication of texts）。批评家孜孜不倦地企图从几个字或几行字里找寻出诗人的魔法和诗的艺术的奥秘。英美批评家（尤其是美国的）在这方面贡献是非常之多；美国人对写批评文章兴趣之浓，甚至有人认为是喧宾夺主，超过了对艺术创作的兴趣，而且那种文章可能过分艰深，比所讨论的诗本身还要难，因此和读诗的"大众"脱离了关系。美国诗人查莱尔（Randall Jarrell）曾经很挖苦地把我们这个时代称为"批评的时代"（The Age of Criticism）。从这个名称看来，我们不难想像美国当代的批评是多么的"盛极一时"。（《夏济

安文集》,辽宁教育出版社,2001,页88)

　　只要读过路易斯《文艺评论的实验》,或者说只要读过本书中的《帕特农与祈愿》一文,我们就不难知道,路易斯反对新批评,是因为它"新",因为它在扼杀"好的阅读",正在导致"慢读"传统的消亡。换句话说,路易斯激烈反对尼采的超人学说,却正是尼采所惦记的"慢读"传统或古典学传统的当代代言人或践行者。

五

　　路易斯曾戏称,说自己就是"文化恐龙",是"老西方人",是"活在现代的古人"(路易斯《论时代分期》,文见拙译路易斯《古今之争》,华东师范大学出版社,2021)。

　　城头频换大王旗,理论新潮风起云涌,路易斯却始终不为所动。不为所动的原因,不在于泥古不化,而在于路易斯曾上过各种时髦思想的当。用路易斯的常用比方来说,他也曾被"文学狱吏"关进"文学牢狱"。编者瓦尔特·胡珀在本书序言中,这样谈论路易斯此书的价值:

　　本文集最能传之久远的遗产（most enduring property）在于，路易斯就自己的七卷本《纳尼亚传奇》和科幻三部曲所写的文字。尽管如此，我还是毫不怀疑，要是路易斯不打开牢门、砸断锁链、放我们出来，那些文学狱吏（our literary gaolers）就仍然把我们囚禁在他们亲手建造的牢狱之中。可是，路易斯作为解放者的本领（effectiveness），则由于他自己早年也曾被囚，故而熟悉此囚牢内部。我们且先看看他缘何进入文学牢狱，又如何逃脱。

　　发心翻译本书，期许之一就是：路易斯或许也能帮我们"打开牢门、砸碎锁链、放我们出来"。木心曾说：

　　　　先前是不谈荷马而读荷马，后来是不读荷马而谈荷马。（木心《琼美卡随想录》，广西师范大学出版社，2009，页46）

　　就译者本人的阅读经历而论，自打翻译路易斯，译者才深切意识到，阅读也有其自身的"德性"。譬如，人得先学会倾听，才有资格言说；譬如，除非一读再读，否则，不要评说；譬如，除非热爱某一文类，否则，根本没资格也没必要批评某一文类。至今仍记得拙译路易斯《切今之事》和《人之废》定稿之后的那个夏天，决定休息调节一下，无意间捡起了陀思妥耶夫斯基，捡起了《论语》，重读。从未体验过的惊心动魄。

至于日渐引起国内文学界关注的童话和科幻，路易斯的主张，可能更像是空谷足音，足令我等沉思良久。

六

岳翔自幼就是科幻小说迷，对科幻小说的热情至今不减，第8章"论科幻小说"和末章"乌有之乡"的译文即出他之手。至于其余诸章及最终统稿，均由我完成。

译稿虽完成于2018年6月，但由于路易斯饱读诗书，掌故总是随手拈来，校稿任务因而就变得无比艰辛，断断续续且一拖再拖，最终成稿已是2021年7月。

校稿期间，曾请当时在读的研究生王春校订初稿，亦屡屡向友人郝岚、李学明和胡根法求教，请他们帮我解决疑难。至于六点分社倪为国先生及责任编辑王旭，对拙译的出版事宜的支持和帮助，不仅是一如既往，而且可谓"变本加厉"。在此一并致谢，若显得有些虚浮，那不是因为客气，只是苦于言辞贫乏。

敲定最后一个字、准备交稿之时，幸会"路易斯迷"、郑州大学外语学院高材生胡金阳，遂委托她参照原著，逐字校订。小胡校稿，其细致认真，令人赞叹，我俩之合作亦从此开始。译文错讹之处，所在多有，敬请读者诸君原谅，更诚望诸君不吝赐教。商榷拙译专用邮箱：cslewis@163.com。

邓军海

2021 年 7 月 16 日于津西小镇楼外楼

图书在版编目(CIP)数据

童话与科幻：C. S. 路易斯论文学/(英)C. S. 路易斯著；邓军海，岳翔译注. -上海：华东师范大学出版社，2024

ISBN 978-7-5760-5034-9

Ⅰ.①童… Ⅱ.①C…②邓…③岳… Ⅲ.①世界文学—文学评论 Ⅳ.①I106

中国国家版本馆CIP数据核字(2024)第102159号

华东师范大学出版社六点分社

企划人　倪为国

本书著作权、版式和装帧设计受世界版权公约和中华人民共和国著作权法保护

路易斯著作系列

童话与科幻：C. S. 路易斯论文学

著　者　(英)C. S. 路易斯
译注者　邓军海　岳翔
校　者　胡金阳
责任编辑　王　旭
责任校对　徐海晴
封面设计　姚　荣

出版发行　华东师范大学出版社
社　址　上海市中山北路3663号　邮编　200062
网　址　www.ecnupress.com.cn
电　话　021-60821666　行政传真　021-62572105
客服电话　021-62865537
门市(邮购)电话　021-62869887
地　址　上海市中山北路3663号华东师范大学校内先锋路口
网　店　http://hdsdcbs.tmall.com

印刷者　上海盛隆印务有限公司
开　本　787×1092　1/32
印　张　9.5
字　数　146千字
版　次　2024年7月第1版
印　次　2024年7月第1次
书　号　ISBN 978-7-5760-5034-9
定　价　69.00元

出版人　王　焰

(如发现本版图书有印订质量问题，请寄回本社客服中心调换或电话021-62865537联系)